Norbert Gstrein

VIER TAGE, DREI NÄCHTE

Roman

Hanser

1. Auflage 2022

ISBN 978-3-446-27398-6
© 2022 Carl Hanser Verlag GmbH & Co. KG, München
Umschlag: Peter-Andreas Hassiepen, München
Motiv: © Ondrej Prosicky/Alamy Stock Foto
Satz: Greiner & Reichel, Köln
Druck und Bindung: Friedrich Pustet, Regensburg
Printed in Germany

MIX
Papier aus verantwor-
tungsvollen Quellen
FSC® C014889

VIER TAGE,
DREI NÄCHTE

Every now and then I fall apart.

Bonnie Tyler,
Total Eclipse of the Heart

Erster Teil

SIE IST
MEINE SCHWESTER

ERSTES KAPITEL

Keiner von diesen Idioten hat Ines geliebt, wie ich sie geliebt habe und nach wie vor liebe, aber dass sich wiederholt einer fand, der sich das einbildete, ist eine andere Geschichte. Ich hatte oft mit ihr darüber gesprochen, ob sich heute überhaupt noch glaubwürdig ein solches Drama ausdenken lasse wie in einem der großen Ehebruchsromane des neunzehnten Jahrhunderts, wo es immer Frauen waren, die an ihren Sehnsüchten zugrunde gingen, ob in unserer Zeit so etwas geschrieben werden könne, ohne dass es von Grund auf lächerlich sei, und sie hatte stets gesagt, selbstverständlich nicht, Liebe in diesem Sinn gebe es ja nicht mehr und man sei gut beraten, sich in Sicherheit zu bringen, wenn einer davon spreche, weil sich dahinter meistens etwas anderes verberge, und das Drumherum, das ganze Gebräu aus Macht und Eifersucht, sei ekelhaft, unkontrollierte Leidenschaft, eine einzige Peinlichkeit. Man müsste die Geschichte hinter den Mond verlegen, aber die erdabgewandte Seite des Mondes interessiere einzig und allein die Sternengucker, und es ginge vielleicht nur mit einem Element von ganz außen, das auf unerwartete Weise eine Drucksituation erzeuge. Ich entgegnete dann jedesmal: »Und meine Liebe, Ines?«, und sie sagte: »Deine Liebe, Elias?«, sagte: »Unsere Liebe?«, und lachte: »Wie sollte die davon berührt sein?«

Natürlich gebrauchten wir das Wort immer in unterschiedlicher Weise. So, wie ich es tat, vermochte ich es nur auf sie anzuwenden, und es stimmte beides, ich liebte Ines, weil sie meine Schwester war, und ich liebte Ines, obwohl ... während ich bei ihr nicht sicher war, ob sie es nicht auf die halbe Welt anwenden konnte. Auf jeden Fall musste sie wissen, wovon sie sprach, schließlich galt sie als Expertin. Denn sie war dabei, sich über die romantische Liebe in der deutschsprachigen Literatur zu habilitieren, und hielt seit Jahren einschlägige Vorlesungen zu dem Thema, aber ob sie das auch im Leben klüger machte, wage ich nicht zu beantworten. Ich hatte eine ganze Reihe ihrer Liebschaften aus allernächster Nähe mitbekommen, doch es bedeutete für mich nicht weniger als den Ausnahmezustand, dass sie sich mit ihren fünfunddreißig Jahren von neuem auf eine solche Affäre eingelassen hatte. Zu oft hatte ich ihr helfen müssen, die Dinge zu Ende zu bringen, nicht allein in unserer Studienzeit, sondern auch danach noch einmal, viel später, als sie auf diesen schockverliebten Schriftsteller hereingefallen war, der zum Dank tagelang ihr Haus belagert hatte, als sie ihn endlich loswerden wollte.

Aber eines nach dem anderen, und das eine war, dass ich meine Stelle, je nachdem, aufgegeben oder verloren hatte, wie auch nicht, als Flugbegleiter oder doch lieber Steward, wenn es seit Monaten kaum mehr Flugzeuge am Himmel gab, das andere, dass Ines mir angeboten hatte, ein paar Tage zu Besuch zu kommen oder überhaupt zu ihr nach Berlin zu ziehen, wenn ich meine Wohnung in München auflösen wolle, eine Weile bei ihr unterzuschlüpfen, bis ich wisse, wie es mit mir weitergehe, obwohl ich das auch ohne das Virus nicht gewusst hatte und in den letzten fünf Jahren einfach geflogen war und in jeder Beziehung viel Zeit in der Luft verbracht hatte. Ich war gleich im Frühjahr erkrankt, zuerst kaum Symptome, Kopfschmerzen und Müdigkeit, ja, dann wegen zu hohen Fiebers einer Einweisung in die Klinik nur gerade noch entkommen, und es waren Wochen geworden, bis ich wieder soweit gewesen wäre zu fliegen, aber da flog beinahe nichts mehr. Nicht, dass mich das sonderlich traf, ich hatte bereits davor immer wieder ein paar Monate ausgesetzt, wenn mich der Trott des Alltags unterzukriegen drohte, und entschloss mich, das auch jetzt zu tun, eine Durststrecke, die ich wie im Winterschlaf verbrachte, selbst wenn es Sommer war, und als ich endlich wieder aufwachte, gab es meine Stelle nicht mehr und war es Herbst, und die Zahlen, die viel zu lange schon das Leben aller bestimmten, gerade noch verschwindend klein, waren von neuem beängstigend in die Höhe geschossen.

Ich hätte mich auch ein paar Wochen zu Hause in Tirol verstecken können, wie ich es in den vergangenen Jahren bei Bedarf getan hatte, aber die Zusammenstöße mit meinem Vater waren so häufig und absehbar geworden, dass ich oft schon gedacht hatte, ein kleiner Anlass genügte und es würde zu Handgreiflichkeiten zwischen uns kommen, weshalb ich froh um Ines' Angebot war. Dass er sein Blutdruckmessgerät aus der Schublade unter dem Fernseher hervorholte, wie er es in meiner Kindheit oft getan hatte, wollte ich mir gar nicht mehr ausmalen, seinen Blick, wenn er die Manschette um seinen Oberarm legte und mit der anderen Hand pumpte, als genügte meine Existenz, um ihn auf hundertachtzig oder zweihundert oder noch weiter zu bringen. Er hatte im März einen Hotspot im Haus gehabt, zehn Gäste, die sich dort angesteckt und das Virus über halb Europa verbreitet hatten, und dass er jetzt den Ausfall der Wintersaison befürchten musste, konnte ihn nur noch unberechenbarer machen, ein zusätzlicher Grund, seine Nähe bis auf weiteres zu meiden. Es war weniger, dass er das entgangene Geschäft nicht zu kompensieren vermochte, da fanden sich immer halb vergessene Konten, mit denen sich das ausgleichen ließe, weniger das Ökonomische, als dass er mit der vielen freien Zeit nichts anzufangen wüsste und ich sicher der erste gewesen wäre, an dem er sich abreagiert hätte.

Außerdem konnte ich sein ewiges Gejammer längst nicht mehr hören, wann ich endlich meinen Mann stünde und bereit sei, Verantwortung zu übernehmen, und hatte Erstickungsgefühle, wenn er das Wort »Gastbetrieb« oder das Wort »Familienbesitz« ins Spiel brachte oder mit dem Andenken meiner Mutter kam, die gar nichts damit zu tun hatte, und auf seine unnachahmliche Weise sagte, bloß um einen Servierwagen herumzuschieben, brauchte ich nicht sinnlos herumzufliegen, das könne ich auch in seinem Speisesaal tun, gern in einem verdammten

Schürzchen, wenn mir das gefalle, für Turbulenzen würde schon er sorgen. Es langweilte mich eher, als dass es mich abstieß, wenn er sich im einen Augenblick darauf versteifte, ich solle die Hütte übernehmen, wie er sich ausdrückte, das Hotel, das in Wirklichkeit das beste Haus weitum war, in der Gegend das einzige mit fünf Sternen, und im nächsten zu dem Schluss kam, ich sei gar nicht fähig dazu. Das war leicht durchschaubares Patriarchengehabe, Angst und Wunsch in einem, und ich benötigte keine Erklärungen, um zu verstehen, dass solche Kaliber wie er Söhne nur in die Welt setzten, um ihnen systematisch zu beweisen, dass sie Versager waren, eigentlich nicht einmal eine Erkenntnis, sondern die ewige Prämisse, aus der die eigene Unersetzbarkeit folgte. Meine Ambitionen, ihn dereinst beerben zu wollen, hatte er auf eine Anekdote geschrumpft, die mich mit Scham erfüllte, wann immer er glaubte, sie erzählen zu müssen, und nach der ich als Vierjähriger mit vollen Hosen angeblich mein Kindermädchen angeherrscht hätte: »Hopp, marsch! Ausputzen! Ich bin der Chef!«

Zugegeben, er hatte mir geduldig zugeschaut, wie ich mein Studium verbummelte, und meine Ausrede hingenommen, ich würde nur deshalb nichts zustande bringen, weil ich ihm selbst mitten im Semester jederzeit zur Verfügung stehen müsse, wenn ihm Personal fehle. Er hatte gesagt, ich brauchte keinen Abschluss, er habe auch keinen und könne nicht sehen, dass ihm das schade, und hatte mir dann eine Ausbildung zum Hubschrauberpiloten in Amerika verschafft, die ich jedoch abbrechen musste, und wenn er jetzt gefragt wurde, was ich machte, antwortete er mit dem Standardsatz: »Elias fliegt.« Dahinter steckte einerseits Sarkasmus, andererseits aber die Hoffnung, dass niemand genauer nachhakte und sich keiner etwas anderes vorstellen konnte, als dass der Spross eines Hoteliers in dritter Generation, wie er einer war, selbstverständlich Pilot wäre, wenn er schon professionell flog, und nicht eine lächerliche Luftkellnerin. Das sagte er immer in der weiblichen Form, auch weil ihm nicht entgangen war, dass die Leute irgendwann angefangen hatten, mich eher wegen meiner Art, mich zu bewegen, als wegen meiner Kleidung *Styling* zu nennen. Vor der »Stewardess« schreckte er zurück und blieb lieber beim »Steward«, bis er das andere Wort lernte. Denn dann titulierte er mich nur mehr als Saftschubse oder lästerte, bei dieser Tätigkeit reiche es nicht einmal für einen Hampelmann, weil ich dafür ein Mann sein müsste und nicht eine Witzfigur, die auf zehntausend Metern über dem Meer jederzeit aus ihrem Dösen gerissen werden konnte, bloß weil es einen Halbbetrunkenen in der Business Class nach einem letzten Gin Tonic verlangte.

Ines wusste natürlich von alldem und amüsierte sich darüber, weil sie sich weigerte, auf solche Spielchen einzugehen, bestand aber doch darauf, es sei ihre Pflicht, mich aus seinen Fängen zu retten. Wir hatten verschiedene Mütter, ihre Mutter stammte aus Koblenz und war zum Skifahren ins damals noch bezahlbare Hotel unseres Vaters gekommen, genau als meine Mutter mit mir schwanger war, und es lagen bloß vier Monate zwischen uns, was uns nicht nur zu Halbgeschwistern, sondern fast zu Halbzwillingen machte, ein Unding, nicht weniger scheußlich als zwei Doppelhaushälften. Das Wort war Ines eingefallen, und sie machte sich überhaupt gern über dieses Gepansche lustig, um den Ernst zu untergraben, meinte abwehrend, sie möchte mit diesem stickigen Milieu und dieser wahlweise Stall- oder Kuhwärme einer Familie, die keine war, nichts zu tun haben, und kehrte ihren Stolz als ungewolltes Kind hervor, das schon allein seinen Weg in der Welt finden und von niemandem etwas anderes verlangen würde, als mit dem ganzen Unsinn in Ruhe gelassen zu werden.

Die Geschichte dahinter war eine Geschichte aus einer anderen Zeit, und es brauchte schon einen Helden wie unseren Vater, damit die Hauptrolle glaubwürdig besetzt werden konnte. Er hatte auf die Nachricht von der Schwangerschaft kühl reagiert und zu Ines' Mutter gesagt, er wolle sich nicht einmischen, es sei ihre Sache, sie müsse entscheiden, wie sie damit umgehe, er könne ihr weder raten, das Kind zu behalten, noch, es wegmachen zu lassen. Wie um ihr zu beweisen, dass sie jede Freiheit habe, hatte er hinzugefügt, zu welchem Schluss auch immer sie gelange, er unterstütze sie drei Jahre lang, unerschütterlich in seinem ewigen Glauben, dass sich mit Geld alles regeln lasse, und der Haltung, dass er zahlen konnte und damit das Sagen hatte und nur freiwillig darauf verzichtete.

Ines' Mutter war davon so getroffen gewesen, dass sie ihn wissen ließ, sie würde abtreiben, und den Schein auch noch aufrechterhielt, als das Kind längst auf der Welt war, indem sie unserem Vater gegenüber genau drei Jahre lang behauptete, sie habe abgetrieben. Tatsächlich kam erst danach der Brief ihres Anwalts mit einer Kopie der Geburtsurkunde und der Aufforderung, zum Ersten des folgenden Monats mit den regulären Zahlungen zu beginnen. Dann dauerte es noch einmal drei Jahre, bis unser Vater Ines zum ersten Mal zu Gesicht bekam, sein fast abgetriebenes Kind, und bis auch ich sie zum ersten Mal sah, ohne dass wir eingeweiht wurden, weder sie noch ich wusste zu der Zeit und auch Jahre danach, dass wir Bruder und Schwester waren, um das unnötige »Halb-« ein für alle Mal wegzulassen.

Für unseren Vater, von eher schwächlicher Konstitution, aber in seinem Selbstverständnis trotzdem ein Rabauke, war es nicht die erste solche Angelegenheit. Denn er hatte davor schon seine sechzehnjährige Küchenhilfe von jenseits der Grenze geschwängert, von wo unsere Leute ursprünglich kamen und von wo sie anfangs noch lange ihre Frauen und später ihre Bediensteten holten, was manchmal ohnehin ein und dasselbe bedeutete, und wir hatten dort also noch eine Schwester, Emma mit Namen. Deren Mutter war zu spät ins Krankenhaus gebracht worden, deshalb hatte es bei ihrer Geburt Probleme mit der Sauerstoffversorgung des Gehirns gegeben, sie brauchte Betreuung und lebte in einem Heim, und das war etwas, dieses andere Kind, über das man mit unserem Vater nicht reden konnte und von dem ich zuerst auch nur gerüchteweise erfahren hatte. Er wurde fuchsteufelswild, wie es hieß, wenn man ihn darauf ansprach, und hatte Emma selbst nie gesehen, nur Jahr für Jahr, auch da, seine Überweisungen getätigt und mit regelmäßigen Extrabeträgen alles zuzudecken versucht, aber sonst jede Verbindung abgebrochen. Es waren keine fünfzig Kilometer über die Berge, in der Luftlinie weniger, in den schneefreien Monaten kaum eine Stunde über die Passhöhe, und das hieß, dass es in jedem Jahr viele Tage gab, an denen unser Vater bloß endlich den Entschluss hätte fassen und sich in sein Auto setzen müssen, um einen kleinen Ausflug zu unternehmen und sich um sie zu kümmern.

Vielleicht lag auch darin ein Grund, dass ich Ines später so oft erzählt hatte, und sie war nie müde geworden, es sich anzuhören, wie ich sie selbst an der Hand ihrer Mutter hatte in der Hotelhalle stehen sehen, als sie schließlich zu Besuch gekommen waren, ein sechsjähriges Mädchen mit dem blassesten Gesicht, das man sich vorstellen konnte. Die Haare von einem Blond, für das ich erst nachher das richtige Wort fand, »belgisch blond« für das »extra blond«, wie es auf belgischen Bierflaschen stand, die Augen gelblich grün, ein Gelb und ein Grün, die sich in ihrem Kleid wiederholten, und sie trug auffallend rote Schnallenschuhe wie aus dem Museum, die zu der Zeit ihr ganzer Stolz waren, die Schuhe einer Infantin. Ich hätte schwören können, dass sie ihre Fingernägel lackiert hatte, und wenn mich meine Erinnerung nicht trog und es nicht bloß eine nachträgliche Übermalung des Gesehenen war, die mehr erklären sollte, als sie konnte, betraf es nur die Nägel ihrer rechten Hand, während die der linken bis auf die Haut abgeknabbert und blutig verschorft waren, aber daran entzündete sich jedesmal unser spielerischer Streit.

»Willst du behaupten, dass ich eine Idiotin war?«

»Du warst ein sechsjähriges Kind, Ines.«

»Nur Idiotinnen lackieren sich die Nägel, und wie du dir denken kannst, war ich mit sechs Jahren längst kein Kind mehr, das auch noch so blöd ist, daran herumzuknabbern.«

Ich lachte und sagte, wie sie es sich erwartete, dass ich schon damals alles an ihr wahrgenommen hätte, was sie ausmache, ihre ganze Verrücktheit, ihre Zartheit und vermutlich, ohne mir darüber im klaren zu sein, auch schon eine Spur ihrer Kälte.

»Bin ich dumm, bin ich hässlich? Was ist los mit dir, Elias? Meine Klugheit und meine Schönheit sind dir keine Silbe wert?«

Auch darauf sagte ich, was ich sagen musste, es gebe keine Worte, und natürlich kannte ich ihre Antwort.

»Dann erfinde welche«, sagte sie. »Sag es in einer anderen Sprache. Das kann doch nicht so schwer sein! Nimm ein paar Buchstaben und setz sie neu zusammen.«

Wir hatten über die Jahre eine Regel daraus gemacht, uns durch dieses Frage-Antwort-Spiel zu hangeln, wenn wir uns länger nicht gesehen hatten, aber diesmal winkte sie ab und meinte, ich solle hereinkommen, wir könnten uns nachher beschnuppern, als ich unsinnig und sentimental wie im Schlager mit meinen Artigkeiten anfangen und dann auch noch zum gewiss hundertsten Mal sagen wollte, ich hätte sie bei unserem ersten Treffen kaum gesehen gehabt und mir schon gewünscht, sie wäre meine Schwester. Sie stand in der Tür, ihre Haare nachlässig zusammengebunden, in Trainingshose und Sweatshirt, wie immer, wenn sie zu Hause oder dort, wo sie sich gerade einquartiert hatte, arbeitete, hatte ihr Telefon am Ohr und hielt mir die Wange zum Kuss hin, während sie mir fröstelnd deutete, mich um die Abstandsregeln nicht zu scheren, und in den Hörer sprach: »Es ist mein Bruder«, und gleich darauf, leicht unwillig: »Ich habe dir doch von ihm erzählt.« Das hätte ich noch überhören können, aber nach ein oder zwei Sekunden war es bereits: »Warum sollte ich dir so etwas verschweigen?« Dabei klang ihre Stimme heiser, als hätte sie von einem Augenblick auf den anderen gefrorene Splitter in der Kehle, drohte diesen eisigen Ton anzunehmen, wie ich es oft erlebt hatte, so dass es ihr nur eben noch gelang, sich mit einem »Lass uns später weitersprechen!« zu verabschieden.

»Dein Neuer?«

Ich war eingetreten, und sie hatte kaum die Tür hinter uns zugedrückt, als sie das schon in Zweifel zog.

»Wenn er sich so aufführt, bin ich alles andere als sicher, ob er das ist«, sagte sie. »Ich muss mich vor dem Idioten doch nicht dafür rechtfertigen, dass ich jemanden im Haus habe.«

Ob ich wollte oder nicht, hatte ich damit sofort wieder meine alte Vermittlerrolle, die jederzeit in die eines Richters umschlagen konnte, wenn es nichts mehr zu vermitteln gab.

»Natürlich musst du nicht.«

»Sage ich doch!« sagte sie. »Aber wie soll ich das einem klarmachen, der mich rund um die Uhr aus der Ferne überwacht?«

Darauf umarmte sie mich richtig und meinte, wie ich wisse, sei sie hier in Klausur, was einer Quarantäne gleichkomme, und wie sie mich einschätze, hätte ich seit einer halben Ewigkeit mit keinem Menschen Kontakt gehabt, so viel zu erstens und zu zweitens, und drittens sollten wir wenigstens die Chance haben, gemeinsam zu sterben, am besten ohne die vier Monate Respektabstand wie bei unserer Geburt, wenn es schon soweit sei, wie sie einem in den Nachrichten jeden Abend weiszumachen versuchten.

»Also hör auf, dich zu zieren, und komm endlich her. Die Verordnung, die mich von dir fernhalten kann, muss erst erfunden werden, Elias! Es ist gut, dich zu spüren.«

Sie legte ihren Kopf auf meine Schulter, und ich atmete den Geruch ihres Shampoos ein, das sie sich aus England schicken ließ und das ich selbst verwendete, seit es für mich der Geruch geworden war, der mich an sie erinnerte. Dann beugte sie sich zurück, um mir in die

Augen zu sehen, und ich war in der alten Zwickmühle. Ich versuchte ihrem Blick standzuhalten, diesem kaleidoskophaften Gefunkel, und kam gleichzeitig kaum gegen den Impuls an, wie hypnotisiert meine Lider zufallen zu lassen. Es war anders gewesen, als wir noch nicht gewusst hatten, was uns verband, jedesmal ein plötzlicher Schreck, anders auch in den Jahren danach, zuerst die ängstliche Freude, dann die zunehmende Schwere, und es war jetzt wieder anders und doch gleich, während sie sich von mir losmachte und mich sanft in die Rippen boxte.

»Nun sag schon, dass du mich vermisst hast!«

Ich sagte es, und sie sah mich abwartend an.

»Nur vermisst?«

»Ich habe dich sehr vermisst, Ines.«

»Das ist kein Grund, so zu schauen«, sagte sie. »Diese Wehmut steht dir nicht gut zu Gesicht. Wie oft habe ich dir gesagt, dass du nicht versuchen sollst, mich damit zu erpressen? Du tust ja, als könnte jederzeit die Welt untergehen und es läge an mir.«

Wir hatten uns Wochen nicht gesehen, und während wir uns warm redeten, erfuhr ich nach und nach mehr über ihren neuen Freund, der sich gleich darauf wieder telefonisch bemerkbar machte und so endgültig ihren Missmut zuzog. Angeblich war er Architekt, sie kannte ihn seit zwei Monaten, hatte ihn trotz der Kontaktbeschränkungen jeden Samstag getroffen und meinte jetzt, sie werde alles gestehen, bevor ich mit einem meiner Verhöre begänne. Dann sprach sie, als würde sie vom Blatt ablesen, setzte am Ende ein gelangweiltes Etcetera hinzu und beantwortete meine Fragen, ob er älter sei, ob verheiratet, jeweils mit einem Nicken, sagte, er lebe mit seiner Frau und seinen zwei Töchtern, beide gerade im Schulalter, und sie selbst sei so blöd, sich das gefallen zu lassen.

»Sonst noch etwas Kompromittierendes, außer dass es offensichtlich wieder einmal der Falsche ist?«

Ich versuchte den notwendigen Ernst aufzubringen, den selbst der schalste Witz brauchte, aber es gelang mir nicht richtig.

»Sieht er etwa gut aus? Ein Mann, wie ihn die Frauen angeblich lieben, in seinen besten Jahren und trotzdem keine Glatze, kein Bauch? Hat er Geld?«

Wir hatten seit den zwei Jahren unseres Studiums, in denen wir in Innsbruck zusammengewohnt hatten, unsere Kategorien entwickelt, über ihre Freunde zu sprechen, und das waren die letzten Ausläufer davon, Unsinnsdialoge ohne Ziel und Zweck. Sie hatte mir oft vorgehalten, ich sei auf alle eifersüchtig gewesen, und nicht nur das, ich hätte mich dazu noch in jeden zweiten verliebt, kaum dass sie sich von ihm getrennt habe, oder wenn ich es nicht verliebt nennen wolle, dann eben etwas in der Richtung, und darum ging es auch jetzt bei dem Neuen. Jedenfalls verriet mir ihr Blick, dass sie genau daran dachte.

»Ich kann dir versichern, er ist nicht dein Typ«, sagte sie. »Es gibt eine ganze Reihe von Dingen, die du an ihm nicht mögen würdest, und wahrscheinlich sind es am Ende die gleichen, die auch ich nicht mag. Was soll ich sonst sagen? Dass er gerade im Begriff ist, sich wie der üblichste aller üblichen Idioten aufzuführen, bleibt dir ja nicht verborgen.«

Da war es wieder, das Wort, das sie in vielen Schattierungen verwenden konnte, von der anfänglichen Seligkeit, wenn sie einen Mann kennenlernte, bis zur schrillsten Verachtung, wenn sie ihn nur mehr loswerden wollte, doch so inflationär wie jetzt hatte sie es lange nicht mehr getan.

»Aber was heißt schon Idiot? Wart nur, wie er sich lächerlich macht! Ist er nicht ein Idiot der Sonderklasse?«

Wie um das zu bestätigen, klingelte erneut das Telefon und rettete mich vor der Fortführung dieses Geplänkels, dem wir nie ganz entkamen und in dessen Kern unsere jedenfalls für mich nicht aufgelöste Geschichte stand. Ich wusste nicht, ob das stimmte, aber wenn mich jemand fragte, warum ich keine Freundin hätte, machte ich mir weniger Gedanken darüber, ob die Frage nicht falsch gestellt war und ob es nicht darum gegangen wäre, nach einem Freund zu fragen und nicht nach einer Freundin, sondern darüber, dass ich nie von Ines losgekommen war, seit wir fast jedes Jahr im Sommer und im Winter ein paar Wochen miteinander verbracht hatten oder im Grunde schon seit meinem allerersten Blick auf die Sechsjährige in der Hotelhalle. Ich konnte das niemandem erzählen, oder nur unernst als Scherz, und hatte aus Verlegenheit so oft gesagt, ich sei unsterblich in meine Schwester verliebt und es gebe deshalb keinen Platz für eine andere

Frau in meinem Leben, dass ich immer mehr Gefallen an der Erklärung fand und dann doch überrascht war, als ich endlich begriff, dass womöglich mehr daran sein könnte, immer noch, als ich mir eingestand. Die Leute, die uns kannten, lächelten überdrüssig, wenn sie das hörten, während diejenigen, die uns nicht kannten, in Ines' Anwesenheit dachten, es sei ein missglücktes Kompliment, das ich ihr da machte, und mich in ihrer Abwesenheit ansahen, als wären sie derartiger Provokationen müde. Sie selbst nahm es als gegeben hin, dass ich von Zeit zu Zeit aus der Rolle fiel, und als ich jetzt sagte, sie wisse doch, wie sich die Dinge zwischen uns verhielten, erkannte ich nicht, ob es Ungeduld war, die sich in ihrem Gesicht breitmachte, oder ob sie geduldig gewillt war, meine Verdrehtheiten hinzunehmen, während sie endlich ans Telefon ging und den Anrufer brüsk abfertigte.

»Ich kann jetzt wirklich nicht. Begreifst du nicht, dass du mich überstrapazierst? Ich bin in einem Gespräch.«

Sie sah plötzlich angestrengt aus und verharrte ein paar Momente in einer abwartenden Stellung, bis sie ihren Blick auf mich richtete.

»Ich ahne, was du gleich sagen wirst«, sagte sie. »Ich müsste irgendwann schlauer werden. Es ist immer dasselbe. Er ruft mich alle zwei Stunden an, und wenn er es einmal vergisst, frage ich ihn, was los ist. Ich weiß nicht, was ich mir erwarte.«

Überrascht war ich nicht, so etwas von ihr zu hören, aber ich zögerte, bevor ich sagte, sie müsse mir nichts beweisen, und hatte kaum hinzugefügt, ich hoffte, das gelte auch für sie, als sie sich bereits dagegen verwahrte.

»Was soll für mich gelten?«

Ich meinte, dass sie sich selbst auch nichts beweisen müsse, und sagte es ihr, aber das war schon weniger klar. Schließlich ging es immer gleich um ihre Unabhängigkeit, wenn ein Mann im Spiel war, und die war leichter zu haben, wenn sie sich unfreundlich, als wenn sie sich freundlich gab. Etwas davon bekam auch ich jetzt zu spüren.

»Was sollte ich mir beweisen müssen?«

»Das kann ich nicht sagen.«

»Also red auch nicht davon«, sagte sie. »Du weißt, wie sehr ich es hasse, wenn du glaubst, du hättest mich durchschaut.«

Es war Anfang Dezember, und obwohl sie sich mitten in Berlin mit einer Freundin eine Wohnung teilte, hatte sie, wie sie es häufig tat, wenn sie eine Arbeit fertigstellen wollte, über Airbnb in einer eher unansehnlichen Gegend in den westlichen Vororten für drei Monate ein Haus gemietet, um dort nicht nur ungestört zu sein, sondern gewissermaßen ganz aus der Welt zu verschwinden. Ob das im Augenblick legal war oder unter die Verbote fiel, wusste ich nicht, aber das spielte ohnehin keine Rolle, weil sie immer Erklärungen fand und sich, solange es niemandem schadete, auch über etwaige Bedenken hinwegsetzte. Sie hatte schon vor Jahren damit begonnen, diese Extravaganz auszuleben, und ich hatte sie in den verschiedensten Quartieren besucht, oft nur ein paar Straßenzüge von ihrer eigentlichen Adresse entfernt. Für jeden anderen wäre das zum Fenster hinausgeworfenes Geld gewesen, aber das machte es für sie nur attraktiver, und wenn sie von unserem Vater sonst kaum etwas hatte, hatte sie diese Eigenheit von ihm, in jeder Lebenslage so zu tun, als verfügte sie über unbeschränkte Reserven, und er war es auch, der ihr im Zweifelsfall jeden Spleen finanzierte.

Sie zeigte mir die Räume, und es war wie an den anderen Orten, die sie für ihre Arbeit in Beschlag genommen hatte. Denn sie zog immer mit ihrer halben Bibliothek und zwei riesigen Koffern aus Pappkarton voller Leintücher ein, aus dem Besitz unserer Großmutter, und allein dafür brauchte sie ihren Defender. Unser Vater hatte zwei von den Fahrzeugen gekauft, bevor das Modell aufgelassen wurde, und sie uns zu unseren dreißigsten Geburtstagen geschenkt, und während meines ungefahren in der Hotelgarage in Tirol stand, weil er gesagt hatte, ich müsse es mir zuvor noch verdienen, und ich es seither nicht anrührte, transportierte sie mit ihrem alle paar Monate ihr Hab und Gut von hier nach dort.

In der neuen Umgebung machte sie sich zuerst immer daran, jede persönliche Spur der Besitzer oder Vermieter zu tilgen und Raum für Raum zu anonymisieren, bis sie vergessen konnte, dass vielleicht gerade noch jemand darin gelebt hatte. Wenn sie damit fertig war, sah es aus, als wären die Leute vor langer Zeit verzogen oder, noch schlimmer oder womöglich auch besser, als wären sie tot. Dafür hatte sie ein eigenes System, nahm, je nachdem, ein Kabuff oder einen halben Saal als Rumpelkammer, und dort schleppte sie die unnötigen Gegenstände hin. Als nächstes drehte sie die Bücher in den Regalen um, so dass sie mit dem Schnitt nach vorn standen, und dann begann sie mit ihren Verhängungen, spannte ihre Leintücher über halbe Wände, befestigte sie notdürftig und hatte nach zwei oder drei Stunden alles soweit, dass es nach ihrem Geschmack war und sie, egal, wohin sie ihren Blick richtete, nicht fürchten musste, dass etwas Übersehenes sie ablenkte oder gar aus dem Konzept brachte.

Tatsächlich war ich immer beeindruckt gewesen, mit welcher Konsequenz sie das betrieb, und gleichzeitig hatte es mir angst gemacht, zu sehen, in welche Leere es sie jeweils bugsierte, welche Auslöschung dieses Weiß-in-Weiß bedeutete, das sie mit ein paar Handgriffen herstellte. Deshalb war ich froh, dass ich beim Eintreten sofort ihre da und dort verteilten Bücher entdeckte, die sie wie auch sonst überall auf jedem Tisch, auf jedem Stuhl und auf dem Boden liegen hatte. Manche aufgeschlagen, manche mit dem Rücken nach oben, hauchten sie dem Ganzen wieder Leben ein, und sie konnte jederzeit nach einem greifen, wenn ihr sonst das Licht oder die Luft gefehlt hätte.

Ich kannte nach wie vor fast alles, was sie las, seit ich im Studium begonnen hatte, hinter ihr herzulesen, statt mich meinen eigenen Aufgaben zu widmen. Damals hatte ich es aus Neugier, aber auch aus Anhänglichkeit getan, ich wollte wissen, was sie bewegte, es war mehr und mehr eine Möglichkeit geworden, ihr nahe zu sein, wie keine andere, wenn ich mit ihr darüber diskutierte und merkte, dass es nichts Schöneres gab als die richtigen Worte, und ich war immer noch besessen davon. Sie schickte mir unverändert Listen mit Büchern, und ich besorgte mir manche, so dass mir viele der herumliegenden Bände wenigstens dem Titel nach vertraut waren.

Gerade arbeitete sie an einem Buch über zwei längst vergessene Lyriker aus den fünfziger Jahren, beide auch damals wenig erfolgreich, die aber neuerdings eine gewisse Bekanntheit erlangt hatten, weil ihr Briefwechsel in Ausschnitten publiziert worden war. Sie hatten sich knapp zehn Jahre lang geschrieben, in den heißesten Phasen fast täglich und ohne größere Abstände als manchmal ein oder zwei Wochen, ein Mann und eine Frau, jeweils in einer unglücklichen oder vielleicht auch gar nicht so unglücklichen Ehe verheiratet, auf jeden Fall nicht imstande, sich daraus zu lösen. Es waren verzweifelte Liebesbriefe, die weit über alles hinausgingen, was sie in ihren Gedichten zustande gebracht hatten, und, selbst wenn sie sich auch im Privaten nicht ganz aus den Konventionen der Zeit zu befreien vermochten, eine Entdeckung bedeuteten, wie man so sagt, ein Glück in der fast nicht aushaltbaren Sehnsucht, die sich darin fand, der Zärtlichkeit und dann wieder Wildheit der Sprache, der Verschämtheit und Offenheit ihrer Vergleiche, der unterdrückten und plötzlich roh hervorbrechenden Sexualität.

Ines hatte Fotos von ihnen neben dem offenen Laptop auf dem Tisch im Wohnzimmer liegen, an dem sie schrieb, und als ich sie im Vorbeigehen in die Hand nahm und betrachtete, beobachtete sie mich. Offenbar in Studios aufgenommen, waren die Bilder auf die zeitübliche Adrettheit getrimmt, die ihnen fast jede Individualität austrieb, der Mann mit zu weit in der Mitte gezogenem Scheitel und Krawatte, die Frau mit einer Haarwelle, zu der ein Violinschlüssel das Vorbild hätte sein können, und einem Rüschenkragen, sowohl er als auch sie in den frühen Dreißigern, in unserem Alter also, aber unerreichbar weit weg. Ich schaute mit einem Bedauern darauf, das gar nicht zwingend ihnen galt, und als ich die Aufnahmen beiseite legte, sah ich, dass Ines auf einen Kommentar wartete, aber ich wollte nur die Geschichte dahinter erfahren und fragte sie, was aus den beiden geworden sei.

»Der Mann hat noch fünf Jahre gehabt, nachdem die Bilder gemacht worden sind«, sagte sie. »Ein Herzinfarkt, nichts Mysteriöses, eine Tragödie vielleicht, zumal in diesem Alter, aber so etwas passiert. Seine Frau hat die Briefe seiner Geliebten gefunden und sie ihr zurückgeschickt und kaum ein Jahr später wieder geheiratet. Dazugeschrieben hat sie nur, dass die ganze Heimlichtuerei gar nicht nötig gewesen wäre.«

Das war, Lyriker hin, Lyriker her, eher prosaisch, und Ines stimmte mir zu, als ich das sagte.

ERSTER TEIL

»Die Frau ist vor zwölf Jahren gestorben.«

Es gab keinen Grund zu flüstern, doch sie flüsterte jetzt, vielleicht, weil von Toten die Rede war, vielleicht aber auch bloß, weil sie damit doch noch ein Geheimnis herbeizubeschwören versuchte, wo keines existierte.

»Ihr Mann hat sie überlebt und nach ihrem Tod sowohl ihre Briefe als auch die ihres Geliebten dem Archiv übergeben. Es sieht so aus, als hätte er sie für seine eigenen gehalten, weil er denselben Vornamen gehabt hat wie sein früherer Nebenbuhler und weil er schon so vergesslich war. Zumindest kann man den Eindruck gewinnen, wenn man ihn darüber sprechen hört.«

»Er hat geglaubt, er selbst habe sie geschrieben?«

Ich wusste nicht zu sagen, ob das eine tröstliche Geschichte war oder herzzerreißend und kaum zu ertragen in seiner Untröstlichkeit.

»Er hat geglaubt, er selbst habe geschrieben, was in Wirklichkeit das Schwärmen und Säuseln des anderen Mannes war?«

Ich tat bestürzter, als ich sein konnte, und Ines lachte, wie wenn ich mich allen Ernstes darüber empört hätte.

»Warum nicht? Davon ist niemand zu Schaden gekommen. Wahrscheinlich wäre ihm selbst gar nie eingefallen, so etwas zu schreiben, und nun darf er sich in seinen letzten Lebensjahren als der an allen Ecken und Enden brennende Liebende erleben, der mit seiner Sprache die Welt auf den Kopf stellt, sofern er das überhaupt noch wahrnimmt. Phantastisch, nicht?«

Sie hatte sich einen Augenblick davontragen lassen, und wie um sich schnell wieder auf den Boden der Tatsachen zurückzubringen, meinte sie, wenn man das Zeug lesen wolle, dürfe man den wissenschaftlichen Blick nicht verlieren.

»Ohne den melodramatischen Aspekt bleibt am Ende vielleicht gar nicht so viel«, sagte sie. »Es ist nur ein besonders schönes Beispiel dafür, dass die meisten Dinge keine anhaltenden Erinnerungen erzeugen und dass Erinnerungen oder sogenannte Erinnerungen nicht unbedingt von nachweisbaren Dingen in der Realität ausgelöst sein müssen.«

Dabei griff sie sich ein paar der auf dem Tisch herumliegenden Blätter, als wollte sie nach einer bestimmten Stelle suchen, legte sie jedoch gleich wieder kopfschüttelnd hin.

»Alles Staub und Asche!«

Sie schlug mit der Hand darauf, dass es klatschte.

»Alles Papier!«

Ich war froh, dass ihr Telefon in diesem Augenblick wieder klingelte und ich hinausgehen konnte, damit sie beim Sprechen ungestört war. Immer wenn sie eine Diskussion begann, verlangte sie von mir Beiträge und reagierte unwirsch, sobald ich mich davonstahl, aber ich war müde und sagte bloß etwas Beliebiges über die Vergeblichkeit von allem. Um ihr zu gefallen, war ich über die Jahre selbst ein halber Literaturwissenschaftler geworden, zumindest gelang es mir notdürftig, einen zu imitieren, nicht nur mit meinen Lektüren und nicht nur, weil ich von ihr zu argumentieren gelernt hatte, sondern vor allem, weil ich die Argumente im richtigen Jargon zu simulieren vermochte, wenn es nicht anders ging. Es gab nicht so viele Sprechfiguren, die man beherrschen musste, und ich hätte jetzt auf Autopilot schalten können, um wenigstens die Minimalbedingungen zu erfüllen, doch sie achtete gar nicht darauf. Stattdessen betrachtete sie träge das Display ihres Telefons, bevor sie den Anruf annahm, und machte mir Zeichen, dass ich bleiben solle, aber ich war schon an der Tür. Vielleicht wollte sie meine Anwesenheit auch als Vorwand, doch den hätte sie erfinden können, vielleicht wollte sie mich als Zeugen, aber ich beeilte mich zu entkommen.

Draußen wurde es bereits dunkel, und ich schlenderte ein Stück die Straße hinunter, an ähnlichen Häusern vorbei, zwei oder drei Stockwerke, winzige Gärten und die Hecken davor nicht unmenschlich hoch. Es waren erst wenige Lichter an, sei es, dass die Leute nicht zu Hause waren oder die Lampen bloß nicht eingeschaltet hatten, und niemand hielt sich im Freien auf. Schließlich kehrte ich um und blieb so lange vor Ines' hellerleuchteten Fenstern stehen, bis sie mich wahrnahm und unentwegt ansah, während sie weitertelefonierte und ich zum ersten Mal Glück darüber empfand, dass die Welt mit den neuen Verboten immer mehr zum Stillstand kam und die Zeit nicht allein länger schien, sondern dichter, als könnte sich tatsächlich noch einmal etwas darin verfangen und nicht alles, bevor es wirklich wurde, längst verflogen sein.

Nachher holte ich meine Sachen aus dem Auto und brachte sie in das Zimmer im oberen Stock, das sie für mich vorbereitet hatte, eines von den zwei Doppelzimmern, die unpersönlich und ohne Ausstrahlung wie in einem Vertreterhotel wirkten und nur durch einen schmalen Gang getrennt waren. Ich duschte, und als ich wieder hinunterging, war Ines entweder immer noch oder von neuem am Sprechen, und so, wie sie jetzt in einem der abgedeckten Sessel saß, ihre Beine über die Lehne geschlagen, hatte ich keinen Zweifel, dass es derselbe Anrufer war. Sie deutete mir erneut, dass ich nicht störte und ruhig zuhören könne, und während ich mich ihr gegenübersetzte, änderte sie nicht einmal den Tonfall ihrer Stimme.

»Ich kann nur schwer Besuch empfangen, solange er da ist, und komme auch nicht von hier fort«, sagte sie gerade. »Wie lange er bleibt, vermag ich nicht einzuschätzen, vielleicht bloß ein paar Tage, vielleicht auch zwei oder drei Wochen.«

Das Gespräch handelte offenbar wieder von mir, und sie unterstrich ihren Unwillen, indem sie die Augen verdrehte und sich zu mir beugte, um mir ins Ohr zu flüstern, wobei sie das Telefon weit von sich hielt.

»O Gott, was für eine Nervensäge!«

Dann ließ sie sich wieder zurücksinken, und ich hatte Zeit, sie anzusehen, aber sie registrierte sofort meinen

Blick und hob neckisch die Schulter, was bedeutete, dass ich sie nur nicht taxieren solle.

»Fang nicht du auch noch an«, sagte sie kaum hörbar. »Es reicht, wenn ich *einen* an der Strippe habe.«

In dem Sommer bevor sie uns gesagt hatten, dass wir Bruder und Schwester waren, hätte ich Stunden damit zubringen können, ihr in die Augen zu blicken, und allein das hatte mich zu den größten Verstiegenheiten verleitet und verleitete mich nach wie vor dazu, dass ich die Worte kaum bei mir zu behalten vermochte, wenn ich nicht aufpasste, und mich selbst beschwichtigen musste.

»Aber ich sage ja nichts, Ines.«

Wir hatten die Nachmittage an einem Badesee verbracht, und es war ein einziges Schauen gewesen, bevor ich mit einem oder zwei Fingern die Formen ihres Gesichts nachzuzeichnen begann, zuerst nur über die feinen Härchen im Nacken und hinter den Ohren, als wollte ich ihr so nahe wie möglich kommen, jedoch jede Berührung vermeiden, und als könnte ich, je länger ich schaute, um so weniger glauben, dass sie überhaupt wirklich war.

»Ich habe gar nichts gesagt«, sagte ich. »Es ist bloß …«

Wenn ich damals ihre Wangen gestreichelt hatte, wenn ich über ihre Wangenknochen gefahren war, den Nasenbogen und die Augenlider, hätte ich eigentlich am liebsten ihr Gehirn liebkost, weil sie immer dafür gut war, etwas ganz und gar Unerwartetes zu sagen, und kam selbst nie richtig über das Erwartbare hinaus.

»Es ist bloß …«

Jetzt sah ich an ihr vorbei.

»Ines!«

Mehr brachte ich nicht hervor, und ich schwieg dann, bis sie zu Ende geredet hatte, und hielt mich den ganzen Abend zurück, statt mich näher nach diesem neuen Freund zu erkundigen. Dabei war er die meiste Zeit präsent, jetzt nicht weiter über Anrufe, sondern weil alle paar Minuten das Bling einer Nachricht ertönte und Ines fast nie zögerte, sondern sofort ein oder zwei Worte zurücktextete, manchmal mit einem entschuldigenden, oft auch mit einem leicht verärgerten Achselzucken, wofür sie unser Gespräch nicht unterbrechen musste. Immer wieder kommentierte sie einen Satz, der hereinkam, sie sagte: »Welcher Idiot verwendet noch ein Wort wie ›Liebste‹?«, sie sagte: »Was für eine Erkenntnis, dass er ohne mich ein Niemand ist!«, sie sagte: »Wann hat mir zum letzten Mal einer geschrieben, dass ich die Liebe seines Lebens bin, und dann auch noch auf englisch?«, und hielt mir die Zeilen hin, damit ich es selber lesen konnte, aber so aufgedreht sie da schon war, steuerte sie noch nicht auf den Ausbruch zu, den ich später am Abend mitbekommen sollte, nichts deutete darauf hin, dass sie in dieser Verfassung war, in der sie von einem Augenblick auf den anderen jede Zurückhaltung fallenließ und nur mehr attackierte.

Wir waren nach dem Abendessen, ein paar Reste ihrer letzten Mahlzeiten, zu denen wir nicht einmal eine Flasche Wein geleert hatten, früh in unsere Zimmer gegangen. Sie hatte mich gefragt, ob ich Lust auf einen Joint hätte, und mich dann gebeten, meine Tür offen zu lassen, es erinnere sie an unsere Innsbrucker Zeit, ihre stand auch offen, und die Betten waren so angeordnet, dass wir uns über den schmalen Gang hinweg sehen konnten. Ich versuchte zu lesen, nickte jedoch über den Seiten immer gleich ein, und jedesmal wenn ich wach wurde, sah ich ihre vom Licht des Telefons angestrahlten Augen und hörte, wie sie flüsterte. Was sie sagte, schien nicht weiter von Belang, sie rekapitulierte den vergangenen Tag und gab einen Ausblick auf den kommenden, und ich bemühte mich, gar nicht hinzuhören, aber schließlich horchte ich doch auf. Denn ihr Ton war jetzt ganz kindlich geworden, und sie sagte, was sie auch schon zu mir gesagt hatte, wenn sie nicht einschlafen konnte: »Noch zehn Minuten!«, und gleich darauf, einschmeichelnd, sanft und auf eine Weise nachgiebig, ja, wie zu jeder Unterwerfung bereit, die all ihre Überzeugungen verraten hätte, wenn es nicht ein Spiel gewesen wäre: »Noch zwanzig!, und schon war es: »Noch dreißig!«, ihre Art, eine Abweisung mit einer jeweils größeren Forderung zu erwidern. Sie nahm ihre Stimme zurück, aber ich hörte sie deutlich, und ich hörte auch schon das Poröse, das Brüchige darin und war dennoch überrascht von der Übergangslosigkeit, als sie im nächsten Augenblick losschrie.

»Du kannst krepieren, wenn du nicht zehn Minuten für mich hast. Es ist mir egal, ob deine Frau dich hört oder nicht. Ich habe gedacht, du verlässt das Haus, wenn wir telefonieren. Und versuch nur nicht, sie vor mir weiter mit ihrem Namen zu nennen! Blöder geht es ja nicht. Dann rufe ich sie selbst an und frage sie persönlich, wie es sich anfühlt, so zu heißen. Du weißt, dass ich den Namen nicht ausstehen kann, und das hat nichts damit zu tun, dass ich eifersüchtig bin, sondern ausschließlich mit der Tatsache, dass es ein Name ist, den ich nicht einmal einer Kuh geben würde.«

Ihre Stimme, gerade noch die eines Mädchens, war von einer Kühle, die selbst mich im meinem Bett zusammenfahren ließ.

»Es sind nur zehn Minuten, die ich von dir verlange, und du sagst mir, du musst schlafen, und begründest es mit dem Schwachsinn, dass du morgen einen schweren Tag hast.«

Sie setzte ganz auf ihren Hohn.

»Nur ein Vollidiot kann von einem schweren Tag reden und glauben, dass ihn das von allem freispricht!«

Ich hörte, wie sie ein gekünsteltes Lachen hervorpresste, das in ein Husten überging, was sie nur noch wütender machte.

»Tagaus, tagein habe ich für dein läppisches Gegreine Zeit, und dann willst ausgerechnet du mir sagen, wann es genug sein soll«, schrie sie, längst über jede Grenze hinweg und nur noch darauf aus, möglichst auszuteilen. »Ich bin doch nicht dein verdammter Mülleimer. Ihr könnt meinetwegen alle krepieren, du, deine beschissene Frau und deine genauso beschissenen Bälger! Heul dich bei ihr aus und fick sie, aber bild dir bloß nicht ein, ich mache auf, wenn du in Zukunft winselnd vor meiner Tür stehst.«

Damit schien sie abrupt in sich zusammenzufallen, und dann lag sie eine Weile nur da, und ich lauschte, während ihr Atem um so lauter ging, je mehr sie sich zu beruhigen versuchte. Das Telefon summte noch ein paarmal, ohne dass sie abnahm, und ich konnte ihr Gesicht im Dunkeln bloß ahnen. Darauf hörte ich, wie sie aufstand, das Tappen ihrer nackten Füße auf dem Holzboden, und wie sie näher kam, und sah im Licht, das durch das Dachfenster drang, ihre Silhouette in meiner Türöffnung. Sie wusste, dass ich wach war, aber es verging eine volle Minute, in der sie nur dalehnte und offensichtlich auf mein Bett starrte, während ich zu ihr hinübersah und, sosehr ich mich auch bemühte, nichts erkennen konnte als ihre Umrisse. Schon kehrte sie in ihr Zimmer zurück, erschien aber gleich darauf wieder an derselben Stelle und zündete sich in aller Ruhe eine Zigarette an.

»Tu nicht so, als würdest du schlafen«, sagte sie, wobei ihr Gesicht in der Flamme des Steichholzes aufleuchtete. »Willst du auch eine?«

Ich antwortete nicht, und sie kam an mein Bett, ließ sich an den Rand sacken, klopfte für mich eine aus dem Päckchen und gab mir Feuer, während ich mich aufsetzte.

»Frag mich nichts«, sagte sie, obwohl ich keine Anstalten dazu gemacht hatte. »Ich kann dir nichts erklären.«

Im nächsten Augenblick deutete sie mir, ein Stück zur Seite zu rücken, und zog ihre Beine auf das Bett, und wir rauchten schweigend, und als wir damit fertig waren, bat sie mich, bei mir schlafen zu dürfen. Noch bevor ich etwas erwidern konnte, streckte sie sich aus und zog mich zu sich herunter, und wir lagen uns Kopf an Kopf gegenüber. Ich wusste nicht, wohin mit meiner Hand, und legte sie zuerst auf ihre Hüfte, dann auf ihre Schulter. Sie trug den Schlafanzug aus Flanell, der auch ein Geschenk unseres Vaters war, und als sie mein Zögern spürte, lachte sie.

»Du weißt, dass ich es nicht mag, wenn du mir im Gesicht herumfummelst«, flüsterte sie. »Vielleicht willst du es trotzdem versuchen.«

Ich rührte mich nicht, weil ich wusste, dass sie mich bei der kleinsten Bewegung zurückweisen konnte, auch wenn sie mich gerade noch dazu aufgefordert hatte.

»Na, mach schon! Ich sage dir, wenn es mir zuviel wird. Du bist doch sonst nicht so zimperlich.«

Sie nahm meine Hand und legte sie sich auf das Gesicht, als wäre das Teil einer kultischen Handlung.

»Brauchst du eine amtliche Erlaubnis?«

Ich hatte begonnen, mit meinem Daumen ihren Hals entlangzufahren, und fuhr jetzt den Bogen ihres Kinns weiter und hinter ihrem Ohr hinauf über die Stirn. Sie hatte früher jedesmal gesagt, ich solle nicht vergessen zu atmen, wenn ich das tat, doch jetzt sagte sie nichts, lag schweigend da und hatte selbst genug mit ihrem Atem zu tun, und ich hielt inne und atmete tief ein und aus. Dann tippte ich einen Punkt genau zwischen ihren Augen-

ERSTER TEIL

brauen an und wartete wieder. Sie streckte ihren Kopf kaum merklich meiner Hand entgegen, und ich zog mit dem Zeigefinger ein langes »I« über ihre Nase und ließ statt eines Querbalkens, der es zum Kreuz gemacht hätte, die anderen Buchstaben ihres Namens folgen, mit denen ich ein ums andere Mal ihr Gesicht beschriftete.

ZWEITES KAPITEL

Ich kann es heute selbst kaum mehr glauben, doch in den ersten fünf Monaten der beiden Innsbrucker Jahre zu Beginn unseres Studiums, in denen wir uns eine Wohnung teilten, muss ich mir manchmal eingebildet haben, Ines sei eher so etwas wie meine Freundin als meine Schwester, oder vielmehr machte ich mir einfach keine Gedanken über unser Verhältnis, bis sie ihren ersten Freund hatte und ich die Augen davor nicht verschließen konnte. Es mag Wunschdenken gewesen sein, zudem reichlich verquer, aber wir wohnten zu der Zeit nicht nur zusammen, wir gingen auch fast jeden Abend gemeinsam aus, und für Außenstehende machte die Verwirrung noch größer, dass Ines da ihr Haar kurz geschnitten hatte, während ich meines schulterlang trug, und sie als alles durchgegangen wäre mit ihren Männerhosen und Männerhemden, unter denen sie ihre Brüste verbarg, die sie mir in einem Sommer lange davor mit den Worten »Man kann nicht behaupten, dass sie nicht existieren« zum Betasten und Befühlen hingehalten hatte. Wenn wir jetzt irgendwo an einer Theke standen, unterhielten wir uns jedenfalls auf das selbstverständlichste über die anwesenden Männer, ja, soweit ich mich erinnere, kaum je über eine Frau, Ines mochte fragen: »Wie gefällt dir der?«, und es wäre mir gar nie in den Sinn gekommen, umgekehrt die Frage zu stellen: »Wie gefällt dir die?«, und dann konnte es geschehen, dass wir spätnachts, wenn wir nach Hause kamen, zueinander ins Bett krochen, engumschlungen einschliefen und genauso engumschlungen wieder wach wurden.

Es war der Vorschlag unseres Vaters gewesen, dass auch sie in Innsbruck studieren könnte, als ich mich dafür entschied, und wie immer es ihm gelungen war, ihr das schmackhaft zu machen, hatte er dann nicht lange gezögert und in seiner robusten Art, sofort Fakten zu schaffen, die Wohnung gekauft, an einer der lautesten Kreuzungen der Stadt zwar, aber bloß zwei Minuten von den Geisteswissenschaften für sie und auch für mich nicht weiter von meinen Betriebswirtschaftlern entfernt, bei denen ich allerdings nie richtig ankam, weil ich von Anfang an mit ihnen fremdelte und sie nur seinetwegen oder aus Phantasielosigkeit gewählt hatte und die längste Zeit eher Ines in eine ihrer Vorlesungen begleitete, als zu meinen eigenen zu gehen. Er hatte selbst eine rohe Holzfaserplatte vor die Flügeltür zwischen den beiden Haupträumen geschraubt, damit wir uns nicht zu sehr ins Gehege kämen, ich hatte sie noch in derselben Woche wieder abgenommen, und auch wenn wir deswegen nicht gleich wie ein frisch verheiratetes Paar dort einzogen, war es im nachhinein dennoch das erste und auch einzige Mal, dass ich mir so etwas wie mit jemandem ein Paar zu sein überhaupt nur vorstellen konnte und, wenn ich darüber nachgedacht hätte, wahrscheinlich auch das ganze andere bourgeoise Zeug, wie Ines dazu sagte, samt Kindern und

SIE IST MEINE SCHWESTER

allem. Andererseits waren wir erst achtzehn, und wenn wir die Treppe hinunterliefen, erschienen uns die fast ausschließlich alten Leute, die außer uns das Haus bewohnten, nicht wie Achtzig- oder Hundertjährige, obwohl sie erst sechzig waren, sondern wie längst schon Gestorbene, die eine Strafe abdienten und bereits vor unserer Geburt als Wiedergänger ihrer selbst hier ein und aus gegangen sein mussten. Im Parterre gab es ein Café mit einer passablen Pasta asciutta auf der Karte, die wir manchmal an vier oder fünf Tagen hintereinander aßen, und davor nahmen bei Einbruch der Dunkelheit zwei Prostituierte ihren Dienst auf, denen wir von unserem verkehrsverrußten Balkon aus zuschauen konnten, wie sie in ein Auto stiegen und eine halbe Stunde später wieder zurückgebracht wurden oder zu Fuß die Straße, die zum Fluss führte und mitten in der Stadt schon eine Ausfallstraße war, heruntergestakst kamen.

Wir wussten da seit etwas mehr als zweieinhalb Jahren, dass wir Geschwister waren, und dass es dafür den frühen Tod meiner Mutter gebraucht hat, zeigt nur, welche Verdrucksheit und Verklemmtheit und selbstverständlich nicht Rücksichtnahme, sondern Rücksichtslosigkeit sich dahinter verbarg. Man habe ihr dieses Wissen nicht zumuten wollen, war die Erklärung, als wir es wenige Tage nach ihrem Begräbnis erfuhren, aber ich konnte mir nicht vorstellen, dass meine Mutter sich nicht Gedanken gemacht hatte, warum diese Lehrerin aus Koblenz Jahr für Jahr sowohl im Sommer als auch im Winter mit ihrer heranwachsenden Tochter in unser Hotel gekommen, immer länger geblieben war als andere Gäste und nicht nur die besondere Aufmerksamkeit unseres Vaters hatte, sondern ihn durch kleine Irritationen dazu bringen konnte, dass er tagelang schlecht gelaunt war, unaufhörlich mit seinem Blutdruckmessgerät herumhantierte und manchmal sogar ins Bett musste, weil er sich plötzlich so schwach fühlte. Meine Mutter hatte nach ihrer Diagnose nur mehr sechs Monate zu leben gehabt, es war eine Unterleibsgeschichte gewesen, schon weit fortgeschritten, und ich hatte ihr bei meinem letzten Besuch im Krankenhaus, statt mich über das Oberflächlichste hinaus zu erkundigen, wie es ihr gehe, in einem fort davon vorgeschwärmt, dass Ines mir geschrieben habe, und es bloß auf die Müdigkeit der Totkranken geschoben, dass sie meine Begeisterung nicht teilte und sagte, sie müsse jetzt schlafen.

Natürlich war sie schon viel länger nicht mehr richtig anwesend gewesen, schon vor dem Ausbruch der Krankheit, und wenn man ihr so oft zu verstehen gegeben hatte, dass sie nicht hierhergehörte, ergab sie sich jetzt ihrem Schicksal und zeigte damit allen, dass das stimmte. Sie stammte aus dem Burgenland, war halb kroatisch aufgewachsen und hatte Kunstgeschichte studiert, und auf andere wirkte sie, als hätte sie nie aufgehört sich zu wundern, was sie in dieses Nest an der Baumgrenze verschlagen hatte, mehr als neunzehnhundert Meter über dem Meer, wo man nicht nur vor Kälte erfror. Dabei hatte sie sich am Anfang noch gewehrt, war mit mir jedes Jahr für ein paar Wochen in ihr Elternhaus zurückgegangen, wenn der Sommer gar nicht kam und auch im Mai, ja, manchmal selbst im Juni der vom Winter übriggebliebene Schnee nicht weggeschmolzen war, und hatte erst nach und nach resigniert. Auch in den Tagen vor meiner Geburt war sie dort gewesen, und ich hatte später den Verdacht entwickelt, sie sei von meinem Vater erst im allerletzten Augenblick heimgeholt worden, damit ich nicht als burgenländischer Kroate oder kroatischer Burgenländer, sondern als Tiroler auf die Welt käme, was für ihn auf eine Frage von Stärke und Schwäche hinauslief. Ich hatte nur wenige Erinnerungen an Situationen, in denen meine Mutter mit ihm mehr als ein paar Augenblicke zusammen war, und in dem riesigen Hotelkomplex war es leicht, einander aus dem Weg zu gehen, wenn man es darauf anlegte. Sie hatte ihre Blumen, mit denen sie in der Vorsaison eigenhändig alle Räume dekorierte, sie hatte ihre Reisen, jedes Frühjahr nach Florenz und jeden Herbst nach New York, sie hatte ihr erstes Glas gegen Mittag und ihr letztes kurz vor dem Einschlafen, ohne dass ich sie jemals betrunken erlebt hätte, und sie hatte mich oder hätte mich haben können, wenn ich ihr genug gewesen wäre und nicht womöglich durch meine Ähnlichkeit mit meinem Vater der endgültige Beweis dafür, dass sie eine falsche Entscheidung getroffen hatte und damit unter Leute gefallen war, mit denen sie nichts zu tun hatte und nichts zu tun haben wollte und denen sie gleichzeitig nur durch ihren Tod oder nicht einmal dadurch entkommen konnte. Denn sie hatte sich gewünscht, im Burgenland begraben zu werden, aber mein Vater sagte: »Das wäre ja noch schöner«, und legte sie neben seinen Vater und seine Mutter unter das Kreuz, unter dem irgendwann auch er liegen würde.

Für Ines und mich endeten damit die Jahre, in denen wir buchstäblich aufeinander zugeflogen waren, und es begann die lange Zwischenzeit, bevor wir in Innsbruck wieder zusammenkamen, eine Phase, in der wir so gut wie keinen Kontakt hatten. Es war nicht übertrieben zu sagen, dass ich davor auf die Ferienwochen, in denen ich sie sehen würde, jeweils hingelebt hatte und bei der kleinsten Andeutung, sie könnte einmal nicht kommen, jeden Halt zu verlieren drohte. Sie hatte die Idee mit den Briefen gehabt, sie hatte gesagt, wir könnten es in den Monaten, in denen wir uns nicht sahen, mit Schreiben versuchen und nur im Notfall telefonieren, und obwohl ich von einem Notfall in den anderen taumelte und sie am liebsten Tag für Tag angerufen hätte, hatten wir das mit wenigen Ausnahmen durchgehalten. Ich erhielt jede Woche einen Brief von ihr, und ich schrieb ihr jede Woche einen, und allein die gewollte Künstlichkeit, die das zu der Zeit hatte, machte es zu etwas Besonderem. Wir waren dreizehn, später vierzehn und fünfzehn Jahre alt und schraubten uns in eine Erwartung hinein, die es vielleicht sonst gar nicht gegeben hätte, und das hatte auch mit den viel zu vielen Abschieden zu tun, jedesmal nach nur zwei oder drei Wochen. Ich ging Ines an dem Tag, an dem sie mit ihrer Mutter anreiste, immer zu Fuß entgegen, machte mich Stunden vor der geplanten Ankunft auf den Weg, bis irgendwo auf offener Strecke das Auto auftauchte und neben mir hielt und sie heraussprang, mich umarmte und mir ins Ohr flüstere, was für ein Spinner ich sei, oder nur den Kopf schüttelte, wenn es schneite oder ich waschnass im Regen stand.

Ich machte mir keine Gedanken, wenn ihre Mutter uns zur Eile mahnte, und wäre nie auf die Idee verfallen, sie könnte an unserem Verhalten etwas missbilligen. Sie blieb im Auto sitzen und wandte ihren Blick nicht ab, und die ein oder zwei Mal, die wir sie allein weiterschickten und sagten, wir würden nachkommen, erwiderte sie bloß, wir sollten aber nicht trödeln, und es war sicher nur zurechterklärt, wenn ich in Zukunft glaubte, mir da schon eingebildet zu haben, sie wäre liebend gern im Schritttempo hinter uns hergefahren, um uns im Auge zu behalten. Wir ließen uns dann absichtlich Zeit, und die Fragen, wo wir so lange geblieben seien und was wir gemacht hätten, sobald wir endlich zu Hause anlangten, amüsierten uns und erhielten erst nachträglich ihr Gewicht.

Das Ganze spitzte sich noch zu in den Wochen damals am Badesee, als meine Mutter schon im Sterben lag und Ines' Mutter unverblümt zu erkennen gab, dass ihr immer weniger gefiel, was sich da zwischen uns entwickelte. Sie konnte sich uns ungefragt anschließen, wenn wir etwas unternahmen, konnte ohne zu klopfen ein Zimmer betreten und versuchte ihre Rolle als Aufpasserin gar nicht zu verbergen, zog sie höchstens selbst ins Ironische und nannte sich unseren Anstandswauwau. Eines Tages war sie sogar mit zum Schwimmen gegangen, und wir hatten schon gefürchtet, es würde fortan regelmäßig so sein, und waren um so befreiter, als sie danach doch wieder wegblieb und uns ziehen ließ.

Sonst wäre es auch nie zu der Szene an dem Abend gekommen, an dem alle anderen bereits aufgebrochen waren und ich ein Stück in die Wiese hineinschlenderte, die ans Ufer grenzte, und mich gerade nach Ines umdrehte, als sie auf mich zugelaufen kam. Ich hatte geglaubt, sie sei eingenickt, und hatte zu unserer Liegestelle zurückgeschaut, aber jetzt war sie nur mehr zwei oder drei Meter entfernt und stürmte in der untergehenden Sonne mit fliegendem Haar auf mich zu, dass ich gar nicht die Gelegenheit hatte, all das zu denken, was ich gedacht zu haben glaubte, wenn ich mich später daran erinnerte. Es war ein kraftvolles Laufen, sie kam mir in ihrem Bikini entgegen, als wollte sie mich umrennen, und hatte gleichzeitig die Arme weit ausgebreitet, um sie um mich zu schlingen, und ich dachte in dem Augenblick wahrscheinlich gar nichts, aber im nachhinein hätte ich am liebsten die Zeit in immer kleinere Einheiten zerlegt, um ihre Bewegung zu verlangsamen und schließlich zu stoppen. Denn mein Hirn, das Hirn eines Fünfzehnjährigen, funkte mir ein Durcheinander von Signalen, die ich in dieser Intensität nicht gekannt hatte und nur damit übersetzen konnte, dass es mir zu sagen versuchte, dass das der glücklichste Augenblick meines Lebens sei, dem nichts je gleichkommen würde, selbst wenn noch Jahre und Jahre vor mir lägen.

Allein zu hören, dass wir plötzlich Bruder und Schwester sein sollten, machte Ines wütend, ihre bevorzugte Art, mit allem umzugehen, was ihr nicht passte, und die Wut richtete sich nicht nur gegen unseren Vater und ihre Mutter, sondern auch gegen mich, als hätte ich immer schon Bescheid gewusst. Ihre Briefe blieben aus, ich wartete in den Ferien vergeblich darauf, dass sie auftauchte, und wenn ich mich bei unserem Vater nach ihr erkundigte, erhielt ich die Antwort, er wisse auch nichts Neues, oder bekam irgendeine Erfolgsgeschichte über sie erzählt, sie nehme an der Mathematikolympiade teil, habe einen Klavierwettbewerb gewonnen oder etwas dergleichen, und ich wusste, dass es bestenfalls die halbe Wahrheit war und das Wichtigste von dem Mädchen gar nicht erfasste, mit dem ich Monate davor noch am Badesee gelegen war, willens, an alles zu glauben, weil ich den Beweis vor Augen hatte, dass es Wunder gab. Sie hatte einmal eine Flasche Wein dabeigehabt, ein anderes Mal im Schneidersitz stolz einen Joint gebaut, wo immer sie das Zeug herhaben mochte, und jetzt wurde mir von unserem Vater diese fremde Doppelgängerin hingestellt, die ich aus der Ferne bewundern sollte und tatsächlich auch bewunderte, aber nicht nur das, ich wollte sein wie sie, und an manchen Tagen war es richtiger, das »wie« wegzulassen. Ich schrieb Ines zwei- oder dreimal und erhielt schließlich von ihrer Mutter ein paar Zeilen, ich solle ihr Zeit geben, während unser Vater mich mit diesem zweifelnden Blick ansah, den er eigens für mich reserviert zu haben schien, wenn ich mich anschickte, ihm auch bloß andeutungsweise zu sagen, wie sehr sie mir fehle, ohne dass ich dabei jemals dieses Wort gebraucht hätte.

Ich weiß nicht, wodurch der Umschwung kam, aber vielleicht genügte wirklich die Zusicherung unseres Vaters, die Wohnung zu kaufen, die Ines bewog, nach Innsbruck zu kommen, oder es hatte mit ihrer Mutter zu tun, die gerade da zum ersten Mal offen einen Mann in ihrem Leben hatte. Davor hatte sie ihre Liebhaber all die Jahre, so gut es ging, von ihrer Tochter weggehalten, hatte sie außerhalb der gemeinsamen Wohnung getroffen oder an ihr vorbei ins Schlafzimmer geschleust, und als Kind hatte Ines Männer die längste Zeit nur als Phantome gekannt, die bei Nacht und Nebel auftauchten und möglichst bei Nacht und Nebel wieder verschwanden, ohne eine Spur zu hinterlassen, weshalb sie für sie genaugenommen gar nicht existiert hatten. Entsprechend wurde über sie geredet, es war etwas unnötig Heimliches und unnötig Peinliches darum, und als Ines mir ein Foto von diesem ersten Offiziellen zeigte, wie sie ihn nannte, und er mir auf dem Bild mit glattrasiertem Schädel, Schnurrbart und wehrlosem Seehundblick entgegensah, sagte sie, sie wage sich nicht auszumalen, wen und was ihre Mutter in der Vergangenheit alles vor ihr verborgen habe, wenn sie glaube, ausgerechnet dieses Prachtexemplar der Schöpfung nicht vor ihr verbergen zu müssen.

Ich behielt lange für mich, dass ihre Mutter mich angerufen hatte, um mich zu bitten, auf Ines achtzugeben. Allein die Tatsache, dass sie mich von sich aus kontaktierte, war außergewöhnlich, allein die Getragenheit, mit der sie sprach, und dazu kam, dass sie mir das Versprechen abnahm, Ines nichts davon zu verraten. Dann erst rückte sie mit dem Problem selbst heraus, doch solange ich sie auch drängte und fragte, was sie damit meine, sie ging nicht weiter, als zu sagen, Ines habe schlechte Erfahrungen mit einem Mann gemacht und ich solle sanft mit ihr umgehen. Das konnte alles bedeuten, und ich wurde auch nicht schlauer daraus, als ich Ines, Wochen nachdem wir uns endlich wiedergesehen hatten, dann doch darauf ansprach und sie mit einem regelrechten Wutanfall reagierte.

»Wie kommt sie nur darauf, dich anzurufen?«

Sie wollte nicht darüber reden, und das galt auch für alle anderen Male, die ich es wieder aufbrachte, weil es mir keine Ruhe ließ, sie schnitt jeden Versuch ab.

»Lass mich in Frieden damit!« sagte sie. »Meine Mutter hat keine Ahnung. Bevor ich mit jemandem schlechte Erfahrungen mache, sorge ich dafür, dass er sie mit mir macht, und rede auch nicht darüber. Sie will, dass ich Angst habe, aber ich habe keine Angst. Ich werde ihr nicht den Gefallen tun, mich lebenslang zu fürchten, nur weil das in ihrer Natur liegt und sie es getan hat.«

Weiter kam ich nie mit ihr. Denn schließlich entwickelte sie einen Running Gag aus ihren »schlechten Erfahrungen«, als könnte sie das gegen alles immunisieren, und wann immer sie fand, ich sei im Begriff, mir etwas Falsches über sie zusammenzureimen, wehrte sie sich dagegen. Dann legte sie den Kopf schief und lachte, aber sosehr sie sich bemühte, dabei heiter zu wirken, konnte sie doch nicht verhehlen, dass dieses Kämpferische etwas Bitteres hatte.

»Grübelst du über meine schlechten Erfahrungen?«

Meistens ging es dabei auch gegen ihre Mutter, die mehr und mehr als abschreckendes Beispiel herhalten musste.

»Warum tust du dich nicht mit ihr zusammen? Sie braucht das, aber ich komme auch ohne ihr Gejammer aus. Willst du, dass ich genauso ende wie sie?«

Jedenfalls war sie froh, Koblenz hinter sich lassen zu können, und machte die Wahl ihres Studienplatzes zu einer pragmatischen Entscheidung, wie wenn es ihre Distanzierung nie gegeben hätte, aber nicht erst seit diesen Gesprächen, sondern schon davor, schon als wir zum ersten Mal wieder voreinander standen, eine Woche vor Semesterbeginn, waren meine Phantasien weit vorausgelaufen, und ich musste sie wieder zurückholen, um sie zusammenzubringen mit der jungen Frau, die sich in neuer Aufmachung präsentierte, längst den Kleidchen entwachsen, die sie bei unseren letzten Treffen noch angehabt hatte, und lachend sagte: »Schau nicht so!« Ich war nervös gewesen vor der Begegnung, und wenngleich etwas von der alten Vertrautheit da war, hatte ich sie kaum erblickt und wurde den Gedanken nicht los, dass ich zwar nicht gar nichts über sie wusste, aber dass es vieles gab, das ich nicht einmal ahnte, und dass es das war, was sie ausmachte, und das hatte am wenigsten mit der Arbeitermontur zu tun, die sie an dem Tag ostentativ trug. Sie bewegte sich anders, weicher, runder, selbstbewusster, tat jeden Schritt mit einer regelrechten Nachdrücklichkeit, es war nichts mehr von dem Ungelenken da, das ich so sehr an ihr gemocht hatte, sie rauchte anders, die Zigarette zwischen Daumen und Zeigefinger, als wäre sie schon im Begriff, die Kippe wegzuwerfen, kaum dass sie sich Feuer gegeben hatte, sie lachte anders, voller, kehliger, und sie hatte den Glanz in den Augen, den ich immer bei ihr gesucht hatte, aber er galt nicht mir oder zumindest nicht nur. Zweieinhalb Jahre davor hatte sie noch etwas geradezu Störanfälliges an sich gehabt, ich hätte mich nicht gewundert, wenn es zu richtigen Aussetzern gekommen wäre, während es jetzt schien, als wäre alles an ihr perfektioniert und ihr Geist mit ihrem Körper so im reinen, dass sie nach Belieben über ihn verfügen konnte.

Unser Vater führte uns zum Essen aus, und als ich in seinem Jaguar vorn einsteigen wollte, deutete er auf Ines und meinte, ich solle mich nicht immer vordrängen, aber sie setzte sich zu mir nach hinten, und wir kümmerten uns nicht um seine Blicke im Rückspiegel, während wir in den Ledersitzen versanken und uns auf der Fahrt zum

Restaurant unablässig ansahen. Ich sagte ihr ins Ohr, dass ich mich freute, und sie fragte, ob das alles sei, was ich an Euphorie zustande brächte, und legte mir ihre Hand auf den Arm. Dann flüsterte sie ironisch exaltiert: »O Elias!«, flüsterte: »O Glück!«, und fügte flüsternd hinzu, sie würde am liebsten stundenlang nur von einem »O!« zum andern hüpfen und sonst nichts tun. Sie achtete nicht darauf, was unser Vater erzählte, seine zunehmende Verstimmtheit trug zu meiner Hochstimmung bei, dass auch ich immer weniger gewillt war, Rücksicht auf ihn zu nehmen, und als Ines später meinte, es sei schon verrückt, dass ausgerechnet dieser Mann, der mit uns beiden so wenig zu tun habe, die Verbindung zwischen uns bilden sollte, war mir das eine schreckliche Vorstellung, und ich widersprach ihr.

»Da gibt es tausend andere Dinge.«

Sie sagte, so viele brauche sie gar nicht, wenn ich nur eines oder zwei aufzählen könne, und dann war sie mit ihren Gedanken schon weiter.

»Glaubst du, er hat mit unseren Müttern Sex gehabt, während sie mit uns schwanger waren?«

»Möglich«, sagte ich. »Warum willst du das wissen?«

»Nur so«, sagte sie, und es schien ihr selbst nicht ganz wohl dabei zu sein. »Aber wenn ja, wäre es doch eine sehr handfeste Verbindung gewesen, die er dadurch zwischen uns hergestellt hätte. Gesetzt den Fall, er schläft zuerst mit deiner Mutter und gleich danach mit meiner oder umgekehrt ... Ich weiß, dass es ein schiefes Bild ist, aber ich muss dann stets an eine missglückte Stabübergabe denken.«

Was auch immer sie damit meinte, so genau wollte ich es mir nicht ausmalen, und ich versuchte es ins Lächerliche zu ziehen.

»Zwischen dir und mir?«

»Sicher«, sagte sie. »Sonst war niemand im Spiel.«

Ich hatte nicht vorgehabt, ihr von Emma zu erzählen, von der sie zu der Zeit noch nichts wusste, aber als wäre ein Stichwort gefallen, fing ich damit an. Ines hatte mich gerade noch gefragt, ob ich eine Freundin hätte, da war die Frage noch möglich, und ich hätte zurückfragen müssen, wie es bei ihr stehe, aber ich tat es nicht und begriff erst im nachhinein, dass ich nichts von einem Freund hören wollte, den sie vielleicht hatte, oder von Freunden, die sie womöglich gehabt hatte. Das hätte uns nur auseinandergebracht, und ohne jede Vorwarnung von Emma zu reden war auch eine Abwehr dagegen.

»Eine missglückte Stabübergabe?«

Ich wiederholte das Wort und überdehnte es bis zum Zerreißen, als wäre mir geholfen, wenn ich damit ein paar Augenblicke gewann.

»Was ich dir jetzt sage, darfst du auf keinen Fall damit in Zusammenhang bringen«, sagte ich. »Wir haben noch eine Schwester.«

Es machte nichts besser, dass ich hinzufügte, unser Vater habe ein Kind mit einer Küchenhilfe gezeugt, in genau der Formulierung, in der es mir im Kopf geblieben war, seit ich selbst zum ersten Mal davon gehört hatte, und als ich dann noch sagte, sie sei erst sechzehn gewesen, war das zwar bloß die Wahrheit, klang aber schon wie eine Anklage. Für mich war es zumindest, als hätte ich behauptet, ich hätte mit eigenen Augen beobachtet, wie unser Vater an der Spüle hinter sie getreten war, ein noch minderjähriges Mädchen, und ihr brutal den Rock hochgeschoben hatte, oder wie er sie vielleicht unter Alkohol gesetzt und in die Waschküche im Keller gelockt und dort auf einen Berg Schmutzwäsche gestoßen und sich über sie hergemacht hatte. Nicht, dass ich Grund hatte, das zu glauben, aber wenn ich mir den Akt vorzustellen versuchte, landete ich bei diesen immer gleichen Bildern und sah seine hinuntergerutschte Hose, seinen nackten Hintern und die in die Luft gestreckten und grotesk auf und ab wippenden Beine der Küchenhilfe vor mir, was natürlich mehr mit mir zu tun hatte als mit unserem Vater.

Ich wartete, als Ines nicht gleich antwortete, sagte, es sei eine komplizierte Geschichte, aber dann merkte ich, dass ihr nur die Stimme versagte.

»Noch eine Schwester?«

Sie formulierte es fast unhörbar.

»Wie lange weißt du das schon?«

In ihrem Gesicht stand eine Ratlosigkeit, als würde sie ihr eigenes Leben in neuem Licht sehen und wäre nicht sicher, ob sie Glück gehabt hatte, am Ende doch noch zu einem Vater gekommen zu sein, oder Pech, weil es genau dieser war.

»Warum erfahre ich erst jetzt davon?«

Sie selbst betreffend, hatte ihre Mutter ihr eine ziemlich unglaubwürdige Geschichte von einem einmaligen Ausrutscher mit einem Unbekannten erzählt und die Position des Vaters lange unbesetzt gelassen, aber sowie sie einmal besetzt war, stellte sich auch noch heraus, dass dieser so plötzlich aus dem Nichts aufgetauchte Erzeuger nicht nur sie im Stich gelassen hatte, sondern früher schon unsere ferne Schwester.

»Aber weshalb erzählst du mir das überhaupt?« sagte sie schließlich, und es war weniger ein Flüstern als ein hilfloses Krächzen, als ihre Stimme wieder zurückkehrte und sie geräuschvoll ein- und ausatmete und trotzdem nicht genug Luft zu bekommen schien. »Ich wünschte, ich hätte nie etwas davon erfahren.«

Mir war im selben Augenblick klar, dass ich es ihr anders hätte sagen müssen. Ich sagte den Namen, ich sagte: »Emma«, und dann sagte ich, es sei etwas mit ihr, und fand wieder nicht die richtigen Worte, und Ines starrte mich an, als wäre ich an allem schuld. Dabei wiederholte sie Silbe für Silbe, was ich gesagt hatte.

»Was meinst du damit?«

Ich sagte alles noch einmal, aber immer noch wehrte sie sich dagegen, es zu verstehen.

»Es ist etwas mit ihr?« sagte sie. »Was ...?«

Dann schien alles Licht aus ihren Augen zu weichen.

»Sie ist behindert?«

Ich wollte nein sagen, sagte jedoch ja, und als ich hinzufügte, unser Vater habe sie kein einziges Mal gesehen, entfuhr ihr ein Laut, der an sich selbst erstickte, und ich sagte ihr nicht, wie ich Gewissheit darüber erlangt hatte, als ich die sonst immer abgesperrte Schublade in seinem Büro eines Tages unversperrt vorgefunden hatte und dort auf Emmas Karten gestoßen war, die sie Jahr für Jahr immer vor Weihnachten an ihn geschrieben hatte, ob allein oder mit Hilfe ihrer Betreuerinnen, mit Buntstiften hingemalte Lettern. »Lieber Tate, wann kommst du?«, »Lieber Tate, bei uns schneit es schon, und ich freue mich auf das Christkind«, »Lieber Tate, ich wünsche dir ein gesundes Neues Jahr«, immer die gleiche Kindlichkeit, ob sie sechs oder sieben oder später fünfzehn oder sechzehn gewesen war, »Lieber Tate, wann …?« Und darunter: »Deine Gitsche«, »Deine Emma«, »Dein Mädchen«, »Dein Kind«, als gälte es nur, irgendwann die richtige Buchstabenfolge zu treffen, um unseren Vater zu bewegen, sich wenigstens einmal bei ihr sehen zu lassen.

Ines überlegte, ihn noch am selben Tag zur Rede zu stellen, sie wollte ihn anrufen, aber dann ließ sie es sein und rief stattdessen ihre Mutter an, die ihr wieder und wieder versicherte, nichts davon gewusst zu haben, und es kam auch bei seinem nächsten Besuch nicht zu dem Eklat, den ich erwartet hatte. Er hatte im Großmarkt für uns eingekauft, seine Art, für uns zu sorgen, die immer etwas Brachiales hatte, ein paar Kilo Spaghetti, ein paar Kilo geschälter Tomaten in Dosen, ein paar Flaschen Wein, und während er diese Überlebensbestände stolz herbeischleppte, nahm sie ihm nichts ab und beobachtete ihn nur. Sie ließ ihn wortlos zur Tür hereinkommen, und kaum hatte er die Sachen abgestellt, dachte ich schon, das sei der Augenblick, aber sie fiel ihm plötzlich um den Hals, schaute leer über seine Schulter und bewegte dabei bloß ohne einen Laut ihre Lippen.

Es war eine Farce, ein Blackout, und ich befürchtete, dass sich das in der einen oder anderen Art wiederholen würde, als er uns zwei Wochen später erneut zum Essen einlud und Ines dabei so sehr den Hof machte, dass ich mehrfach bemerkte, wie Leute von den Nachbartischen zu uns herüberschauten und sich wunderten, was der alte Kerl von der jungen Frau wollte und welche Rolle ich dabei wohl spielte. Er hatte ein besonders exquisites Restaurant gewählt und bestellte für sie von der Karte, als würde er ihr so die große Welt zeigen, sie müsse das und das und das probieren, zu jedem Gang einen anderen Wein, und wenn sie den ersten Schluck oder den ersten Bissen eines Gerichts nahm, schaute er sie hungrig an. Dann tauchte auch noch einer dieser traurigen Rosenverkäufer auf, und natürlich kaufte er ihm nicht *eine* Rose, sondern den ganzen Strauß ab, war kaum davon abzuhalten, sich vor sie hinzuknien, und überreichte ihr die Blumen schließlich mit einer ausgefallenen Verbeugung. Ich beteiligte mich wenig am Gespräch und fragte mich, ob mein Lächeln auch so verkommen wirkte wie seines, ob mir die Liebenswürdigkeit auch ins Schmierige abglitschte, ob ich auch so durchschaubar war in dem, was ich sagte. Schließlich war ich sein Sohn, und dass wir uns ähnlich sahen, konnte ich nicht leugnen. Er trug ein Polohemd und ein Sportjackett, Markenkleidung, aber wie aus dem Katalog, was ihm in der Stadt etwas Unbeholfenes verlieh, und versuchte Ines mit Anekdoten von seinem halben Jahr auf einem Kreuzfahrtschiff und seiner Ausbildungszeit in Spitzenhotels in New York und Südfrankreich zu beeindrucken, und als er uns schließlich vor unserem Haus ablieferte und bei laufendem Motor auf den Abschiedskuss der neben ihm Sitzenden wartete, brach es aus ihr hervor.

»Für wie blöd hältst du mich eigentlich?«

Ich saß diesmal allein hinten und nahm wahr, wie er im selben Augenblick zusammenzuckte. Er hatte sich zu ihr hinübergebeugt und schnellte jetzt regelrecht zurück. Dabei sah es für mich so aus, als würde sein Nacken pulsieren.

»Hat dir der Abend nicht gefallen, Ines?«

Er versuchte nach ihrer Hand zu fassen, aber sie entzog sie ihm nicht nur, sie gab ihm damit zu verstehen, dass sie das als genauso daneben empfand, wie er sich die ganze Zeit schon verhalten hatte.

»Wie lange glaubst du mir etwas vormachen zu können?« sagte sie. »Ich habe es satt, von dir belogen zu werden.«

Er sagte, er wisse nicht, wovon sie spreche, aber sie lachte nur und bemühte sich nicht mehr, ihre Wut zu unterdrücken.

»Willst du einen Tipp von mir haben? Es gibt da ein kleines Geheimnis auf der anderen Seite der Grenze, das mir zeigt, was für ein Mensch du bist. Muss ich mehr sagen, oder hilft dir das weiter?«

Damit stieß sie die Tür auf und sprang aus dem Wagen, und ich beeilte mich, auch auszusteigen, während er hinter ihr herrief, es tue ihm leid, er habe nicht gewusst, dass sie das so treffe, sie könnten über alles reden. Sie reagierte zuerst nicht, ging dann jedoch noch einmal zu ihm zurück, und ich hörte nicht, was sie zu ihm sagte, aber es konnte nichts Gutes sein, so wie sie dabei weit ausladende Bewegungen machte, ihre Miene verzog und immer angestrengter schaute, und so wie sie danach vor mir gegen ihn wütete und tobte, als er schließlich eingesehen hatte, dass er sie nicht mehr erreichte, und losgefahren war. Wir standen an der Straße, und sie nannte ihn die schändlichste Figur, die sie kenne, und störte sich nicht im geringsten daran, dass die Passanten sie hörten.

Für den Rest des Abends war sie nicht mehr zu beruhigen, und das wurde die Nacht, in der sie zum ersten Mal zu mir ins Bett kam. Sie trat lautlos durch die offene Flügeltür, kaum dass ich mich hingelegt hatte, und schob mich ohne ein Wort zur Seite. Dann schmiegte sie sich von hinten an mich, drückte mir ihre Hände vorsichtig auf die Brust, genau über meinem Herzen, und wartete. Ich hatte den Eindruck, sie zählte leise bis hundert und fing am Ende noch einmal von vorn an, bevor sie sich zu sprechen entschloss.

ERSTER TEIL

»Es macht mich verrückt, an sie zu denken«, sagte sie, und es war klar, dass sie von Emma sprach. »Sie ist immer schon dagewesen.«

Damit meinte sie, bereits bevor wir geboren waren.

»All die Jahre, die sie auf der Welt ist. Ich könnte nicht einmal genau sagen, wie alt sie sein muss. Ist das nicht unheimlich? So lange, ohne dass wir von ihr gewusst haben. Sie hätte die ganze Zeit auch tot sein können.«

Es hörte sich an, als würde sie von einem Gespenst sprechen, und endete damit, dass sie mich beschwor, wir müssten immer zueinander stehen, aber ich kann nicht einschätzen, ob das mit Emma zu tun hatte und ob es vielleicht dieser vorgeschlagene Pakt war, der uns in den ersten Innsbrucker Monaten so sehr zusammenschweißte, dass sich viele keinen Reim darauf zu machen vermochten. Ich tat nichts für eine Klarstellung, im Gegenteil, ich genoss es sogar, als Ines' oder, wie ich manchmal zum Spaß sagte, Inessens Freund oder Liebhaber wahrgenommen zu werden, und sie langweilten alle Festschreibungen und Berichtigungen, die ihr nicht notwendig erschienen, wenn jemand doch merkte, dass wir Bruder und Schwester waren. Den Plan, Emma auszuforschen, ließ sie zunächst fallen, weil sie Angst hatte, nach all den Jahren ungefragt in diesem fremden Leben aufzutauchen und danach wahrscheinlich für Jahre wieder daraus zu verschwinden, kaum ein Lichtblick zwischen zwei langen Abwesenheiten, und als sie ihn endlich doch wiederaufnahm führte er zu nichts.

Sie brauchte unseren Vater gar nicht, um an die notwendigen Informationen zu gelangen, die Adresse des Heims, in dem Emma untergebracht war, eine Telefonnummer. Es reichte, dass sie mit mir ins Dorf fuhr und mit den richtigen Leuten sprach, und als sie dann anrief, wurde ihr beschieden, dass wir dort nicht erwünscht waren. Nicht nur wir hatten nichts von Emma gewusst, auch sie wusste nicht, dass sie Geschwister hatte, und ihre Mutter ließ uns ausrichten, dass ein Besuch von uns sie nur unglücklich machen würde und wir deshalb davon und von allen weiteren Kontaktversuchen in Zukunft Abstand nehmen sollten. Das wollte Ines zuerst nicht akzeptieren, aber nach noch einer Abfuhr vierzehn Tage später gab sie es auf, und wir hatten fortan unsere Ausrede, wann immer wir auf Emma zu sprechen kamen, und fragten uns nicht, warum wir nicht mehr taten, als uns im Abstand von Jahren noch zwei- oder dreimal abweisen zu lassen, und uns abfanden mit der Situation, die unser Vater von Anfang an hergestellt hatte.

Gewiss, Ines hielt ihn eine Weile auf Abstand. Danach behandelte sie ihn mit Herablassung, ging aber immerhin ans Telefon, wenn er anrief, saß bei den von ihm zelebrierten Essen wieder brav an seiner Seite, sooft er sich in der Öffentlichkeit mit ihr schmücken wollte, und ließ sich von seinen Geschenken zwar nicht beeindrucken, nahm sie aber, wenn auch mit einer leicht verächtlichen Geste, wenigstens an, und irgendwann bat sie ihn, ihr zu versichern, dass nicht irgendwo auf der Welt weitere

Geschwister von uns herumgeisterten. Denn wir hatten darüber geredet, dass unser Vater vielleicht mit noch einer Urlauberin und mit noch einer Küchenhilfe Kinder gezeugt haben könnte und dass wir womöglich noch eine Schwester in Dänemark oder Holland hatten und noch einen Bruder in der Steiermark oder in Bosnien oder wo sonst die Angestellten neuerdings herkommen mochten, und dass für sie die Verteilung von Chancen und Glück auf himmelschreiende Weise ungerecht wäre.

Schließlich war es das, was blieb, nämlich dass Ines nicht aufhörte, damit zu rechten, welche entsetzlichen Zufälle ein Leben bestimmten, ob hier geboren oder anderswo, ob als Kind einer Lehrerin oder einer Küchenhilfe, ob im Krankenhaus oder halb auf dem Weg dorthin, weil die Wehen der Mutter nicht gleich als solche erkannt worden waren oder weil sich einfach niemand darum gekümmert hatte oder weiß der Teufel warum.

»Stell dir vor, ich wäre sie und sie wäre ich.«

Es ergab keinen Sinn, so zu denken, aber auch ich musste achtgeben, dass mir die Geschichten nicht zu Schwarzweißgeschichten gerannen, geradeso, als gäbe es einen Schuldzusammenhang, der alles bestimmte, hier das Licht, dort die Dunkelheit. In Wirklichkeit war es eine Mischung aus Zufall und Banalität, mehr nicht, ein undurchdringliches Gebräu, in dem jeder Versuch einer Sinngebung ersoff, und wenn es bei Ines eine bleibende Reaktion darauf gab, war es eine anhaltende Wut, die plötzlich aufflackern konnte. Meistens kündigte sich damit auch ihre Migräne an, die sie zwang, sich stundenlang im fensterlosen Badezimmer einzuschließen, in das garantiert nicht der dünnste Lichtstrahl drang, und sich wie tot auf dem nackten, kalten Fliesenboden auszustrecken. Wenn ich nach ihr sah und die Tür schnell auf- und wieder zumachte, ohne ein Wort zu sagen, lag Ines mit geschlossenen Augen und zusammengebissenen Zähnen da, die Arme eng um den Körper geschlungen. Sie war schon als Kind wütend gewesen, es hatte nur den kleinsten Anlass gebraucht, um sie aufbrausen zu lassen, ein falsches Wort, eine Niederlage beim Spiel, ein wahrgenommenes Unrecht, aber jetzt war es dieser Wille zur Wut, diese Bereitschaft, den Fehler in den großen Zusammenhängen, die alle hinnahmen, zu sehen und, wenn ihr jemand Normalität suggerierte, und sei es in den kleinsten Kleinigkeiten, sofort einen Verdacht dagegen zu erheben, der ihr dann das ganze System zerlegte.

»Stell dir vor, ich wäre sie und sie wäre ich.«

Die das als erste zu spüren bekamen, waren ihre Verehrer, und ich brauchte gar nicht zu versuchen, mir nicht einzugestehen, dass mir das recht war, Verehrer, Bewerber, Idioten, weshalb ich mir lange vormachen konnte, ich hätte Ines ganz für mich, und vollkommen überrumpelt war, als ihr erster Freund die Bühne betrat. Wir hatten ihn auf unseren Streifzügen durch die Lokale bereits hier und dort gesehen und über ihn gesprochen, Ines' »Was sagst du zu dem?«, mein »Sieht er nicht ein bisschen zu rustikal aus?«, ihr »Findest du?«, und auf einmal stand er neben uns, Moritz, eine Frohnatur, wie ich zuerst ein wenig abfällig dachte, unkompliziert zum Steineerweichen, orderte Drinks, lachte bei jedem ihrer Worte und war gegen den ersten Anschein auch noch klug und originell. Er studierte etwas Technisches, aber für Ines interessant machte ihn, dass er trotzdem Zeit zum Lesen hatte, jedenfalls kannte er jedes Buch, das sie erwähnte, erwähnte selbst ein Dutzend anderer, die sie nicht kannte, und meinte, man müsse sie natürlich nicht gelesen haben.

»Dein Bruder?« sagte er, als sie mich ihm vorstellte. »Dann muss ich wohl damit leben, dass er mich ansieht, als würde er mir am liebsten den Garaus machen.«

Wenige Stunden danach waren wir zu dritt auf dem Heimweg, und ich dachte, er würde sich vor unserem Haus verabschieden. Im nächsten Augenblick trottete ich jedoch hinter den beiden die Treppe hinauf und musste hinnehmen, dass Ines ihn in ihr Zimmer zog und die Flügeltür schloss, die zwischen uns nicht nur immer offen gestanden war, sondern durch die so oft entweder sie den Weg in mein Bett oder ich den Weg in ihres gefunden hatte. Dabei blickte er sich noch einmal nach mir um, und ich würde gern sagen, ich hätte mir nur eingebildet, was er sagte, aber er sagte es wirklich.

»Nimm es nicht so tragisch, Bruder!«

Später in derselben Nacht begegnete ich ihm nackt auf dem Gang vor dem Badezimmer. Zwar war es dort dunkel, aber so viel konnte ich erkennen, und ich schaute an ihm hinunter, ohne etwas zu sagen. Davor war ich noch einmal auf die Straße gegangen und hatte den beiden Prostituierten vor dem Café zugesehen, wie sie rauchten und miteinander schwatzten, und als er mir jetzt seine Hand auf die Schulter legte, nahm ich es hin, als wollte er damit andeuten, dass es andere Frauen für mich gab.

Kaum war er wieder in Ines' Zimmer verschwunden, trat ich trotz der Kälte nur in Unterhose und T-Shirt hinaus auf den Balkon und schaute durch einen Spalt in den Gardinen zu ihnen hinein. Die Nachttischlampe war an, und in ihrem Schein sah ich, dass Ines mit geschlossenen Augen auf dem Rücken lag und er sich auf den Bettrand gesetzt hatte und zu ihr hinunterblickte. In seinem Gesicht war ein merkwürdig niedergeschlagener Ausdruck, als wüsste er, dass er sie jetzt schon zu verlieren begann, oder ich bildete mir das ein, weil ich in Wirklichkeit damit bloß den Gedanken abzuwehren versuchte, dass *ich* Ines verloren hatte.

Die Flügeltür blieb fünf Tage lang bis tief in den Vormittag, manchmal sogar bis in den frühen Nachmittag hinein geschlossen, ich machte Musik an und drehte sie laut, dass ich nichts hören musste, aber am sechsten Tag saß Moritz bereits bei einem langen Frühstück mit mir in der Küche, und Ines war ausgeflogen, zuerst joggen gegangen und dann in eine ihrer Vorlesungen. Nachher huschte sie nur schnell herein, um etwas zu holen, drückte ihm einen Kuss auf die Stirn, atmete durch und sagte, sie habe keine Zeit, sie müsse noch einmal weg, und während ich ihm einen zweiten Kaffee und ein paar Rühreier machte, war wieder dieser Ausdruck in seinem Gesicht. Ich hätte zufrieden sein können mit der Entwicklung, aber wenn ich ihn am Anfang nur aus dem Haus haben wollte und darüber nachdachte, wie ich bewerkstelligen könnte, dass entweder er die Lust an ihr oder sie die Lust an ihm verlor, hörte ich ihm jetzt zu, wie er sich rechtfertigte.

»Ich habe keine Ahnung, was passiert ist«, sagte er. »Sie hat gesagt, wenn ich nicht aufhörte von meiner Liebe zu reden, sei ich bei ihr an der falschen Adresse.«

Wir wurden Freunde, Moritz und ich, und ich verbrachte bereits nach dieser ersten Woche mehr Zeit mit ihm, als Ines es tat, und hatte ernsthaft den Eindruck, sie habe mir, ohne es auszusprechen, den Auftrag gegeben, mich mit ihm zu beschäftigen. Wir steckten den ganzen Tag zusammen, und es gab bald einmal schon Nächte, in denen er bei ihr nicht mehr willkommen war und im Schlafsack auf dem Boden in meinem Zimmer schlief, weil sie ihn buchstäblich hinausgeekelt hatte, und ich mich dabei ertappte, wie ich auf seinen Atem lauschte und mich fragte, ob er wach war und in der Dunkelheit vielleicht zu mir heraufschaute, nicht einmal zwei Meter entfernt. Dann fing sie an, allein auszugehen, er nahm ihr Bett in Beschlag, und wir saßen wieder gemeinsam beim Frühstück, wenn sie am Morgen nach Hause kam, ihre Kleider wechselte und einen wohlwollenden, aber auch leicht mitleidigen, leicht genervten Blick zu uns hereinwarf, bevor sie zu einer ihrer Lehrveranstaltungen eilte.

Nicht, dass ich mir wirklich klarmachte, was da geschah, aber dass Moritz längst nicht mehr ihretwegen, sondern meinetwegen zu Besuch kam, begriff ich schließlich. Ich wartete auf ihn, hörte sein Hupen trotz des Verkehrslärms von der Kreuzung, bevor er klingelte und die Treppe heraufstieg, immer bereit, eine seiner großen Hände vor sein Lächeln zu schieben, um den abgeschlagenen Schneidezahn zu verdecken, und konnte und wollte meine Freude nicht verbergen, wenn ich ihm öffnete. Er erkundigte sich nach Ines nur noch pro forma, wie um von Mal zu Mal wieder zu beweisen, dass er ihr nicht gram war, wenn sie keine Zeit hatte, und schien sie schon vergessen zu haben, sowie er die Tür zu meinem Zimmer hinter uns schloss und direkt vor mir stehenblieb, als brauchte er stets von neuem eine Einladung, sich zu setzen, und würde sich sonst nicht von der Stelle rühren. Dann eines Tages, als sie nicht da war, sagte er wie bloß versuchsweise, er würde nicht noch einmal den Fehler begehen, von Liebe zu sprechen, aber das bedeute ja nicht, dass es nicht genau das sei, und sah mich dabei beharrlich an. Es lag etwas in seinem Blick, dass ich wusste, was er tun würde, noch bevor ich es selbst tat und ihn heftig an mich zog und ihm meine Zunge tief in den Mund stieß und dabei spürte, wie mir das Reibeisen seiner Bartstoppeln auf Kinn und Oberlippe die Haut aufriss und gleich darauf über die Wangen und über das ganze Gesicht fuhr, ein wütendes Brennen.

ERSTER TEIL

Wir lagen im Bett und waren noch wach, als Ines um drei Uhr am Morgen nach Hause kam, ganz selbstverständlich die Tür zu meinem Zimmer öffnete und das Licht anschaltete, und der Blick, mit dem sie mich ansah, konnte mir auch Jahre später plötzlich bei ihr begegnen, eine seltsame Mischung aus spöttischer Überraschung und Erleichterung, die ich da noch nicht auf mich bezog. Moritz hatte sich aufgesetzt und blickte sie halb trotzig, halb so an, als wollte er sagen, ein Wort von ihr genüge und er werde alles ungeschehen machen oder Abbitte leisten, aber im nächsten Augenblick lachte er schon los, und ich fing an, ihm wie zur Besänftigung das Haar aus der Stirn zu streichen, und hörte nicht mehr auf damit, federleichtes, von der kleinsten Bewegung fliegendes, glänzend schwarzes Haar, mit dem ich am liebsten mein ganzes Gesicht zugedeckt hätte. Ines fragte, ob wir Kaffee wollten, und während sie in die Küche ging und dort herumrumorte, musste ich mich selbst zurückhalten, nicht hinter ihr herzueilen und ihr etwas zu erklären, wo es nichts zu erklären gab.

»Sieht ganz nach einer Verschwörung gegen mich aus«, sagte sie, als sie wieder zurückkam, ihre Stimme lauter als sonst, obwohl sie sich zu verbergen bemühte, dass sie nicht wenig getrunken hatte. »Da lässt man euch einmal ein paar Stunden allein, und was macht ihr?«

Damit hielt sie uns die Tassen hin und zog ihre Zigaretten hervor, nahm sich eine, zündete sie an und kam erst nach ein paar Zügen darauf, auch uns welche anzubieten.

Sie setzte sich vor das Bett auf den Boden, und ich sah, wie müde sie war. Ausnahmsweise trug sie ein Kleid, viel zu dünn für die Jahreszeit, es war noch gar nicht richtig Frühling mit manchmal frostigen Nächten, aber sie hatte es nicht erwarten können, es zu tragen, und zog uns jetzt die Bettdecke weg und legte sie sich über die Knie. Dadurch entblößte sie unsere ineinander verwickelten Beine, die sie nur mit einem oberflächlichen Blick und einem nachlässigen Lächeln bedachte.

»Ich hätte eure Hilfe gebraucht«, sagte sie. »Ich bin den ganzen Abend von zwei Kerlen bedrängt worden und sie erst vor der Haustür losgeworden. Habt ihr mich nicht klingeln gehört? Ich habe die ganze Straße aufgeweckt, und ihr seid die einzigen, die nicht darauf reagiert haben.«

Es hatte gar nicht geklingelt, aber ihr das zu sagen hätte nur Streit bedeutet, und es war besser, sie einfach vor sich hin reden zu lassen.

»Und ihr behauptet, dass ihr mich liebt?«

Sie sah uns jetzt abwechselnd an. Zwar lallte sie nicht, aber es kostete sie einigen Aufwand, das zu vermeiden. Auch gelang es ihr nur mit Mühe, die Augen offen zu halten.

»Vielleicht sollten wir ein kleines Spiel machen«, sagte sie. »Ihr dürft mir ausnahmsweise eure Herzen ausschütten, und ich entscheide, wer der bessere Minnesänger ist. Wer will anfangen? Ihr könnt es gern einzeln tun, und solange der eine dran ist, kann der andere auf den Balkon gehen und warten.«

Ich wusste nicht, was in sie gefahren war, und beobachtete Moritz, der uns eine gemeinsame Zigarette angezündet hatte, aber zu rauchen vergaß und sie so in der Hand hielt, dass ich Angst hatte, er könnte mit der Glut an das Bettzeug geraten, bevor er sie mir aushändigte. Währenddessen sah er Ines auf eine Weise an, dass ich nicht sagen konnte, ob er fasziniert oder abgestoßen von ihr war oder beides, als sie meinte, er habe doch immer wie ein wahrer Dichter geschwärmt, wie sehr er sie liebe. Dabei blickte sie auf ihre Uhr, als wollte sie die Zeit nehmen und er wäre von vornherein für alles zu spät dran.

»Was würdest du sagen, wenn es um deinen Kopf ginge und es nur auf die richtigen Worte ankäme?«

»Alles, was du willst, Ines.«

»Ich will gar nichts, außer vielleicht, dass du sagst, was für ein sagenhafter Idiot du bist.«

Sie hatte ihn bereits in den ersten Tagen beschimpft, als er den Rahmen eines Fotos zerbrochen hatte, auf dem sie als vielleicht Achtjährige auf Skiern in der Grätsche ihrer Mutter stand, und sie absurderweise nicht davon abzubringen gewesen war, dass er es absichtlich getan habe, aber jetzt nahm sie sich gleich wieder zurück.

»Verzeih die Grobheit«, sagte sie. »Aber wenn es wirklich deine letzten Worte wären ... Was würdest du dann sagen? Die meisten reden, als ginge es immer einfach weiter, und begreifen nicht, dass irgendwann alles zu Ende ist und ihnen das Reden nicht mehr hilft.«

»Meine letzten Worte?«

Er setzte sich noch weiter auf, zog ihr die Bettdecke von den Knien, ohne dass ihm das bewusst zu sein schien, und legte sie wieder über unsere Beine. Dabei streifte er meinen Schenkel und blickte mich nur mit der kleinsten Drehung seines Kopfes aus den Augenwinkeln an, aber ich merkte, dass ihm daran lag, sie das sehen zu lassen, ohne dass ich selbst mutig genug war, ihm noch einmal durch das Haar zu fahren, wie ich es gern getan hätte. So, wie seine Hände jetzt auf der Decke lagen, war es fast schon artig zu nennen, und ich nahm wahr, wie sie darauf schaute, und schaute selbst darauf, während er seinen Blick zuerst an ihr vorbeischweifen ließ und ihn dann wie unverrückbar auf sie richtete.

»Bevor was geschieht?«

»Na ja«, sagte sie, als versuchte sie noch eine Schwebe herzustellen, wo es längst keine mehr gab und alles entschieden war. »Sagen wir, bevor du für immer aus meinem Leben verschwindest oder ich aus deinem, sofern da überhaupt ein Unterschied existiert und du erpicht bist, ihn zu machen. Aber wenn du willst, lässt sich das noch steigern. Wir können auch sagen, bevor du stirbst.«

Jetzt hatte sie endgültig Oberhand über ihn gewonnen und genoss es, die gefährliche Braut aus einem nie gedrehten Film noir zu spielen oder was auch immer sonst ihr durch den Kopf gehen mochte, dass sie sich so verhielt. Ihre Stimme hatte sich von einem Moment auf den anderen gefestigt, hatte alles Träge und Schleppende verloren. Sie schaute auf ihre abgebrannte Zigarette, die sie mit ausgestrecktem Arm weit von sich hielt, und fixierte dann ihn mit zusammengezogenen Augen.

»Was würdest du sagen?«

Dabei unterdrückte sie ein Lachen.

»Soll ich dir einen Vorschlag machen? Was hältst du von ›Das habe ich mir anders vorgestellt‹, wenn wir es mit der Liebe und mit dem Tod einmal ernst nehmen? Sind das nicht perfekte letzte Worte?«

Ich konnte nicht unterscheiden, ob es nur Überdrehtheit war oder Grausamkeit, wie sie in diesem Augenblick mit ihm umsprang, ob eine Laune oder Ernst, aber fast ein Jahr später, als Moritz auch aus meinem Leben längst verschwunden war, drei Wochen bevor ihre Innsbrucker Zeit zu Ende ging, musste ich wieder an diesen Dialog denken und welche Kälte mich nur beim Zuhören angefasst hatte, weil es da mit Philipp tatsächlich einen Toten gab. Er war ein Mitstudent von ihr, der eine Weile immer irgendwo in der zweiten oder dritten Reihe gestanden war und an den ich mich besonders wegen seiner ewig staunenden Augen hinter seinen dicken Brillen erinnerte, eine dieser ministrantenhaften, ja, engelsgleichen Erscheinungen, von denen man denkt, sie wären längst ausgestorben, ehe man dann doch wieder auf einen trifft, schüchtern, gutgläubig, zu allem Überfluss auch noch mit einem pickeligen Gesicht, Stirnfransen und kaum einem Bartflaum, bloß ein paar Fäden oder Fusseln wie aus Watte, das ganze Programm, das so einen heutzutage noch lebensunfähiger erscheinen lässt als zu anderen Zeiten, und man hatte ihn ohne Puls in seinem Bett gefunden. Vier oder fünf Wochen lang hatte er Ines auf seine linkische Weise umworben, mehr nicht, hatte ihr Briefe geschrieben und Blumen gesandt, hatte sie ins Theater eingeladen, und sie hatte zu ihm gesagt, sie könnten Freunde sein, aber alles andere solle er sich aus dem Kopf schlagen, ob er das dann auch verstanden hatte oder nicht, und ausgerechnet bei ihm war ich zum ersten Mal ihr offizieller Emissär gewesen, wenn man das so nennen konnte. Sie hatte mich zu ihm geschickt, um ein übertriebenes und zudem problematisches Geschenk zurückzugeben, ein silbernes Schreibset, eigens für sie aus dem Schreibwarenladen seiner Eltern geklaut, wie er stolz gesagt hatte. Er hatte mir die Tür zu seinem WG-Zimmer geöffnet und mich an der Schwelle gefragt, ob ich es nicht in Verwahrung nehmen könne, denn wenn es bei mir herumliege, gewöhne sie sich vielleicht daran und verwende es irgendwann doch, und ich hatte es gleich vor dem Haus auf einer Fensterbank liegen lassen, als hätte ich das Unglück schon geahnt und wollte alles so schnell wie möglich loswerden, was mich mit ihm in Verbindung bringen könnte.

Bis das Ergebnis der Obduktion vorlag, vergingen ein paar Tage, und diese Tage waren für Ines eine einzige Tortur, weil sie stets von neuem die Textnachrichten durchging, die er ihr geschickt hatte, und darin einiges fand, was sie jetzt das Schlimmste fürchten ließ: »Ines, ich weiß nicht, wie ich ohne dich leben soll«, »Ines, du bist mein

ein und alles«, »Ines, ich werde dich nie vergessen«, aber was dann geschah, war noch gruseliger, als ich mir erwartet hatte. Denn Philipp war eines natürlichen Todes gestorben, und als Ines das sagte, erschrak ich. Ich horchte so genau hin, wie ich konnte, und ja, neben dem anhaltenden Entsetzen war es Erleichterung, die in ihren Worten zum Ausdruck kam, aber es war auch noch etwas anderes, das ich kaum zu benennen wagte, aber doch benennen musste, weil unüberhörbar, und ihr wahrscheinlich gar nicht bewusst, auch eine Spur Enttäuschung, eine Spur Bedauern darin mitschwang.

»Was bin ich froh!« sagte sie. »Ich habe schon gedacht, er hätte sich umgebracht, und jetzt stellt sich heraus, dass er einfach so gestorben ist.«

Ich fragte sie, wie, aber sie konnte es nicht sagen. Sie sagte, eine Lungenembolie, ausgelöst wodurch auch immer, ein Herzstillstand im Schlaf, ein Schlaganfall, sie sagte, eine Art plötzlicher Kindstod, das würde zu ihm passen, weil er genaugenommen ja gar nicht richtig erwachsen gewesen sei, und lachte. Offenbar reichte es ihr, von allen möglichen Ursachen die eine auszuschließen, die sie gleichzeitig aber doch auch nicht ganz ausgeschlossen haben wollte.

»Und wenn er sich wirklich umgebracht hätte!«

Sie sagte nicht, ihretwegen, sagte nur das.

»Ich mag es mir nicht einmal vorstellen!«

»Warum sollte er sich umgebracht haben?«

»Ich weiß nicht«, sagte sie, und ich dachte, dass sie fast

gesagt hätte, wegen unerwiderter Liebe, und dann doch noch die Kurve bekam. »Wie der glücklichste Mensch hat er ja nicht gerade ausgesehen.«

Ich glaube nicht, dass sie daran dachte, als sie später einen weithin beachteten Aufsatz darüber schrieb, warum es so viele tote Frauen in der Literatur gab und welche männlichen Bedürfnisse das befriedigte oder was der Grund dafür war. Macht, versteht sich, Lust, wenn auch in einer perversen Form, Dummheit manchmal, Unaufmerksamkeit, aber oft genug, und das war vielleicht das schrecklichste, stellte es sich als pure Eitelkeit heraus. Eine Frauenleiche war ganz einfach die größte Trophäe, die irgendein egozentrischer Wicht im Spiel der Geschlechter sich selbst zu Füßen legen konnte, und als ich das las, bewunderte ich die Brillanz ihrer Analyse, aber es fröstelte mich auch, und mir fielen meine Gedanken von damals wieder ein.

Wir hatten zu der Zeit schon lange nicht mehr im selben Bett geschlafen, doch in dieser Nacht kam Ines zu mir, und obwohl sie ganz ruhig war, erlebte ich da vielleicht zum ersten Mal eine ihrer Panikattacken. Sie schob meinen Arm weg, als ich ihn um sie legen wollte, und ich hörte, wie sie sich, auf dem Rücken liegend, konzentriert bemühte, gleichmäßig zu atmen, geradeso, als würde ihre Atmung aussetzen, wenn sie nicht daran dachte. Sie hatte mich gebeten, das Licht anzulassen, doch immer wenn ich mich zu ihr drehte, forderte sie mich auf, nicht in ihr Gesicht zu blicken, und wandte den Kopf ab.

ERSTER TEIL

Es dauerte lange, bis ich einschlief, und als ich zwischendurch wach wurde und meine Augen aufschlug, saß sie aufgerichtet neben mir und betrachtete mich. Ich hatte kein Gespür für die Zeit, aber sie hätte schon Stunden so dasitzen können, ihren Blick unverwandt auf mich gerichtet. Sie sah mich nicht nur verwundert an, schien mir, sie sah mich voller Mitleid an, wie ein gerade erst entdecktes Wesen, mit dem sie noch viel weniger gemeinsam hatte, als es den Anschein haben mochte. Dabei war sie meine Schwester, aber das bedeutete auch bloß, dass sie ein anderer Mensch war und nicht ganz und gar eins mit mir, und vielleicht waren es allein meine Gedanken, die mir, aus dem Schlaf kommend, durch den Sinn gingen, vielleicht dachte sie gar nicht, und ich bildete mir nur ein, sie könnte denken, dass alles, was uns am Ende verband, womöglich war, dass wir irgendwann sterben würden, und dass es mehr gar nicht brauchte, um sich zu lieben, wenn man sich das richtig bewusst machte.

DRITTES KAPITEL

Ich war erst eine Woche bei Ines untergekommen, da hatte ich ihren Neuen soweit kennengelernt, dass ich sagen konnte, er verdiente ihr Verdikt nicht bloß, sich wie der üblichste aller üblichen Idioten aufzuführen, nein, er erarbeitete es sich mit einer irritierenden Gründlichkeit. So nahm er gleich am Morgen, nachdem sie ihn am Abend davor derart heftig beschimpft hatte, ihren Anruf an, als wäre nichts geschehen, und kaum dass ich wach geworden war, hörte ich schon, wie sie mit ihm sprach. Ich hatte nicht gemerkt, dass sie irgendwann in der Nacht zurück in ihr Zimmer geschlichen sein musste, aber als ich die Augen aufschlug, sah ich über den schmalen Gang hinweg, dass sie sich in ihrem Bett aufgesetzt hatte und bereits wieder das Telefon in der Hand hielt. Sie unterbrach sich nicht, als sie auf mich aufmerksam wurde, hob nur zwei Finger, und es dauerte dann auch nicht lange, bis sie einen dieser Sätze sagte, die nur von ihr kommen konnten, ihre Stimme lasziv ins Kindliche verzogen, als wüsste sie nicht ganz genau, was sie damit anrichtete, eine Mädchenstimme voller aufgesetzter Unschuld, in der noch nicht mitschwang, dass sie von einem Augenblick auf den anderen kippen konnte.

»Ich gehe heute nicht in die Schule.«

Da war es noch keine acht Stunden her, dass sie zu ihm

gesagt hatte: »Du kannst krepieren ...«, nur eine Nacht, dass sie so weit gegangen war, ihm an den Kopf zu werfen: »Ihr könnt meinetwegen alle krepieren, du, deine beschissene Frau und deine genauso beschissenen Bälger«, bevor sie mit ihrem »Heul dich bei ihr aus und fick sie, aber ruf mich nie wieder an!« das Gespräch beendet hatte, und jetzt kam sie ihm mit diesen mir nur zu bekannten Tönen.

»Wozu das alles?« sagte sie. »Ich mag nicht mehr. Jeden Tag der gleiche Schwachsinn! Ich komme um, wenn ich heute in die Schule muss.«

Es war absurd, weil sie gar nicht aus dem Haus ging, wegen des Lockdowns schon lange keine Vorlesungen mehr hatte, wenn man ein Seminar mit zwölf Teilnehmerinnen und die Studentenbetreuung auf dem Bildschirm nicht einrechnete, und von Schule war erst recht nicht zu reden, aber es hatte zwei Phasen gegeben, in denen sie auch mich morgens angerufen und genau das gesagt hatte, und ich wusste Bescheid. Das eine Mal war während meiner Hubschrauberausbildung in Utah gewesen, das andere Mal, als ich gerade als Steward anfing, und ich hatte es genossen, dass sie mich zu ihrem Vertrauten machte, und sie jeden Tag von neuem beschwichtigt. Sie hatte damals ihre Assistentinnenstelle in Bamberg gehabt, nachdem sie ein paar Semester in München studiert und dort auch promoviert hatte, und war zum Arbeiten immer in die Bibliothek gegangen, und wenn wir am Abend noch einmal sprachen, wurden es oft ein- oder zweistündige Gespräche, die mich allein schon wegen der Zeitverschiebung in die Bredouille brachten und bei denen ich sie jedesmal fragte, ob es in der Schule wirklich so schlimm gewesen sei.

»Habe ich mich nicht richtig verständlich gemacht, oder willst du es nicht begreifen?« konnte sie dann sagen. »Ich weiß einfach nicht, was ich dort soll, außer mich zu Tode zu langweilen, und ich glaube nicht, dass du es mir sagen kannst.«

Seither waren Jahre vergangen, und das jetzt wieder zu hören erfüllte mich mit Sehnsucht und Sorge. Schließlich war es über die Wochen unsere Chiffre geworden, und es machte mich beklommen, dass sie mit einem anderen gleich sprach und sich dabei nicht einmal darum kümmerte, dass ich in Hörweite war. Ich wusste, dass sie es sowohl mit ihrer Zuwendung als auch mit ihrem Verlangen nach Zuwendung schnell übertrieb, ja, oft genügte die kleinste Anspannung, dass sie in eine manchmal herzzerreißende, manchmal beängstigende Mischung aus buchstäblichem Verschwindenwollen und Aggression verfiel, aber diese Morgen- und Abendrituale waren etwas Heiliges für mich gewesen, und ich hätte viel darum gegeben, nicht dabeisein zu müssen, als sie noch einmal damit anfing.

»Ich kann nicht, ich mag nicht, ich will nicht«, sagte sie, während sie über die kurze Distanz des Ganges hinweg meinen Blick suchte und mit der freien Hand hin- und herwedelte, wie um es im selben Moment ungesagt zu machen. »Du kannst dir nicht vorstellen, wie sehr ich das alles hasse. Wenn du von mir verlangst, heute in die Schule zu gehen, erreichst du das genaue Gegenteil. Ich bleibe im Bett, bis du mir einen anderen Grund gibst, aufzustehen, als diesen sogenannten Ernst des Lebens, der eine einzige Farce ist.«

Dabei war sie schon aufgestanden und betrachtete sich im Spiegel des Wandschranks, drehte sich davor, schaute über ihre Schulter, warf das Haar zurück und hielt mitten in der Bewegung inne, als hätte ein Fotograf exakt in diesem Augenblick abgedrückt und sie damit nicht auf einem Bild, sondern für immer regungslos in der Wirklichkeit festgebannt.

»Hast du gefrühstückt? Ist die geschätzte Gattin schon wach? Hast du ihr Kaffee ans Bett gebracht?«

Sie sprach wie abwesend in ihr Telefon, wechselte die Rolle, jetzt nicht mehr selbst das Kind, sondern plötzlich eine zumindest notdürftig Erwachsene, die mit einem halben Kind sprach und weniger auf den Inhalt achtete als auf den beruhigenden Singsang.

»Hast du nicht?«

Während sie so tat, als wollte sie ihn tadeln, schien ihr regelrecht daran gelegen, dass es ein wenig gelangweilt und routiniert klang, und sie kicherte gleichzeitig.

»Das solltest du aber. Sie hat sich ein bisschen Fürsorge verdient. Schließlich hast du sie in letzter Zeit viel allein gelassen. Vielleicht kannst du ihr den Rücken massieren.«

Sie schien ein oder zwei Augenblicke länger zu lauschen, als er mit seiner Antwort gebraucht haben konnte.

Dabei trat sie ans Fenster und schaute hinaus, allem Anschein nach immer noch nur halb bei der Sache. Dann verlegte sie sich auf ein kaum merkliches Lispeln, und ihre Zungenspitze wurde mehrmals kurz sichtbar.

»Du willst *mir* den Rücken massieren?« sagte sie. »Wenn das nicht alles sein soll, brauchst du nur herzukommen und kannst jederzeit damit anfangen. Du darfst aber nicht glauben, dass es bei mir mit dem Rücken getan ist. Da musst du dir schon etwas anderes einfallen lassen.«

Ich rührte mich nicht und beobachtete sie, wie sie eine Weile schweigend dastand, und es war nur ein Flüstern, als sie ihre Stimme noch einmal hob und »Ich küsse dich« sagte, und nach einer Pause: »Du willst wissen, wohin?« Dabei versicherte sie sich, dass ich sie hören konnte, und setzte schon nach: »Aber du weißt doch, wohin ich dich küsse!« Dann zögerte sie wieder, und dann sagte sie: »Auf die Nase, auf den Mund, auf den Bauch und deinen ...«, sagte noch einmal: »Deinen ...«, und sagte: »Willst du raten? Ich küsse dich *upstairs* und *downstairs*. Bist du zufrieden?«, als würde sie es nur sagen, um mich zu provozieren.

Vielleicht hätte ich bereits davor aufstehen und mich in die Dusche retten sollen und nicht erst jetzt, aber als ich wieder daraus hervorkam, hatte sie aufgelegt, war schon in der Küche, machte Kaffee und empfing mich mit einem unsteten Lächeln.

»Na, was sagst du zu einer so zartfühlenden Operation am menschlichen Herzen ohne Betäubung?«

Ich sagte zuerst nichts, und dann sagte ich es.

»Nichts«, sagte ich. »Was soll ich sagen?«
Sie setzte einen skeptischen Blick auf.

»Alles Recherche«, sagte sie scherzhaft, als könnte ich es ihr gleichzeitig glauben und nicht glauben und, je nachdem, entscheiden, was es im Augenblick interessanter für mich machte. »Schließlich muss ich für meine Arbeit wissen, wie heutige Männer im Leben stehen. Ich kann nichts dafür, wenn es manchmal ein bisschen seltsam wird. Das hat immer schon zur romantischen Liebe gehört. Es ist deine eigene Schuld, dass du es dir angehört hast.«

Der Mann, der das Objekt dieser Versuchsanordnung war, hieß Ulrich, und was sie mir von ihm jetzt erzählte, wollte nicht recht zu dem Gehörten passen. Denn so etwas nannte man feinstes Hamburger Bürgertum. Zwar galt das für ihn nicht per se, aber er hatte in diese berühmte Architektenfamilie eingeheiratet und den Namen seiner Frau angenommen, was ihm neben einem Auskommen ein »von« eingebracht hatte. Von seinem Schwiegervater gleich am Anfang zum Nachfolger auserkoren, war er vor Jahren nach einem Streit zwar nicht verstoßen, aber zurückgestuft worden und hatte deshalb mehr Freizeit, als ihm vielleicht lieb war. Es hatte eine Aufregung weit über das Private und Lokale hinaus gegeben, weil sie die Sache halb öffentlich ausgetragen hatten, und erst vor wenigen Wochen war das alles noch einmal hochgekocht. Denn gegangen war es seinerzeit um den Wettbewerb für den Bau der Großen Moschee in Algier, die unlängst eröffnet worden war, und sie hatten sich, vom überregionalen Feuilleton aufgegriffen, in regelrechten Brandschriften gestritten, ob man bei einem solchen Auftraggeber und Bauherren überhaupt teilnehmen könne. Der alte Firmenpatriarch hatte für ein klares Nein plädiert, sonst hätte man in den dreißiger Jahren des vergangenen Jahrhunderts genausogut das Reichsparteitagsgelände in Nürnberg oder den Sowjetpalast in Moskau planen können, während Ulrich dagegenhielt und für eine pragmatische Haltung votierte, und am Ende, nach einer nicht einmal halbherzigen Bewerbung, war der Sieg nicht etwa einem afrikanischen Büro zugefallen, sondern ausgerechnet Konkurrenten aus Frankfurt und Darmstadt, die sich nicht scheuten, das mehrere Fußballfelder große Bauwerk mit seinem himmelhohen Minarett zu entwerfen, das für die Gläubigen in der Stadt ebenso zu sehen war wie für die Gottlosen auf ihren weit draußen auf dem Meer vorbeifahrenden Kreuzfahrtschiffen.

Ich weiß nicht, warum ich das immer als Hintergrund brauchte, wenn ich mir vorstellte, dass Ulrich morgens und abends seine Villa verließ, die keine hundert Meter von der seines Schwiegervaters entfernt in einem Park lag, und sich zum Telefonieren in einen auf dem Gelände abgestellten Wohnwagen setzte. Es hatte etwas Karikaturhaftes, diese Verbannung aus seinem eigenen Leben, die er angeblich systematisch betrieb, seit er Ines kennengelernt hatte. Denn von dort konnte er jetzt in der dunklen Jahreszeit, wenn Licht an war, über ein baumfreies

Wiesenstück hinweg hinter den Fenstern des Wohnzimmers seine Frau und die beiden Kinder sehen, die nichtsahnend den Tag begannen oder beendeten und sich an seine Abwesenheiten ebenso gewöhnt hatten wie an die Ausreden, er brauche Zeit, er brauche Raum. Offenbar kam es vor, dass er sie von sich aus erwähnte, wenn er mit Ines sprach, er konnte sagen, seine Frau sei gerade in sein Blickfeld getreten, oder, die beiden Kinder seien noch einmal aus dem Haus gekommen und schauten in seine Richtung, und wenn sie dann wissen wollte, warum er ihr das erzähle, gab er sich zerknirscht und hatte selbst keine Antwort. Sie hatte ihn auf einer Autobahntankstelle aufgelesen, wo sie sich seither in der Regel auch trafen, und als sie meinte mir erklären zu müssen, er steige in sein Auto, sie in ihres, und nach knapp eineinhalb Stunden Fahrt seien sie genau in der Mitte, fiel mir nichts Besseres ein, als sie zu fragen, ob es ihr ernst mit ihm sei, und sie erwiderte, das könne unmöglich meine Frage sein.

»Auf jeden Fall habe ich ihn bereits in Hamburg besucht«, sagte sie. »Ich bin sogar in der Villa gewesen. Er hat mich durch die Räume im ersten und im zweiten Stock geführt, während sich seine Frau mit den Töchtern in der Stadt aufgehalten hat, und das hat mir mehr von ihm gezeigt, als ich je habe sehen wollen. Die Kerle kommen ja immer gleich mit einem ganzen Leben, wenn man sie kennenlernt. So viel Vergangenheit und so wenig Zukunft oft schon bei den Jungen, dass man von den Älteren gar nicht reden muss. Dann sind sie auch noch stolz darauf und wollen sich gleichzeitig für alles entschuldigen.«

Ich hatte nicht vor, ihn zu verteidigen, gab aber zu bedenken, dass er womöglich bloß ungeschickt gewesen sei.

»Vielleicht hat er dir nur zeigen wollen, was er aufs Spiel setzt, wenn er sich mit dir einlässt und nicht vorsichtig ist.«

»Ach ja!« sagte sie. »So siehst du das? Der Arme! Und ich soll ihn etwa auch noch behandeln wie einen, der selbst keine Verantwortung trägt?«

Dabei warf sie mir einen fahrigen Blick zu.

»Wenn du wieder mit deinen alten Verdrehtheiten anfängst und schon auf seiner Seite bist, noch bevor du ihn überhaupt gesehen hast, ist das deine Sache, aber ich denke gar nicht daran, mich davon beeinflussen zu lassen.«

Vier Tage vergingen, bis ich zum ersten Mal mit ihm sprach, weil sie nicht mehr konnte oder nicht mehr wollte, und in diesen vier Tagen fanden wir schnell eine Routine, die sich bereits nach der zweiten oder dritten Wiederholung einstellte. Ines joggte gleich am Morgen ihre zehn Kilometer, ohne die sie kein Mensch war, wie sie sagte, und wenn sie zurückkam, hatte ich die Zeitung geholt und Frühstück gemacht, sie setzte sich mit ihrem Müsli an den Tisch im Wohnzimmer und zerbrach sich den Kopf über den Briefwechsel ihres Lyrikerpaares, und ich hatte alle Zeit für mich, wurde nur manchmal von ihr gestört, wenn sie auf eine Stelle stieß, die ihr nicht sofort schlüssig schien, und wissen wollte, was ich davon hielt. Ich ging viel spazieren, schlich und trabte zwischen den unter dem tief hängenden Himmel wie leicht in die Erde gesunkenen Häusern dahin, gleichermaßen euphorisiert wie niedergeschlagen, als hätte der Countdown für das Jahresende begonnen, der für mich immer beides bedeutete. Wie schon am ersten Abend war in der Regel kein Mensch zu sehen, eher hätte ich einem Fuchs oder einem Wolf oder vielleicht sogar einem Bären begegnen können, weshalb ich nach jedem Straßenzug erwartete, dass endlich der Wald begann. Dann waren es doch stets nur die gleichen Reihen und Reihen von Häusern, so dass ich mich, wieder zu Hause, am liebsten vergewissert hätte, ob ich mich noch im selben Land befand oder ob es in meiner Abwesenheit womöglich eine tektonische Verschiebung gegeben hatte und alles ein paar hundert Kilometer nach Osten verrückt war. Ich kam aus der Kälte herein und fragte Ines, ob sich ihre beiden Lyriker nach wie vor liebten, und wenn sie nicht antwortete oder nur etwas Undeutliches murmelte, weil sie so vertieft war, zog ich mich in mein Zimmer zurück und las oder sah mir auf Netflix etwas an, bis sie eine Pause oder überhaupt Feierabend machte.

Ich glaube nicht, dass es am Anfang tagsüber jemals drei aufeinanderfolgende Stunden gab, in denen Ulrich nicht anrief, und deshalb wunderte ich mich nicht, als sie mir während eines Anrufs von ihm ohne Vorwarnung ihr Telefon reichte und mit der anderen Hand signalisierte, das Gespräch zu übernehmen. Es war mitten am Vormittag, sie hatte längst mit ihrer Arbeit begonnen und dabei bereits ein paarmal ihr »Ich gehe heute nicht in die Schule« in Anwendung gebracht, dass ich es fast nicht mehr hören konnte, bevor sie sagte, sie weigere sich, mit ihm zu sprechen, und lege sofort auf, wenn er sie weiter unter Druck zu setzen versuche. Ich machte mich gerade für einen Spaziergang bereit, stand in Mantel und Mütze im Eingangsbereich, und wenn ich schon gezögert hatte, das Telefon überhaupt nur in die Hand zu nehmen, zögerte ich noch mehr, es ans Ohr zu führen, ließ mich dann aber von ihr dazu drängen und war schon von seiner Stimme gefangen.

»Ines'chen?«

Sie so zu nennen, hatte sie sonst nicht einmal ihrer Mutter erlaubt, aber es war nicht der Name in der Verkleinerungsform, der mich überraschte, nicht, dass er ihn gleich wiederholte. Es war der Ton, das Einschmeichelnde, jede Distanz Untergrabende, und selbst wenn ich mir hätte denken können, dass er sich bei diesen Dialogen genauso wie sie verstellen würde, konnte ich im ersten Augenblick seine Stimme auf eine Weise nicht ertragen, wie man die eigene Stimme nicht erträgt, wenn man sie über Lautsprecher hört. Sie lief wie neben der Spur, und es klang, als würde er allein damit alles, was er sagte, aushöhlen und mit einem klebrigen Ersatzstoff füllen.

»Ines'chen, bitte!«

Mehr brauchte ich nicht, dass ich ihr das Telefon sofort wieder zurückgeben wollte, aber sie nahm es nicht und gestikulierte, dass ich ihm zuhören solle.

»Alle gehen in die Schule«, sagte er gerade. »Es sind nur vier Stunden. Vielleicht gibt es zur Belohnung Geschenke, oder in der Pause kommt ein Zauberer und führt seine Kunststücke vor. Du willst doch nicht allein zu Hause bleiben, wenn alle Spaß haben.«

Ich verhielt die Luft und ließ ihn atmen.

»Sag mir, was ich tun kann!«

Das hörte sich jetzt schon forscher an.

»Soll ich zu dir kommen? Du weißt, dass ein Wort genügt, und ich bin so schnell, wie ich kann, zur Stelle, Ines'chen. Willst du, dass ich komme?«

Einen Augenblick schien er zu lauschen, doch vielleicht bildete ich mir das auch nur ein. Auf jeden Fall gelang es mir nicht länger, die Luft anzuhalten, und ich versuchte meinen Atem mit seinem zu synchronisieren, weil ich dann für ihn genauso nicht anwesend wäre, wie wenn ich die Luft anhielt. Da hatte er seinen Monolog aber schon wieder aufgenommen.

»Du kannst nicht den ganzen Tag vertrödeln, Ines'chen«, sagte er mit gespielter Strenge, die in Wirklichkeit sofort in Nachgiebigkeit umschlagen würde. »Ich habe jede Einsicht mit dir, aber irgendwann ist es genug. Fünf Minuten noch, und ich komme und kontrolliere, ob du aufgestanden bist! Du weißt, was dir dann blüht.«

Am liebsten hätte ich mich für sie ausgegeben und gesagt: »Du wirst mir den Hintern versohlen«, so lächerlich und abgeklatscht das war, aber dann sagte er es selbst, und ich konnte mich nicht zurückhalten und prustete los, was ihn sofort entsetzt auffahren ließ. Seine Stimme klang jetzt flach, ohne alles Schmachten, und als er wissen wollte, ob Ines noch da sei, legte ich auf. Ich gab ihr das Telefon zurück und bat sie, mich aus dem Spiel zu lassen, wenn sie ihre Albernheiten so weit treibe, dass sie den Armen um den Verstand bringe, doch kaum dass es gleich darauf wieder klingelte und sie mich nur mit einer Kopfbewegung aufforderte, dranzugehen und ihn abzuwimmeln, brauchte es nicht mehr, und ich tat es. Ich räusperte mich, bevor ich hallo sagte und mich als ihr Bruder vorstellte, ohne im geringsten zu beabsichtigen, dass das gleich einen leicht mafiösen Beiklang hatte, und als er seinen Namen aussprach und ihn halb verschluckte, war meine Unsicherheit schon zerstoben.

»Ich soll dir sagen, dass meine Schwester heute nicht in die Schule geht«, sagte ich und kam gar nicht auf den Gedanken, ihn zu siezen, wie es sonst meine Art war. »Sie hat es dir schon ein halbes Dutzend Mal selbst gesagt und bittet dich, sie nicht weiter zu belästigen.«

Könnte man hören, wie jemand errötete, hätte ich es jetzt sicher gehört, so vielsagend war die folgende Stille. Im nächsten Augenblick lachte er, oder richtiger, sein Lachen erklang, als müsste er gar nichts dazu beitragen. Dann fasste er sich sofort wieder und schlug einen sachlichen, fast schon geschäftsmäßigen Ton an, mit dem er sich gegen meine Direktheit verwahrte, aber ich fiel ihm ins Wort.

»Du begreifst nicht, wovon ich rede?«

Ich gab mir Mühe, dass es nicht bedrohlich klang.

»Dann will ich es dir gern noch einmal erklären«, sagte ich. »Meine Schwester braucht eine Pause. Ist das denn so schwer zu verstehen? Du nimmst sie vierundzwanzig Stunden am Tag in Beschlag und gönnst ihr keine zehn Minuten, die sie für sich hat.«

Am Vortag hatte ich ihn gegoogelt, und als ich von neuem auflegte, tat er mir plötzlich leid mit seinem Leben, von dem ich wenig wusste, das aber mit den paar Daten, die man im Netz entdecken konnte, so harmlos, so angreifbar und austauschbar wirkte wie die meisten. Neben dem Streit mit seinem Schwiegervater, der natürlich Spuren hinterlassen hatte, fand sich gar nicht so viel, und wie in jedem anderen Fall waren gerade dieses Wenige und seine Beliebigkeit das Bestürzende, weil alles nur dazustehen schien wie zum Beweis, dass es ihm nicht helfen würde. Wenn man davon absah, dass unter diesen Bedingungen jede Biografie einer Demütigung gleichkam, war er ein Mann, der zwar nicht im Licht der Öffentlichkeit stand und keine großen Ehren auf sich gehäuft hatte, aber dennoch nach allen gängigen Kriterien ein gestandener Mann genannt werden durfte, und jetzt war er Ines' Geliebter, zappelte an ihrem Haken und war auch noch glücklich, dass er sich zum Narren machen durfte, die alte Geschichte. Ich hatte mir die wenigen Fotos von ihm angesehen, auf die ich gestoßen war, zurückgekämmtes Haar, alerter Blick, voller Selbstbewusstsein, ja, zusammen mit seiner Frau, die leicht ungnädig und streng in die Kamera lächelte und nicht erkennen ließ, ob ihre Zurückweisung nur dem Mann an ihrer Seite oder der ganzen Welt galt, war er jemand, der sich in einer anderen Zeit vielleicht sogar für die Ewigkeit hätte malen lassen, und doch sah ich hinter der Fassade nur noch die Zerbrechlichkeit, seit ich gehört hatte, wie er »Ines'chen« sagte und welche Verlorenheit und welche Leere dahintersteckten, welcher unerträgliche und nie zu erfüllende Wunsch, ausgerechnet von meiner Schwester gerettet zu werden.

Ich blieb an dem Tag lange draußen und ließ mir das Gespräch mit Ulrich durch den Kopf gehen, und am Abend sprach ich mit Carl darüber, den ich vor dem ersten Lockdown auf gemeinsamen Flügen über den Atlantik kennengelernt hatte und der in diesen Tagen mein einziger Außenkontakt und gleichzeitig mein Freund war, in jeder nur denkbaren Bedeutung, selbst wenn ich das noch niemandem gesagt hatte. Er flog längst auch nicht mehr, war aber nicht entlassen und stattdessen zu Schreibtischarbeit in den Frankfurter Büros abgestellt worden, und von dort bekam ich seine Hiobsbotschaften, wenn ich ihn anrief und nach den Zukunftsaussichten unserer Linie fragte und er sich beklagte, wir würden mit vollem Karacho gegen eine Wand fliegen, weil die Herren an der Spitze immer noch glaubten, es genüge, ein paar Statisten nach vorn zu schicken und sich selbst hinten zu verkriechen und die Ohren zuzuhalten, bis das Unglück geschehen sei und der Staub sich gelegt habe. Er war ganz nah am Telefon und hörte mir zu, ohne mich zu unterbrechen, als ich ihm von Ulrich erzählte, schaute sich die paar Bilder von ihm im Netz an und fragte mich schließlich, worauf ich hinauswolle.

»Man muss ja nicht unbedingt Sympathien für einen wie den haben«, sagte er. »Geleckt und geschleckt, wie er ist, lädt er zu Vorurteilen geradezu ein. Ob er den Namen seiner Frau wohl auch angenommen hätte, wenn er dafür nicht mit diesem läppischen ›von‹ beglückt worden wäre? Aber das bedeutet noch lange nicht, dass sein blödsinniges Gerede mehr ist als nur genau das.«

Ich stimmte ihm zu, doch er korrigierte sich, man frage sich andererseits schon, welcher Erwachsene überhaupt ein solches Vokabular verwende, und ich sagte ihm nicht, dass ich selbst meine Erfahrungen damit hätte.

»Einiges davon könnte ich auch zu dir sagen.«

»Dass du mir den Hintern versohlst?«

Ich sagte: »Das vielleicht nicht«, und als er erwiderte: »Aber was dann?«, und ich sagte: »Wie wäre es mit Carlchen?«, wehrte er lachend ab.

»Weißt du, was ich dann zu dir sage?«

Ich sagte nein, aber er rückte nicht damit heraus.

»Das verschweige ich dir lieber«, sagte er. »Ich hebe es mir als Drohung auf, damit du nicht vergisst, dass du im Umgang mit mir immer vorsichtig sein solltest.«

Wir texteten danach noch ein paarmal hin und her, und als ich später im Bett lag und Ines wieder am Telefon mit Ulrich war, hätte ich am liebsten Facetime angemacht und Carl mithören lassen, wie sie auf ihre abendliche Verdammung zusteuerte: »Ihr könnt meinetwegen alle krepieren, du, deine beschissene Frau und deine genauso beschissenen Bälger. Heul dich bei ihr aus und fick sie, aber ruf mich nie wieder an! Das nächste Mal hetze ich dir die Polizei auf den Hals, dann kannst du sehen, was du denen erzählst.« Es waren exakt die gleichen Worte, als spielten sie ein einstudiertes Stück, und doch erschrak ich diesmal vor der nackten Brutalität und sehnte mich nach Carls Beistand, weil Ines sich zu einem neuen Schluss aufschwang.

»Ich hasse dich«, schrie sie in den Hörer. »Es interessiert mich nicht, ob du die Kuh verlassen willst. Mach das mit dir selbst aus und fick sie meinetwegen in den Hintern, wenn es dir danach besser geht! Hör bloß endlich auf, mir den Schädel mit deinen Problemen zuzudröhnen.«

Nachher rief sie noch ihre Mutter an, und ich war froh, sie ganz anders zu erleben. Alles Überdrehte, alles Aggressive war auf einen Schlag weg, und sie musste sich gar nicht bemühen, freundlich zu erscheinen. Immer wenn ich die beiden in jüngerer Zeit miteinander reden gehört hatte, war es mir vorgekommen, als hätten sie ihre Rollen getauscht. Denn wenn früher die Mutter ihre Männer vor Ines zu verstecken versucht hatte, war es mittlerweile Ines selbst, die jeden Mann in ihrem Leben vor ihrer Mutter verbarg, geradeso, als würde sie eine Niederlage eingestehen, wenn sie nicht ohne einen von denen auskam. Jedenfalls hätte Ines vor ihr unter keinen Umständen ein Wort über Ulrich verloren, und da ging es längst nicht mehr darum, ob sie mit ihm vielleicht schlechte Erfahrungen gemacht hatte. Ihre Mutter hatte vor ein paar Jahren geheiratet, nicht den ersten Offiziellen von damals, sondern einen viel späteren, einen pensionierten Bauunternehmer, der vier Monate im Jahr mit ihr auf Reisen war und als Stiefvater unserem Vater nicht nachstehen wollte, wenn es darum ging, Ines von Zeit zu Zeit mit einer Überweisung aus einem Engpass zu helfen. Sie erkundigte sich jetzt sogar nach ihm, hatte dann aber doch nicht die Geduld, ihrer Mutter weiter zuzuhören.

»Es genügt, wenn du mir sagst, ob es ihm gut oder schlecht geht«, sagte sie. »So wichtig ist es auch wieder nicht. Du musst mir nicht alle Leiden aufzählen, die er hat. Zwei oder drei Sätze genügen.«

Der nächste Vormittag gehörte unserem Vater, der mit seiner Besessenheit Ulrich möglicherweise sogar den Rang ablief und es immerhin schaffte, mich eine Weile von diesem abzulenken. Er rief an, bevor Ines wach wurde und mit ihrem Telefonieren beginnen konnte, und fiel, wie es seine Art war, mit der Tür ins Haus. Dabei ließ er mich vom ersten Satz an spüren, dass er das komplette Repertoire zwischen Schmeicheln und Drohen auffahren würde, das ihm zu Gebote stand, und sprach mit einer Dringlichkeit, als hätte er mich immer noch unter seiner Fuchtel und ich müsste auf den kleinsten Zuruf alles stehen und liegen lassen und ihm zu Diensten sein.

»Ich brauche dich, Elias«, sagte er ohne jedes Pipp oder Papp einer Begrüßung. »Du weißt, dass ich dich nicht bitten würde, wenn ich eine Alternative hätte. Es ist eine Frage des Stils, dass ich gerade in diesen Zeiten die Standards aufrechtzuerhalten versuche. Du kannst es mir ganz einfach nicht abschlagen.«

Zuerst verstand ich gar nicht, worum es ging, aber dann stellte sich heraus, dass er trotz des Hotspots, den er im Frühjahr im Haus gehabt hatte, sein legendäres *Vier Tage, drei Nächte* stattfinden lassen wollte, die traditionelle Preseason-Sause, zu der er auch in anderen Jahren vor Beginn der eigentlichen Saison ausgewählte Gäste eingeladen hatte. Dafür fehlte es ihm wieder einmal an Personal, und er benötigte mich als Kellner. Denn die festen Mitarbeiter waren ihm einer nach dem anderen abgesprungen, sowie sie gemerkt hatten, welches Risiko sie eingingen, mit den Sicherheitsbestimmungen in Konflikt zu geraten, wenn sie sich auf seine Schnapsidee einließen.

»Du bleibst keine Stunde länger als notwendig«, sagte er. »Genau wie sonst immer. Ich gebe dir einen Tausender am Tag, und du weißt, dass außerdem ein Batzen Trinkgeld drin ist, wenn du dich nur einigermaßen geschickt anstellst. Du musst ja nicht jedem gleich auf die Nase binden, dass du glaubst, zu gut dafür zu sein.«

Es war verrückt, das in dieser Zeit machen zu wollen, aber er zog mehr und mehr eine Klientel an, die ihn genau für diese Verrücktheit schätzte und geradezu von ihm verlangte, dass er von Zeit zu Zeit seine Aussetzer hatte. Von den eingeladenen Gästen hatten trotz der schwierigen Lage die meisten ihr Kommen bestätigt, offiziell sollten sie für ein Seminar anreisen, irgend etwas Unaufschiebbares mit Nachhaltigkeit und Unternehmenskultur und vielleicht einem Achtsamkeitsaspekt, wie er genüsslich sagte, und sobald sie auf seinem Grund und Boden wären, war für ihn jedes Problem ausgeräumt, weil er sich dort als unumschränkter Herrscher fühlte und sich von niemandem etwas vorschreiben lassen würde, und schon gar nicht von Leuten aus Wien, die für ihr notorisches Nichtstun vierzehn Gehälter und Weihnachtsgeld bekamen, ob die Welt unterging oder nicht. Das waren die Worte, die er bei jeder Gelegenheit wiederholte, und sie machten auch jetzt sein unterschwelliges Triumphieren aus, mit dem er mich zu überwältigen versuchte.

»Wehr dich, wenn dir ein Tausender nicht genug ist!«

Ich sagte, darum gehe es nicht, und er lachte.

»Es geht immer darum. Sei nicht kindisch und lass mich wissen, wieviel du verlangst! Sprich mutig und hör auf mit deinen Duckmäusereien, Elias! Damit kannst du mich nicht beeindrucken! Du kommst am 16. und bist am 20. wieder dein eigener Herr.«

»Ich komme nicht, Vater.«

So hatte ich ihn noch nie genannt.

»Vater?« sagte er. »Drehst du jetzt durch?«

Ich hatte nicht darüber nachgedacht, aber damit hatte es am ehesten etwas Amtliches, geradeso, als hätte ich es ihm ein für alle Mal mitgeteilt und er brauchte gar nicht erst zu versuchen, meine Entscheidung zu unterlaufen. Es war genau drei Jahre her, dass ich mich von ihm ein letztes Mal zu Kellnerdiensten hatte verdingen lassen, und was damals geschehen war, reichte mir. Da hatte er, auch noch vor der Saison, damit es keine lästigen Zeugen gab, Wissenschaftler im Personaltrakt untergebracht gehabt, die direkt hinter dem Hotelgebäude vielfach verkabelte und an Messinstrumente angeschlossene, lebende Ferkel im Schnee vergruben, weil sie sich davon Aufschluss versprachen, nach welcher Zeit und unter welchen Bedingungen Lawinenopfer noch eine Chance hätten, am Leben zu sein, und er hatte sich mit den Tierschützern angelegt, die schließlich doch darauf aufmerksam wurden und mit einer Gefolgschaft von mehreren Dutzend Leuten und zwei Fernsehkameras auf dem Gelände erschienen. Seither gab es diese Bilder von ihm, ein bärtiger Halbwilder mit einem Tirolerhut auf dem Kopf, den er sonst nie trug, offensichtlich nicht ganz nüchtern, ein wie gestampft wirkender Mann in einem zu großen, bauschigen Skioverall, der, eine Schneeschaufel über dem Kopf schwingend, fast blau, so rot im Gesicht, wild schnaufend auf die Gruppe zugestapft kam und nicht im Dialekt, sondern in eisigem Hochdeutsch, als sollte ihn die ganze Welt verstehen, laut und deutlich sagte: »Verschwindet von meinem Grundstück, ihr Idioten, oder ich mache euch Beine!«, und ich konnte hinschauen oder wegschauen, solange ich wollte, das war mein Vater, der mir seither nur noch unheimlicher und fremder geworden war und jetzt nicht aufhörte, mich zu drängen.

»Du musst dich ja nicht sofort entscheiden«, sagte er. »Lass dir ruhig Zeit. Willst du eine Nacht über alles schlafen? Es ist früh genug, wenn ich es morgen erfahre.«

Ines lachte, als ich ihr nachher davon erzählte. Sie hatte ihm immer wieder Studentinnen von sich als Personal vermittelt, nicht nur für das Hotel in den Bergen, sondern auch für die Skihalle an der Autobahn nach Leipzig, an der er Teilhaber und mit einundfünfzig Prozent der eigentliche Besitzer war. Obwohl sie das stets mit Vorbehalten getan hatte und nie, ohne den Mädchen einzuschärfen, sich bei der kleinsten Missstimmigkeit bei ihr zu melden, was so eindeutig zweideutig klang, dass es schmerzte, waren kein einziges Mal Klagen an ihr Ohr gedrungen, und sie meinte ironisch, ich wisse doch, dass es keinen besseren Chef als unseren Vater gebe.

»Ob er im Augenblick unbedingt Gäste bei sich aufnehmen muss, bedarf keiner Antwort«, sagte sie. »Wenn das auffliegt, sperren sie ihm die Hütte für zwei Jahre zu, und da kann ihm keiner von seinen Freunden in irgendwelchen Ämtern helfen, ob er mit Bakschisch wedelt oder nicht.«

Dann hielt sie inne und meinte, sie habe fälschlich angenommen, er sei klüger. Sie hatte in den vergangenen Wochen viel mit ihm telefoniert und zunehmend gedacht, dass er den Ernst der Lage im Prinzip begreife, doch ich erfuhr erst so, dass sie sich mit ihm dabei zum ersten Mal seit wahrscheinlich dem allerersten Mal auch über Emma unterhalten habe und dass das nicht etwa von ihr, sondern merkwürdigerweise von ihm ausgegangen sei. Denn er war auf die Situation jenseits der Grenze zu reden gekommen und hatte sich plötzlich wie in einem Selbstgespräch die Frage gestellt, was das für Emma bedeute, die ja ohne Zweifel nicht zu den Gesündesten zähle. Er hatte schon im Frühjahr gesagt, er könne nicht mitansehen, wie dort die Leute stürben, und bekräftigte jetzt leise, er hoffe, dass sie gut aufgehoben sei und man für sie nicht das Schlimmste fürchten müsse in ihrem Heim, wo sicher Hunderte ein und aus gingen und sie womöglich laxe Sicherheitsbestimmungen hätten oder diese jedenfalls nicht so genau nehmen würden.

»Warum er sich dann selbst über alles hinwegsetzt...«

Ich sagte, es gehöre zu seinem Verständnis von Freiheit, das Falsche zu tun, weshalb er es immer wieder geradezu zwanghaft tun müsse, aber Ines schob das unwillig beiseite.

»Was soll das für eine Freiheit sein?«

Ich verteidigte mich reflexhaft.

»Nicht meine!«

»Aber warum sagst du es dann?« sagte sie. »Wieso lässt du dich überhaupt auf diesen Unsinn ein, als wäre es nur eine Haltung unter anderen?«

Danach rief er mich noch mehrmals an, wechselte von bitten und betteln zu drohen und wieder zu bitten und betteln zurück, nannte mich undankbar und erhöhte im selben Atemzug sein Angebot auf tausendfünfhundert pro Tag, und als ich schließlich sagte, ich würde nicht mehr ans Telefon gehen, wenn er nicht aufhörte, traktierte er Ines, sie solle zusehen, dass ich zur Vernunft käme, sonst müsse er sein Saisoneröffnungsspektakel fallenlassen und das verziehen ihm die Gäste nicht. Er hatte sowohl ihr als auch mir einen Aufenthalt in Amerika bezahlt, weil er das seit seinen eigenen Tagen in New York für unabdingbar hielt, wenn man es im Leben zu etwas bringen wolle, und ich hatte mir in der Folge lange den Kopf darüber zerbrochen, ob er uns damit nicht auch einem besonders perfiden Test unterzog. Denn Ines hatte während ihrer Zeit in Boulder, in den Bergen von Colorado, wo sie unmittelbar nach ihrem Studium gelandet war, genauso einen Anruf von ihm bekommen wie ich drei Jahre danach in Utah, in der kleinen Stadt am Rand der Wüste namens Cedar City, wo ich hätte fliegen lernen sollen. Er hatte beide Male gesagt, er liege im Krankenhaus, es gehe ihm schlecht, aber nur ich hatte mich entschlossen, meinen Aufenthalt zu unterbrechen, während Ines sich darauf versteift hatte, auf keinen Fall wegzukönnen. Als ich damals nach Hause gekommen war, war er längst wieder auf den Beinen gewesen, und seitdem glaubte er noch mehr, als er es ohnehin bereits getan hatte, zwei Arten zu haben, mich erpressen zu können, eine weiße und eine schwarze oder eher wohl finstere, und ich konnte von Glück reden, dass er sich diesmal auf die weiße beschränkt hatte und nicht wieder mit seinem Blutdruckmessgerät aufgefahren war und den furchtbaren Werten, mit denen er mich meine ganze Kindheit lang terrorisiert hatte und die jetzt manchmal von der baldigen Aussicht auf einen Herzschrittmacher oder eine Sauerstoffflasche neben seinem Bett begleitet wurden.

Dafür hatte er regelrecht darin geschwelgt, dass es zu Hause schneie, und einen Augenblick gehofft, mich damit doch noch zu kriegen, als ich ihn gefragt hatte, wieviel Schnee im Dorf schon liege. Ich hätte es nicht tun müssen, da ich mindestens einmal am Tag über eine Webcam nachsah und deshalb Bescheid wusste, aber weil das eine Möglichkeit war, mit ihm zu sprechen, wenn mir sonst nichts mehr einfiel, tat ich es. Damit eröffnete ich ihm die Chance, buchstäblich aus allen Rohren zu feuern.

»Schnee wie seit zwanzig Jahren nicht«, sagte er dann auch sofort. »Massenweise Schnee, ein einziges Versinken. Es ist ein Verbrechen, wenn du dir das entgehen lässt, Elias! Schnee zum Blödwerden.«

Das war seine weiße Erpressung, und Carl schüttelte nur den Kopf, als ich danach auch mit ihm über alles sprach. Ich hatte ihm im Heck eines Airbus in den toten Nachtstunden, wenn sonst nichts zu tun war, außer vielleicht einem Schlaflosen einen Becher Wasser oder einen Drink zu bringen, die ganze Misere erklärt. Er hatte mich gefragt, warum ich mir den Knochenjob eines Stewards überhaupt antäte, wenn wir daheim einen solchen Luxusschuppen von Hotel hätten, und ich hatte gesagt, ich würde fliegen, um meinem Vater zu entkommen, es sei nichts anderes als jedesmal von neuem ein lang anhaltendes Luftholen, wenn ich mit einem Flug ein paar tausend Kilometer zwischen ihn und mich brächte, und daran erinnerte mich Carl jetzt am Telefon.

»Hör doch auf mit deinem ewigen Schnee«, sagte er. »Wenn ich nicht einschreite, erzählst du mir wieder die Anekdote, wie er dich als Kind manchmal vor der Saison im Winter den Eingang zum Hotel hat freischaufeln lassen, und bist auch noch stolz darauf. Nur habe ich das schon so oft von dir gehört, dass es ein Elend ist. Es scheint das einzige Mal in deinem Leben gewesen zu sein, wo du seine Anerkennung bekommen hast, nur weil er dich halb erfroren beim Schaufeln und Schneeschieben gesehen hat und der von dir präparierte Pfad hinter dir schon wieder zugeschneit war.«

Ich hatte nicht so viel Widerstand von ihm erwartet und sagte, es täte mir leid, wenn ich ihn damit gelangweilt hätte, aber er erwiderte, mit der Langeweile könne er leben, ich sei jedoch nicht mehr zurechnungsfähig, sobald ich davon redete.

»Sag noch einmal ›Schnee‹!«

Ich sagte es.

»Hörst du es nicht?«

»Nein«, sagte ich. »Was?«

»Sobald du davon sprichst, setzt dein Denken aus«, sagte er. »Hast du dich nie gefragt, was genau du eigentlich damit zum Ausdruck bringen willst, wenn du voll Inbrunst sagst, es gebe nichts Schöneres für dich, als wenn die ganze Welt weiß sei?«

Carl hatte nie einen Vater gehabt, vor dem er hätte davonlaufen müssen, denn sein Vater hatte sich vor seiner Geburt aus dem Staub gemacht. Er stammte aus Amerika, war Armeegeistlicher in Deutschland gewesen und lebte jetzt mit seiner neuen Familie irgendwo im Osten von Texas, aber für Carl konnte keine Rede davon sein, dass die Flüge über den Atlantik ihn seinem Vater jemals näher gebracht hätten, im Gegenteil, einmal, als unsere Destination Houston war und ich ihm vorgeschlagen hatte, ein Auto zu mieten, hatte er mich entsetzt angesehen und war mir in die Parade gefahren, sollte ich da einen bestimmten Plan haben, könne ich ihn sofort begraben, dass ich mich mitten im Satz unterbrochen und ihm aus purer Hilflosigkeit, und um mich bei ihm zu entschuldigen, von Emma erzählt hatte, als hätte das eine etwas mit dem anderen zu tun und er wäre das gleiche verlassene Halbwaisenkind, das sich nicht allein in der Welt zurechtfand und Hilfe brauchte wie sie. Carl war bei seiner Mutter in der Nähe von Stuttgart aufgewachsen und kam von sich aus nie auf seinen Vater zu sprechen, und nur wenn ich meine Sentimentalitäten mit meinem Vater übertrieb, erinnerte er mich manchmal daran, dass es keinen Grund gab, sentimental zu sein.

»Wenn es deine Vorstellung von Glück ist, unter den Augen eines Verrückten in der Dezemberkälte einen Hoteleingang vom Schnee freischaufeln zu dürfen, dann frage ich mich, wie das bei mir ausgesehen hätte.«

Er zögerte einen Augenblick, aber dann ließ er seinem

Sarkasmus freien Lauf, hüstelte ein paarmal und war so klar, wie er nur sein konnte.

»Vielleicht hätte mein Vater mich in die Sonntagsschule geschickt, und ich hätte ihm eine Stelle aus der Bibel auswendig vorsagen müssen, um ein Lob von ihm zu erhalten. Ich weiß nicht, ob Armeegeistliche das Training überhaupt absolvieren, aber vielleicht hätte er mich mit auf den Schießstand genommen, und er wäre für ewige Zeiten der Mann gewesen, der mir mit sieben oder acht Jahren ein Gewehr in die Hand gedrückt hätte. Vielleicht hätte er aber in allen möglichen Welten nur genau das getan, was er auch in der realen Welt getan hat, und wäre auf Nimmerwiedersehen verschwunden, und ich kann nicht sagen, dass mir das zum Nachteil gereicht.«

Wir waren auf Facetime, und Carl bemühte sich immer weniger, mir zu verhehlen, wie unglücklich ihn das Gespräch machte. Ich hatte ihn eingeladen, für ein paar Tage zu Ines und mir nach Berlin zu kommen, und jetzt sagte er, das ginge nur, wenn ich ihm verspräche, das Wort »Schnee« in seiner Anwesenheit nicht in den Mund zu nehmen. Dabei lachte er zum Glück schon wieder dieses schamhafte Lachen, das ihn ausmachte und in dem eine Mischung aus Zutraulichkeit und Zurückhaltung durchklang, die mich jedesmal verzauberte.

»Versprochen?«

Natürlich sagte ich ja, aber danach war ich wieder stundenlang draußen, weit über die Dämmerung hinaus, und es war ein Tag, der es in sich hatte, einer dieser trüben Dezembertage, an denen ich überall, selbst wenn es in den Tropen gewesen wäre, sehnsüchtig auf den ersten Schnee gewartet hätte. Ines hatte mir von einem Schriftsteller erzählt, der in einem Interview gesagt hatte, er würde in einer Welt, in der es nicht mehr schneite, nicht leben wollen, und ich erinnerte mich daran, in welche Melancholie ich gefallen war, als ich dann seine Bücher eines nach dem anderen las. Denn ich hatte den Eindruck gewonnen, dass ihm auch mit keinem ersten Schnee mehr zu helfen wäre, während mich allein die Vorstellung davon immer noch aus allem herausholen konnte.

Ich ging, bis ich einen belebten Platz erreichte, an dem Weihnachtsbäume verkauft wurden, und nahm mir vor, an einem der nächsten Tage mit Ines' Defender wieder herzukommen und einen zu holen. Es würde deshalb Streit zwischen uns geben, weil sie mich zur Rede stellen würde, ob ich wisse, in welche Bedrängnis ich sie damit brächte, aber ich wollte es wenigstens versuchen. Die Geschäfte rundum hatten geschlossen, doch da und dort standen Leute zu zweien und dreien zusammen, die wenigsten mit Gesichtsmasken, die dafür um so mehr auffielen, und allein aufgrund der Gesprächsfetzen, die ich aufschnappte, vermochte ich nicht zu entscheiden, ob sie wie menschliche Wesen sprachen oder tatsächlich wie Maschinen, wie ich mir einen Augenblick eingebildet hatte.

Ines arbeitete noch, als ich zurückkam. Ich blieb wieder vor dem Haus stehen und sah ihr durch das Fenster zu, wie sie unverändert in ihrem Sessel saß, die Beine hochgenommen, und auf ihren Laptop starrte. Sie hatte kein Licht an, aber der Schein des Bildschirms fiel auf ihr Gesicht und gab ihr einen Ausdruck äußerster Konzentriertheit. Ich hatte sie gefragt, wie viele Nächte ihre beiden Lyriker miteinander gehabt hätten, und sie hatte mich angeschaut und gekontert, wie viele Nächte es brauche, ob nicht eine einzige genüge, wenn es einen wie der Blitz treffe, und jetzt dachte ich, dass die Geschichte allein schon deshalb zwingend gewesen sein musste, weil sich eine junge Frau so viele Jahre danach über die hinterlassenen Briefe beugte und davon offenbar so angetan war, dass sie die Welt um sich vergaß. Sie hielt ihren Oberkörper leicht vorgeneigt und wippte kaum merklich vor und zurück, und als ich schließlich die Tür öffnete und eintrat, hob sie nur ihre Hand und wandte nicht einmal den Kopf nach mir.

Ich lag schon im Bett, als mir auffiel, dass zum ersten Mal, seit ich bei ihr war, so viel Zeit vergangen war, ohne dass Ulrich sich bemerkbar gemacht oder ich wenigstens an ihn gedacht hatte. Wahrscheinlich hatte Ines aus irgendeinem Grund ihr Telefon ausgeschaltet, was sie sonst nie tat, und es dann einzuschalten vergessen. Weil ich an ihre morgendlichen und abendlichen Stürme bereits gewöhnt war, beruhigte es mich nicht, sondern versetzte mich im Gegenteil eher in Unruhe, dass es jetzt still blieb. Solange sie ihn beschimpfte, sprachen sie immerhin miteinander, solange sie sagte: »Ihr könnt meinetwegen alle krepieren!«, oder: »Fick deine Schabracke!«, oder: »Bring dich doch um!«, war es vielleicht auch eine Art Liebe, aber wenn Ulrich sich nicht länger vertrösten ließ, aufhörte zu sprechen und seine Ankündigung oder Drohung wahrmachte und zu Besuch kommen wollte, konnte er sich jederzeit zu Hause in Hamburg in seinen Wagen setzen und in drei Stunden vor der Tür stehen. Es fuhren nicht viele Autos in dieser Straße, doch der Gedanke reichte, dass ich bei jedem Motorgeräusch am liebsten ans Fenster getreten wäre, den Vorhang zurückgezogen, hinuntergeschaut und in jeder Gestalt, die sich dort herumdrücken würde, sicher nur ihn gesehen hätte. Ines hatte gesagt, vorerst genüge ihr die Art meiner Hilfe bei ihm, aber sie würde mir früh genug sagen, wenn sie mehr brauche und ich richtig einspringen müsse, und ich war bereit, ihm endgültig zu erklären, wieviel es geschlagen hatte. Er musste nur kommen und klingeln, und ich würde ihm zu verstehen geben, dass er besser gleich wieder umkehrte und sich davonstahl.

Es war fast Mitternacht, als Ines heraufkam und sich bettfertig machte und ich sie endlich fragte, warum Ulrich nichts von sich hören lasse, und so erfuhr, dass eine seiner Töchter Geburtstag hatte.

»Ich habe ihm gesagt, dass er da allein durchmuss«, sagte sie. »Ich kann nicht auch noch die Gouvernante spielen. Er hat mir seit heute morgen siebenundvierzig Textnachrichten geschickt. Was er mit seiner Frau macht, ist mir egal, aber dass er nicht einmal einen Tag nur für sein Kind hat, verzeihe ich ihm nicht. Er schreibt das übliche Geschmus, dass er es ohne mich nicht aushalte, dass er lieber bei mir wäre, dass ich ihm bloß ein Zeichen geben müsse, und er würde seiner Frau sagen, was los sei.«

Da hatte sie ihn wieder einmal, ihren Beweis, dass die Kleinfamilie nicht funktionierte, den sie gar nicht zu führen brauchte und doch von Zeit zu Zeit an lebenden Objekten führte, um dann von einer Traurigkeit ergriffen zu werden, als wünschte sie sich, es wäre doch anders oder sie wäre nicht selbst involviert oder hätte das Ganze wenigstens nicht losgetreten. Sie war jetzt wieder das ungewollte, fast abgetriebene Kind und verteidigte nicht nur sich und ihre Mutter gegen die Herzlosigkeit unseres Vaters, sondern stand mit ihrer Wut für jedes Mädchen und jede Frau ein. Deshalb gab es keinen Pardon, und sie wetterte los.

»Was für ein unglaublicher Idiot!«

Sie lehnte in der Tür zu meinem Zimmer, hatte wieder ihren Schlafanzug aus Flanell an, ihre Haare gelöst, und im Licht, das vom Gang auf sie fiel, konnte ich ihren Gesichtsausdruck nicht richtig erkennen.

»Schreibst *du* ihm zurück?«

»Wenn du willst«, sagte ich. »Soll ich ihm schreiben, dass er dich verliert, wenn er so weitermacht?«

»Ja«, sagte sie. »Schreib ihm das!«

»Ich schreibe ihm, dass es aus ist, wenn er mit seinen Blödheiten nicht aufhört und glaubt, mit dir umspringen zu können, wie er wahrscheinlich jahrelang mit seiner Frau umgesprungen ist.«

»Und schreib ihm auch, dass ich keine Zeit für solche Kindereien habe«, sagte sie, wobei sie auf diese Weise leise geworden war, die nur bedeutete, dass sie eigentlich laut werden wollte. »Schreib ihm, wenn er es ernst meint, soll er für jedes seelenlose ›Ich liebe dich‹ tausend Euro zahlen. Er soll mit seiner geschätzten Gattin zwei Wochen Urlaub machen und ihr die Ohren mit genau dem Zeug vollsumsen, mit dem er sie mir vollgesumst hat, wenn er schon nicht aufhört zu behaupten, er würde alles für mich tun. Schreib ihm, dass er sonst dich kennenlernt und du ihm zeigst, wo es langgeht, bis er begreift, dass er kein Recht auf mich hat, nur weil wir ein paarmal ...«

Sie unterbrach sich und bat mich, ein Wort dafür vorzuschlagen. Das war Ines' Exaltiertheit, in die sie sich von einem Augenblick auf den anderen hineindrehen konnte, spielerisch, aber in ihrem Spiel steckte auch Ernst, als sie sagte: »Er nennt es poppen und kommt sich jung damit vor.« Denn gleichzeitig tat sie, als würde es sie vor Ekel schütteln, und es war nicht sicher, ob sie nur so tat, bis sie sich wieder beruhigt hatte und umschwenkte.

»Kaum zu glauben, dass er mir sogar Fotos von dem Geburtstag geschickt hat«, sagte sie, wie um den Ausfall gleich vergessen zu machen. »Willst du sie sehen?«

Mein Impuls war, nein zu sagen, aber ich sagte ja, und sie setzte sich zu mir auf das Bett, und wir sahen uns die Bilder an, keine besonderen Bilder, Schnappschüsse einer

Frau, die mit ihren beiden Töchtern um einen Tisch saß und mit ihnen Geschenke auspackte, aufgenommen von dem Mann, der nie im Bild war, und wir wussten augenblicklich, dass es nicht richtig sein konnte. Ich hatte zwei- oder dreimal mit Ines zusammen einen Porno geschaut, und obwohl das etwas anderes war, erinnerte ich mich daran, weil wir es gemeinsam getan hatten und auch das jetzt gemeinsam taten und dadurch wirklicher machten, als es sonst vielleicht gewesen wäre. Deshalb hatte ich sofort eine heftige Abneigung dagegen, geradeso, als würde Ulrich sie alle allein dadurch, dass er die Fotos seiner Geliebten schickte, mutwillig in Gefahr bringen. Dass unsere Blicke ohne ihr Wissen auf sie fielen, erschien mir schicksalhafter für sie, als wenn wir Stoffpuppen mit ihren Namen getauft und mit Stricknadeln nur so gespickt hätten, um einen bösen Zauber auf sie zu ziehen, und ich hätte Ines am liebsten die Hände vor die Augen gehalten. Die Mädchen lachten auf allen Bildern und hatten Kronen aus Pappe auf den Köpfen, und in dem auf die Kamera gerichteten Blick der Frau lag so viel erstickende Sehnsucht, dass ich wegschauen musste.

»Warum macht er das bloß?« sagte ich. »Hat er sie nicht alle? Wozu schickt er dir die Bilder? Glaubt er, er wird dadurch interessanter für dich, oder will er damit das Gegenteil erreichen?«

Ines antwortete nicht, doch ich hatte den Eindruck, wenn sie nicht davor schon ihr Urteil über ihn gefällt hatte, war es spätestens jetzt geschehen. Jedenfalls machte sie ihr Telefon wieder aus, und als ich in meinem Bett zur Seite rückte, um mehr Platz für sie zu schaffen, blieb sie am Rand sitzen. Ich streckte mich aus und schob meine Hand über das Leintuch, bis ich ihren Schenkel berührte. Darüber ging sie hinweg, wandte mir den Rücken zu, ohne sich zu bewegen, und als sie schließlich doch über ihre Schulter zu mir herunterblickte, hatte sie diesen heillosen Ausdruck im Gesicht, auf den ich stets mit Hilflosigkeit und Unterwerfung reagierte. Dann bat sie mich auch schon, ihr zu erzählen, wie es gewesen sei, als ich sie zum ersten Mal gesehen hatte, und ich begann wieder mit der Geschichte, nach der sie regelrecht gierte, und breitete bis ins kleinste Detail aus, wie sie als sechsjähriges Mädchen an der Hand ihrer Mutter in der Hotelhalle gestanden war.

»Ich habe meinen Blick nicht von dir abwenden können«, sagte ich. »Am liebsten hätte ich mich versteckt, damit niemand mich beim Schauen sieht.«

»Und was hast du gesehen?«

Ich wusste, was sie hören wollte.

»Ein Mädchen wie nur je eines.«

Sie hatte die Wendung von einem Schriftsteller, der anderen Beschreibungsschwäche vorgeworfen hatte und in Wirklichkeit selbst ein bisschen beschreibungsschwach oder zumindest beschreibungsfaul war, und ich hatte sie von ihr übernommen. Er gebrauchte sie in jedem seiner Bücher wenigstens ein halbes Dutzend Mal, jedenfalls in denen von ihm, die ich auf ihre Empfehlung gelesen hatte, und sobald ich von mir aus mit dem Spiel anfing, hakte Ines sofort nach, fragte: »Und ihre Augen?«, fragte: »Und ihr Mund?«, »Und ihre Nase?«, und ich musste mich durch die halbe Anatomie buchstabieren und jeden Körperteil mit einem »wie nur je …« belegen. Es endete jeweils damit, dass sie selbst noch etwas hervorkehrte, für das sie das Prädikat verlangte, und dann schüttelte es sie vor Lachen, aber jetzt verlor sie schnell die Lust daran und brachte ihren Part nur müde und nicht mit der üblichen Begeisterung zustande.

»Alles an ihr wie nur je …?«

»Ja«, sagte ich. »Alles!«

»Du lügst!«

»Nein«, sagte ich. »Ich lüge nicht.«

»Aber wenn ich es sehe! Du sagst es einfach so und machst dich über mich lustig. Gib es zu!«

Zwar theaterten wir noch eine Weile herum, aber sie blieb in dieser Nacht nicht bei mir, ließ nur das Licht im Gang an, und wann immer ich wach wurde, blickte ich zu ihr hinüber. Meistens drehte sie sich zum Schlafen zur Seite, während sie jetzt auf dem Rücken lag, ihre Arme über dem Kopf ausgestreckt. Für mich war das stets ihre zutraulichste Stellung gewesen, und obwohl ich dachte, dass niemand je so schlafen würde, der sich nicht sicher wüsste, schien mir ihr Zutrauen so groß, als ob sie selbst dann so daliegen würde, wenn sie kein Dach über dem Kopf hätte und Wind und Wetter ausgesetzt wäre. Halb im Schlaf, stellte ich sie mir in der freien Wildnis vor, unbesiegbar und schön. Ich bemühte mich die Augen offen zu halten, nickte aber ein und sah, dass sie mich im Blick hatte und mich beobachtete, sooft ich aus meinen Träumen hochfuhr, und als sie schließlich doch herüberkam und zu mir unter die Decke schlüpfte, tagte es bereits, und ich brauchte nicht hinauszuschauen, um zu wissen, dass der Himmel bewölkt und voller Sterne war.

Auf der Suche nach der Mitte

WAS ICH
DER THERAPEUTIN
GESAGT HABE

Die Therapeutin, die ich nach Abbruch meiner Hubschrauberausbildung in Cedar City ein paarmal in Innsbruck aufsuchte, fragte mich, wovor ich denn Angst gehabt hätte, welche Angst es gewesen sei hinter der Angst zu fliegen, die mich dazu gebracht habe, dass ich mir einen kleinen Vorrat an gelben und weißen Pillen besorgte, die ich vor jeder Übungseinheit schluckte, weil ich mich sonst nie an den Steuerknüppel gesetzt hätte. Man hatte mich, gerade als ich an der Seite meines Lehrers zum ersten Mal in die Wüste hinausfliegen sollte, ertappt und unehrenhaft entlassen, das war nicht die offizielle Formulierung, aber es war die Formulierung, die ich selbst wählte, auf jeden Fall war ich nach zwölf Wochen wieder zu Hause und musste meinem Vater erklären, was passiert war, für den in Amerika zu scheitern selbstverständlich auf der ganzen Linie zu scheitern bedeutete, wovon man sich in seinen Augen nie wieder erholte. Er hatte seine Kontakte bemüht und mir den Platz in Utah überhaupt erst besorgt, als ich nicht mehr hatte verleugnen können, dass auf einen Abschluss meines Studiums wohl nicht zu hoffen sein würde, und ich mir eingestehen musste, dass ich mit dem, was ich mir mit Ines aneignete, vielleicht eher noch eine germanistische Arbeit hätte hinschwindeln können, als dass ich in Betriebswirtschaft auch nur über die Grundlagen verfügte, und dass ich eine Weile auf dem besten Weg war, die

Orientierung zu verlieren. Pilot zu werden war ein Kindertraum von mir gewesen, seit ich als Fünf- oder Sechsjähriger zugeschaut hatte, wie vor dem Sommer immer ein Hubschrauber ins Dorf kam, der die Versorgungsflüge für die Schutzhütten in den Bergen unternahm, und nachdem ich den Traum zunächst gar nicht zu verfolgen gewagt hatte, hatte er sich jetzt innerhalb kürzester Zeit auf die denkbar beschämendste Weise zerschlagen. Ich hatte damals die jeweils zwei oder drei Tage mit meinen Freunden am Rand des Landeplatzes verbracht und zugeschaut, wie sich die in der Sonne glänzende Maschine voll beladen mit schwerem Netz in die Luft arbeitete und eine Viertelstunde oder zwanzig Minuten später ohne die Last wieder aus dem blauen Himmel herabstieß, zuerst nur ein Punkt in der Ferne, der sich in einem wilden Tosen und Flappen über unseren Köpfen materialisierte und uns in anhaltende Erregung versetzte.

Ich ging widerwillig zu den Terminen, die mich wieder geradebiegen sollten, wie es mein Vater nannte, und die Therapeutin ließ sich nicht in die Karten oder in ihre Kristallkugel schauen, aber ich hatte den Verdacht, dass sie meine Probleme für die Wehwehchen eines verzogenen Hoteliersöhnchens hielt und wenig Geduld hatte mit meinen tastenden Erklärungsversuchen. Sie trug ein zu weites, kittelähnliches Kleid und hatte mit ihrer randlosen Brille und der Aureole ihres blonden, wie elektrisch aufgeladen abstehenden Haares selbst etwas seltsam Ausuferndes, obwohl sie schlank war, eine dieser blassen Erscheinungen, wie man sie in den medizinischen Berufen fand, bei denen man nicht einschätzen konnte, ob das, was sie ausstrahlten, Zeichen äußerster Gesundheit war oder ein unauffälliges, stetes Vor-sich-hin-Kränkeln. Gleich nach ihrer Begrüßung mit unerwartet kräftigem Händedruck hatte sie mich in einen Sessel mit einem geschwürhaften Blumenmuster plaziert und schräg vor mir Platz genommen, und allein ihre Frage, was es mit Amerika auf sich habe, ob es in Österreich keine Hubschrauberausbildung gebe, zeigte mir ihre Reserviertheit solchen Abenteuern gegenüber. Ich antwortete ein wenig patzig, man lerne dort, auch bei Schlechtwetter zu fliegen, während man hier selbst bei Schönwetter den Arsch kaum vom Boden bekomme, aber natürlich war ich in keiner Position, derart präpotent aufzutreten, und sie machte sich nicht einmal die Mühe, mich darauf hinzuweisen. Sie sagte, wenigstens habe das Land wieder einen Präsidenten, bei dem man sich nicht schämen müsse, es zu bereisen, und es wäre einfach gewesen, ihr zuzustimmen, aber ich hoffte bloß, dass sie sich damit besser fühlte, und behielt meine Gedanken für mich, wie ich sie immer für mich behielt, wenn Leute so etwas äußerten. Bei meinem Eintreten hatte ich einen Scherz anzubringen versucht, ich würde schon nicht umkommen, wenn ihre Behandlung bei mir nicht anschlage, worauf sie kühl erwidert hatte, ich solle mich nicht täuschen, und ich bemühte mich von da an, auf alles zu verzichten, was nicht in ihr Protokoll passte. In dem Raum gab es kaum Tageslicht, und sie hatte nur eine Schreibtischlampe auf dem Sekretär an, auf dem ein aufgeschlagener Atlas lag, offensichtlich mehr Symbol, als dass er sonst einem Zweck diente.

»Sie sagen, es soll immer unmittelbar vor dem Abheben geschehen sein«, sagte sie. »Von einem Augenblick auf den anderen ist Ihre Euphorie nicht mehr von Panik zu unterscheiden gewesen. Zitiere ich Sie richtig? Sie haben sich jedesmal darauf gefreut, und dann ist aus der Freude plötzlich Angst geworden.«

Zumindest hatte ich es ihr mit genau diesen Worten erklärt. Ich hatte ihr das Hochsingen der Turbine beschrieben, das Flappen der Propeller, während der Motor mehr und mehr auf Touren kam, als ob sich die Maschine eher in den Erdboden drehen, als dass sie zum Himmel aufsteigen würde, das Beben und Zittern der ganzen Kabine kurz vor dem Abheben und dann den Moment, wo sich die Kufen vom Boden gelöst hatten, noch keineswegs sicher, ob es nicht bei einem halbherzigen Versuch bleiben sollte. Meine ersten und dann auch gleich letzten Flüge waren keine Flüge, sondern eher Sekundensprünge gewesen, ich hatte die Maschine wieder hingesetzt, kaum dass sie ein paar Meter Höhe gewonnen hatte, und war mit geschlossenen Augen auf meinem Sitz verharrt, schweißnasse Hände, Schweiß auf der Stirn, bevor der Lehrer mich aus der Situation erlöst hatte. Bis er die Geduld zu verlieren begann, hatte er zwei- oder dreimal auf mich eingeredet, so etwas komme selbst bei den Besten vor, die später auch in einem Schneesturm fliegen würden, und das sagte ich jetzt zu der Therapeutin, die mit keinem Laut erkennen ließ, was sie davon hielt, und erst nach einer langen Pause fragte, ob ich mich erinnerte, woran ich in dem Augenblick kurz vor den Abheben gedacht hätte.

»Ich weiß nicht«, sagte ich, nachdem ich selbst gezögert hatte. »Wahrscheinlich bin ich vollauf damit beschäftigt gewesen, die Anzeigen auf den Armaturen im Auge zu behalten und auf die Anweisungen des Lehrers zu achten, so dass ich gar nicht Zeit gehabt habe, an etwas anderes zu denken.«

Dann versuchte ich es doch noch einmal mit einem Witz, indem ich hinzufügte, ich hätte wohl das eine oder andere Mal ein Stoßgebet ins Nichts gerichtet, so überfordert sei ich von allem gewesen.

»Würden Sie das als Denken einstufen?«

Sie lachte, ließ sich aber nicht ablenken.

»Wenn Sie sich schon nicht erinnern, woran Sie damals gedacht haben, vielleicht können Sie sagen, was Ihnen jetzt durch den Kopf geht, wenn Sie sich in die Situation zurückzuversetzen versuchen.«

»Dann ist es dasselbe«, sagte ich. »Ich denke, dass ich die Anzeigen auf den Armaturen im Auge behalten und auf die Anweisungen des Lehrers achten muss.«

»Aber wenn Sie Ihre Gedanken schweifen lassen?«

Ich sagte, das sei genau das, was es bei einem Start zu vermeiden gelte, und sie erwiderte nüchtern, es gehe nicht um einen Start, sondern um die Erinnerung daran, und das sei wohl etwas anderes.

»Gibt es Situationen in Ihrem Leben, in denen Sie ähnlich empfunden haben wie kurz vor dem Abheben?«

Ich konnte nicht sagen, warum ich damals und jetzt auch wieder während dieser Stunde mit ihr die ganze Zeit schon an Nil gedacht hatte, aber das war der Augenblick, in dem ich es aussprach. So hatte der Stier geheißen, der neben den Hubschraubern das zweite große Ereignis meiner Kindheit war, ein mächtiger Bulle, tiefschwarz ohne die kleinste hellere Stelle, der ein Stück außerhalb des Dorfes auf der anderen Bachseite in einem eigenen stacheldrahteingezäunten Gehege gehalten wurde. Man konnte es über eine Hängebrücke erreichen, und wir waren als Kinder immer bis in die Mitte der Brücke gegangen und dort an der tiefsten Stelle, wo einen das Rauschen und die Kälte des Baches mit aller Macht erfassten und die Luft feucht von der aus der Schlucht heraufspritzenden Gischt war, nicht viel mehr als einen Steinwurf von ihm entfernt gestanden, hatten zu ihm hinübergeschaut und aus schierer Ehrfurcht den Plan, ihn mit Pfeil und Bogen zu beschießen, aufgegeben, noch bevor wir ihn richtig ausgetüftelt gehabt hatten. Obwohl er uns nichts anhaben konnte, hatte es als Mutprobe gegolten, dort auch nur zu verweilen und seinen Blick auszuhalten, oder vielmehr seine Anwesenheit, weil er uns in der Regel gar nicht beachtete, selbst wenn wir mit den Armen fuchtelten oder nach ihm riefen, und man schon besonderes Glück haben musste, dass er sich einem zuwandte und vielleicht sogar für einen Augenblick die

Hörner senkte. Er stand bloß da, einsam und fremd in seiner Schwärze, und hob sich, besonders wenn es geregnet hatte, nahezu unsichtbar, kaum von dem Sattgrün des abschüssigen Wiesenstückes ab, das fast den ganzen Tag im Schatten lag. Ich war noch keine zehn gewesen, als man ihn verkauft und über Nacht weggebracht hatte, aber davor hatte ich ihn einmal wie herausgestanzt aus der rundum weißen Welt schwarz, als würde er gar nicht existieren, in einem frühen Augustschnee stehen sehen, und als ich ihr davon erzählte, kam die Therapeutin nicht mehr davon los.

»Können Sie Ihre Empfindungen dabei beschreiben?«

Ich sagte, ich hätte es schön gefunden, ich hätte den Schnee über alles geliebt, und wie erst, wenn er mitten im Sommer gefallen sei, und auf eine Weise glaubte ich, auch den Stier geliebt zu haben.

»Haben Sie keine Angst gehabt?«

»Ich weiß nicht«, sagte ich. »Ich glaube nicht. Zumindest bin ich zum ersten Mal allein auf die Hängebrücke hinuntergegangen, um ihm nahe zu sein. Das Gehege war ganz schneebedeckt, und es hat noch ein wenig geschneit, aber an seinem Fell ist keine Flocke haften geblieben. Er ist so schwarz gewesen wie eh und je.«

»Und wirklich keine Angst?«

Ich schüttelte den Kopf, schwieg jedoch, als würde ich mich sonst verraten, und hatte das anhaltende Gefühl, dass mein Gesicht etwas anderes sagte, während sie nachhakte.

»War es stattdessen vielleicht Sehnsucht?«

»Dann müsste sie mir entgangen sein. Aber warum sollte ich Sehnsucht gehabt haben, und wonach? Es hätte mir sogar das Wort dafür gefehlt.«

»Was hätte es sonst gewesen sein können?«

»Ich weiß nicht«, sagte ich erneut. »Doch am ehesten ist es schon dem nahe gekommen, was ich kurz vor dem Abheben empfunden habe, jedoch noch bevor die Panik eingesetzt hat.«

Die Therapeutin schien den Atem anhalten zu wollen, so wie sie kaum merklich seufzte und sofort wieder verstummte. Ich vernahm leise, aber dennoch zu deutlich ein Rascheln, als sie die Beine übereinanderschlug und im Sitzen ihr Gewicht von einer Seite auf die andere verlagerte. Dann notierte sie etwas, und es war das Kratzen ihres Füllhalters, das ich überlaut hörte. Sie hatte einen Block in die Hand genommen, bevor sie mir meinen Platz zugewiesen hatte, aber sosehr ich auf ihren Schoß schielte, in dem er lag, ich konnte nicht sehen, was sie schrieb. Da war es bereits eine Weile still zwischen uns, und ich hätte lange schweigen können, aber als sie mich schließlich nach dem Namen des Stieres fragte, sagte ich ihn ihr.

»Hat er immer schon so geheißen?«

Sie wartete, und dann tat sie ganz vorsichtig.

»Nil?« sagte sie und buchstabierte es auch noch, zwischen den Buchstaben so lange Pausen, als könnten sie unmöglich zusammengehören und ein Wort ergeben. »Ist das die richtige Schreibweise?«

Ich konnte wieder nur sagen, ich wisse es nicht.

»Haben Sie als Kind gewusst, woher der Name kommt?«

Ich sagte ja, aber es war sie, die »Afrika« sagte und etwas von der Mündung oder vielmehr dem Delta und vom Ursprung des riesigen Stromes, der durch den halben Kontinent und über Hunderte und Aberhunderte von Kilometern durch die Wüste fließe, wie sie sich ausdrückte, und den Mythen und Schrecknissen, die es darum gebe.

»Können Sie sich vorstellen, dass der Stier vielleicht gar nicht so groß und gar nicht so schwarz war, wie Sie ihn beschreiben, und Sie erst durch den Namen die Phantasie entwickelt haben?«

Ich sagte, ich verstünde sie nicht, und sie sprach von Fremdheit, Gefahr und Exotik und schien nicht zu merken, wie sehr sich die Worte gegenseitig im Weg standen.

»Sind das Begriffe, mit denen Sie etwas anfangen können, oder verdunkeln sie die Sache eher?«

Das war jetzt ein ganz anderes Gespräch, und so empfand ich es auch, als wir bei der nächsten Sitzung ohne viele Umschweife auf Matt zu sprechen kamen, Ines' amerikanischen Freund, mit dem sie in ihren Monaten in Boulder zusammengewohnt hatte. Die Therapeutin hatte mich noch einmal nach den Hubschraubererlebnissen meiner Kindheit gefragt, und ich hatte ihr erzählt, wie sehr ich die Piloten bewundert hätte, wie sehr noch die Helfer, die sich den auf Kopfhöhe über dem Boden schwebenden Maschinen nähern mussten, um die Netze mit dem Transportgut festzumachen, bevor sie sich gebückt und rückwärts wieder entfernten, mit ihrem Ohrschutz direkt vor dem Cockpit stehenblieben und den Daumen hoben, dass alles ok sei, ich hatte ihr erzählt, dass einer der Piloten später bei einem Bergungsversuch ums Leben gekommen sei, weil er sich zu nah an eine Felswand herangewagt habe, hatte ihr von meinem ersten Toten erzählt, den ich, in einen schwarzen Sack verschnürt, an einem Seil unter einem anfliegenden Hubschrauber gesehen hatte, die Arme aus der Verschnürung gelöst und wild hin und her baumelnd, ein Verunglückter, der in den Bergen abgestürzt war und so ins Tal gebracht wurde. Einmal hatten die Kühe, von einem plötzlichen Wintereinbruch überrascht, wie Spielzeugtiere in ihren Gurten hängend, von einer Alm ausgeflogen werden müssen, und ein anderes Mal war eine Maschine zu schwer beladen gewesen, und ich hatte beobachtet, wie sie plötzlich in Schräglage geriet und heruntergezogen wurde und der Pilot die Last gerade noch auszuklinken vermochte, mehrere Stahlträger, die dann in der Nähe unseres Hotels zu Boden krachten und die verfluchte Hütte sicher vom Dach bis zum Keller durchschlagen hätten wie eine Bombe. Der Pilot, der später bei dem Bergungsversuch ums Leben gekommen war, hatte mich eines Tages mitfliegen lassen, und er war für mich im Tiefflug, die Turbine auf Hochtouren, als könnte es uns die Propeller jeden Augenblick um die Ohren fetzen, über die glatte Schneefläche eines Gletschers gejagt, und ich hätte schreien und schreien können, während er mich hinter seiner Sonnenbrille ansah, als wären wir die besten Freunde, und mich fragte, ob es mir schnell genug sei. Die Therapeutin saß mir diesmal direkt und nicht leicht versetzt wie beim letzten Mal gegenüber, und ich konnte meine Anspannung nicht verbergen, als ich mich daran erinnerte, ich spürte wieder das Kribbeln am ganzen Körper, das Loch in der Magengrube, den Schwindel in meinem Kopf, als wir dicht über einen Grat hinweggefegt waren und sich dahinter ein Abgrund aufgetan hatte, ein Blick über ein kilometerlanges Moränenfeld. Ich sagte zu ihr, dass ich wenig Erhebenderes erlebt hätte, und merkte erst da, dass sie mich eine Weile schon angesehen hatte, als wäre wirklich etwas nicht ganz in Ordnung mit mir, und das war der Augenblick, in dem ich von einer Sekunde auf die andere von Matt sprach.

»Ich kann Ihnen noch eine Hubschraubergeschichte erzählen, die weniger heroisch ist«, sagte ich. »Vielleicht hätte ich damit beginnen sollen, und ich hätte mir alles andere ersparen können.«

Die Therapeutin nickte nur, und ich gab zu bedenken, ich müsse weit ausholen und es sei eigentlich gar keine richtige Hubschraubergeschichte, auch wenn am Ende einer darin vorkomme, und sie nickte wieder nur.

»Was auch immer es ist, erzählen Sie einfach.«

Ich hatte es bis dahin nie die Geschichte meines zweiten amerikanischen Scheiterns genannt, wenn man das Fiasko in Cedar City, obwohl zeitlich danach, das erste nennen wollte, aber das hörte ich mich jetzt sagen, und dann war ich schon dabei, der Therapeutin Matt zu beschreiben, und musste achtgeben, dass sich meiner vielleicht allzu wohlwollenden Darstellung nicht gleich ein missgünstiger Unterton beimischte. Er hatte in Boulder Physik studiert mit dem Wunsch, sich später für ein Astronautenvorbereitungsprogramm zu bewerben, was natürlich eine ganz andere Vorstellung vom Fliegen bedeutete, als ich sie je gehabt hatte, und arbeitete den Sommer über im Nationalpark, führte Touristen auf die Drei- und Viertausender der Gegend, ein weithin begehrter Bergführer, zu dessen Klienten auch Prominente aus der Filmwelt gehörten. Ines hatte sich nur ein paar Tage in der Stadt aufhalten und weiterreisen wollen auf ihrer von unserem Vater finanzierten Greyhound-Tour kreuz und quer durch das Land und war wegen Matt geblieben, zuerst Wochen, dann Monate, in denen sie, die sonst immer eine Aufgabe haben musste, nicht viel anderes tat, als ein bisschen zu kellnern und mit ihm zusammen zu sein, im Grunde genommen die einzige Liebe ihres Lebens, der sie nicht sofort wieder zu entkommen versucht hatte, und als ich sie im Herbst besuchte, trat sie mir aus einem dieser einstöckigen Häuschen über ein uneingezäuntes Rasenstück entgegen und trug ein knöchellanges Blümchenkleid und Cowboystiefel. Ich war augenblicklich wieder verliebt in sie, obwohl hinter ihr dieser Mann im Eingang stand, kurze Hosen, T-Shirt, Turnschuhe trotz der schon kälteren Tage, und mich mit seinen wie durch nichts beirrbaren Augen anlächelte, ein breites, bärtiges Gesicht, das einem Vertrauen hätte einflößen können, bei mir jedoch das Gegenteil bewirkte.

Wir waren fünfundzwanzig, Matt zwei Jahre älter, Ines hatte gerade ihr Studium beendet und noch nicht entschieden, was sie weiter tun sollte, aber bei ihrem Anblick konnte ich mir vorstellen, dass sie für immer hier bleiben und nicht mehr nach Hause zurückkehren würde. Sie war braungebrannt und trug ihr Haar so lang, wie ich es noch nie an ihr gesehen hatte, fast bis zu den Hüften, und es war ausgebleicht von der Sonne, beinahe weiß. Ich wollte mich drei Wochen bei ihnen aufhalten, doch am zweiten Wochenende geschah das, was mich für Matt zu einem Paria machte oder jedenfalls zu einem unzuverlässigen Zeitgenossen und mich dann meinen Aufenthalt vorzeitig abbrechen ließ, während Ines das ganze Ausmaß der Katastrophe zwar mitbekam, sich aber nicht gegen mich wandte.

Denn für dieses Wochenende hatten wir einen Ausflug vor, und es sollte nicht in die Berge gehen, jedenfalls auf keine Gipfel, sondern auf ein Hochplateau, noch in Colorado, aber schon an der Grenze zu Wyoming, wo Matt als Kind mit seinen Eltern oft wandern gewesen war. Wir wollten zwei oder drei Nächte draußen bleiben, so unser Plan, es war Zufall und hatte keine Bedeutung, dass es dann die vier Tage und drei Nächte unseres Vaters wurden, und dass ein früher Schnee angekündigt war, machte es nicht nur für Matt reizvoller, er nannte es *the real thing*, wenn es schneite, und also trottete ich mit einem hoch aufgetürmten Rucksack, den ich von der ersten Sekunde an hasste, einmal neben ihnen, einmal hinter ihnen in diese an allen Seiten von kaum aus der Ebene herausragenden Bergen begrenzte, weite Graslandschaft hinein. Ines hätte sich zu Hause zu so etwas unter keinen Umständen bewegen lassen, aber mit Matt wollte sie nicht klein beigeben und sagte, ihretwegen könnten wir auch die ganze Nacht durch gehen, wenn er sie fragte, ob sie es noch schaffe, und als wir am ersten Abend an einem ungestüm in die Ferne mäandernden Flüsschen unsere Zelte aufschlugen und er mit einer behelfsmäßigen Angel, die er sich zusätzlich zu seiner anderen Ausrüstung aufgepackt hatte, prompt ein paar Forellen aus dem Wasser zog, war sie schon dabei, Feuer zu machen, und half ihm beim Ausnehmen, als hätte sie nie etwas anderes getan.

Die Sonne ging unter, und als die Dunkelheit hereinbrach und wir uns überzeugt hatten, dass keine Glut mehr in der Asche war, verkroch sie sich in ihrem Zelt, und ich hantierte noch an meinem herum, das vielleicht zehn Meter von ihrem entfernt stand, damit sie ein bisschen Privatsphäre hatten. Dann legte ich mich selbst in den Schlafsack und zog den Reißverschluss des Eingangs zu, aber ich konnte nicht schlafen, machte die Taschenlampe an und las, und als auch das nicht half, schlug ich die Plane wieder zurück und trat noch einmal ins Freie. Es hatte merklich abgekühlt, obwohl nur zwei Stunden vergangen sein mochten, und ich glaubte wahrnehmen zu können, wie sich der Sternenhimmel langsam vor dem

Horizont drehte, während ich plötzlich das leise Gurgeln und Plätschern des Flüsschens hörte, das mir davor entgangen war. In dem anderen Zelt war noch Licht an, ich hatte zuerst gar nicht hinübergeschaut, als würde ich allein mit dem Schauen eine Grenze verletzen, aber kaum hatte ich meinen Blick darauf geheftet, setzte ich mich auch schon in Bewegung und war noch keine drei Schritte gegangen, als ich innehielt und lauschte und über das wilde Pochen meines Herzens erschrak.

Ich konnte meine Angst kaum unterdrücken in den ersten paar Sekunden, die ich dann verharrte, angezogen von dem Schein, in dem ich die beiden Köpfe zu erkennen glaubte, aber das sagte ich der Therapeutin nicht. Stattdessen sagte ich ihr, dass ich mich noch einmal erhoben hätte, weil ich Ines fragen wollte, ob sie eine Zigarette für mich habe, dabei hatte ich selbst noch zwei unangebrochene Päckchen in meinem Rucksack und brauchte sie deswegen nicht zu bemühen. Ich sagte der Therapeutin auch nicht, dass ich achtgegeben hatte, kein Geräusch zu machen, tatsächlich hatte ich mich Schritt für Schritt vorwärts getastet und nach der kleinsten Bewegung gewartet, bis ich sicher war, dass ich mich nicht verraten hatte, ich sagte ihr nur, dass ich es mir anders überlegt hätte, als ich das Zelt erreicht hatte, und gleich wieder umgekehrt sei.

In Wirklichkeit war ich jedoch minutenlang dagestanden und hatte gelauscht, und Ines aus nächster Nähe flüstern zu hören erschütterte mich. Ich beugte mich dicht über die Zeltplane und war wahrscheinlich keinen halben Meter von ihrem Kopf entfernt, und ihre Stimme klang müde und zutraulich, ihr Englisch, das sie in den letzten Monaten so weit verbessert hatte, dass nicht viel fehlte, sie als Einheimische durchgehen zu lassen. Matt las ihr eine Geschichte vor, in der es um eine Pioniersfrau ging, die vom tagelangen Chinook, der ohne Unterlass wehte, den Verstand verloren hatte und plötzlich aufgebrochen und auf Nimmerwiedersehen in der Prärie verschwunden war, und Ines schien dazwischen immer wieder halb einzunicken und dann aufzuschrecken, jedenfalls beteuerte sie zweimal und gleich darauf, als er eine Pause machte, ein drittes Mal, sie sei hellwach, er solle fortfahren und sich nicht darum kümmern, dass sie die Augen geschlossen habe.

»Muss ich jetzt Angst haben?« sagte sie, als er zu Ende gelesen hatte. »Draußen gibt es Bären und Wölfe, aber du beschützt mich?«

»Ich beschütze dich, Ines.«

»Und wenn ich selbst in die Nacht hinausgehe?«

»Dann hole ich dich zurück.«

»Hältst du Wache, während ich schlafe?«

»Ja«, sagte er. »Ich werde kein Auge zutun.«

»Und wenn ein entlaufener Serienmörder um unser Zelt schleicht und jetzt gerade davorsteht und uns belauert?«

Ihre Stimme hatte sich nicht geändert, und doch zuckte ich zusammen, als könnte Ines nur mich meinen, weil sie vielleicht etwas gehört hatte, und ich wurde auch den Eindruck nicht los, dass Matt plötzlich lauter sprach.

»Das würde ich ihm nicht raten«, sagte er. »Ich würde ihm zeigen, dass er keine Ahnung hat, wie man richtig Schrecken verbreitet. Du brauchst keine Angst zu haben. Er müsste schon ein großer Dummkopf sein, ausgerechnet hier herumzuirren.«

»Du liebst mich, Matt?«

Er sagte ja, aber sie solle jetzt schlafen.

»Du liebst mich?«

Er sagte wieder ja, ob er ihr das nicht oft genug versichert habe, was Ines träge verneinte, und als sie wenig später wirklich eingeschlafen war, schlich ich um das Zelt herum und blieb eine Weile auf seiner Seite stehen. Ich ließ mich vorsichtig auf alle viere nieder, meine Stirn fast auf dem Boden. Dort hörte ich seinen Atem, als würde er mir direkt ins Ohr hauchen, und hielt selbst die Luft an, während ich mir wünschte, statt ihm neben Ines zu liegen, und allein von dem Gedanken wieder in einen solchen Schrecken versetzt wurde, dass ich mich zuerst lautlos davonmachte und, als ich endlich weit genug weg war, stolpernd in das sternenbeleuchtete und grünlich phosphoreszierende Ungefähr vor mir hineinlief.

Wir hatten am nächsten Tag das Lager abgebaut und waren schon ein Stück gegangen, als Matt mich zur Rede stellte und sagte, er habe mich gehört. Ich hatte ihm am Morgen zugeschaut, wie er sich mit nacktem Oberkörper am Flüsschen gewaschen hatte, und mich ertappt gefühlt, als er sich plötzlich nach mir umgewandt hatte, und jetzt nützte er die erste Gelegenheit, in der Ines so weit entfernt war, dass sie uns nicht verstehen konnte. Er packte mich am Gürtel, zog mich ganz an sich heran und achtete darauf, dass es für sie gerade noch als freundschaftliche Annäherung durchgehen konnte.

»Deiner Schwester werde ich nichts davon verraten, um sie nicht zu beunruhigen«, sagte er. »Aber ein zweites Mal solltest du dir so etwas nicht erlauben.«

Ich versuchte ihn abzuschütteln, doch er festigte nur seinen Griff an meinem Hosenbund und ruckelte noch einmal daran herum.

»Ehrlich gesagt ist es schon ziemlich pervers, was du da machst. Hast du gedacht, du könntest uns belauschen, während wir miteinander schlafen? Bist du zufrieden mit deiner Ausbeute? Wenn du schon um uns herumschnüffelst, solltest du nicht dahertrampeln wie ein Büffel, dass selbst ein Halbtauber dich hören kann.«

Damit schubste er mich von sich.

»Außerdem ist es gefährlich«, sagte er. »Was wäre, wenn ich eine Waffe hätte? Ein anderer würde nicht zögern, durch die Plane zu schießen, und er wäre vom Gesetz auch noch gedeckt. Jedenfalls könnte er behaupten, er habe sich bedroht gefühlt, aber genaugenommen brauchte er das gar nicht. Er müsste nur sagen, wie es gewesen ist, und dann hätte er eben einen Spanner erledigt, der seine Nase in Dinge steckt, die ihn nichts angehen. Wäre das vielleicht nach deinem Geschmack?«

Ich blieb den ganzen Tag in einigem Abstand hinter ihnen, weshalb wir nicht viel sprachen, und bis wir am Abend auf die drei Männer oder eher noch Jugendlichen stießen, die hinter der Blockhütte, die wir am Rand des Plateaus anvisiert hatten, um ein fast schon niedergebranntes Feuer hockten, ereignete sich wenig. Wir waren in trancehafter Abwesenheit gegangen, und Matt sagte bei ihrem Anblick sofort, wir müssten weiter und möglichst zwei Stunden zwischen uns und sie bringen, damit sie in der Nacht nicht auf falsche Gedanken kämen. Sie hatten sich trotz der Jahreszeit ins nackte Gras gelagert, wo rund um sie Flaschen verstreut lagen, und waren auf eine Weise betrunken, die nur vorsätzlich sein konnte, und einer von ihnen, Opfer eines brutalen Trinkspiels, war wüst zugerichtet.

Denn die beiden anderen hatten ihm mit ihren Messern auf der linken Seite das Haupthaar, auf der rechten den Bart abgeschnitten und weggeschabt, und er saß jetzt da mit diesen vier ungleichen Quadranten seines Gesichts, die freigelegte Haut an vielen Stellen blutend. Er sah aus wie ein Ungeheuer, halb Bär, halb Mensch, das aus den Tiefen der Prärie aufgetaucht sein könnte, stierte in die einbrechende Dunkelheit und musste die Scherze seiner Gefährten ertragen. Offenbar waren sie überhaupt nur auf die Idee gekommen, ihn derart zu verunstalten, weil man in der Wildwestzeit so Delinquenten markiert hatte, und er wurde damit auf die Welt losgelassen, als hätte er eine Postkutsche überfallen oder eine Bank ausgeraubt.

Ich wusste, dass es in der Gegend Rückzugsorte für die verrücktesten Aussteiger gab, denen man nicht begegnen wollte, Eigenbrötler, die mit der Gesellschaft abgeschlossen hatten und im besten Fall ihrer Wege gingen, solange sie sich nicht aufgerufen fühlten, sich jemandem oder auch nur einer Sache entgegenzustellen, aber danach sahen diese Gestalten zum Glück nicht aus. Zumindest waren sie keine elenden Glatzköpfe und hatten bei näherem Hinsehen auch sonst nichts Militantes an sich. Merkwürdig war nur, dass sie keine Rucksäcke bei sich hatten und stattdessen mit Einkaufstaschen losmarschiert waren, und fragwürdig war zudem, welches Ziel sie in der Weite überhaupt haben konnten, weil sie offensichtlich auch über keine Schlafsäcke verfügten und nicht einmal Parkas oder Mäntel trugen und ungeschützt der Kälte der Nacht ausgesetzt waren.

Matt versicherte sich, dass Ines und ich hinter ihm blieben, und versuchte mit dem einen, der überhaupt noch dazu imstande war, ins Gespräch zu kommen. Der hatte sich mühsam erhoben, als würde ihn allein das zum Sprecher der kleinen Gruppe machen, ein kaum Zwanzigjähriger mit einem kränklich fahlen Gesicht, langen Haaren, einem dünnen Ziegenbart und einer Narbe quer über die Nase, angeblich von einem Hundebiss, wie er ungefragt sagte. Aus seinem Kragen ragte ein Tattoo, kein Hakenkreuz und keine Schlange, sondern die Rundungen eines blassroten Herzens, und das war vielleicht auch keine gute, aber doch die bessere Option. Er hatte die Angewohnheit, in jeden Satz wenigstens ein *you know* einzuflechten, was ihn in meiner Vorstellung das Äquivalent eines steirischen Dialektes sprechen ließ und ihn mir sympathisch machte.

»Hey ho!« sagte er, einerseits kraftlos, aber andererseits so, als glaubte er, aus weiter Ferne hinter uns herrufen zu müssen, obwohl er direkt vor uns stand. »Wohin des Weges?«

Matt wiederholte den Ausruf, bevor er antwortete.

»Westwärts, Mann!«

Dann verballhornte er das Wort, machte aus dem »west« ein *worst* und versuchte es in der abgewandelten Form noch einmal.

»Immer auf das Schlimmste zu!«

Dabei hob er seine Hand wie zum Salutieren.

»Was hast *du* gedacht, Mann?« sagte er. »Bleibt einem etwas anderes übrig? Wir suchen einen Schlafplatz für die Nacht. Und ihr, woher kommt ihr?«

Der Junge, denn nichts anderes war er, schien ihn zuerst nicht zu verstehen und sah buchstäblich durch ihn hindurch, während ein Augenblick nach dem anderen verging.

»Aus Walden«, sagte er schließlich, und wie er das aussprach und sich dabei verhaspelte, verstärkte meinen Eindruck nur, dass er genausogut ein Landsmann hätte sein können, den es hierher verschlagen hatte. »Nicht meine Erfindung, beim Teufel nicht. Walden wie das verdammte Walden-Walden, da muss man kein Gelehrter sein. Wird sich wohl irgendein Schlaumeier so ausgedacht haben.«

Es gab kaum eine andere Möglichkeit, so dünn besiedelt, wie die Gegend war. Wir hatten dort unser Auto stehen, und es erwies sich, dass die drei aus einem Rehab-Camp in dem nahe gelegenen Ort entwichen waren, der tatsächlich so hieß, einem dieser brachialen Projekte, Alkohol- und Drogenabhängige mit einem mehrmonatigen Aufenthalt in der Wildnis bei harter körperlicher Arbeit wieder in die Spur zu bringen. Sie hatten einen Weg gefunden, sich ein paar Flaschen Whiskey zu beschaffen, die sie jetzt mit sich schleppten, und so, wie der Junge das erzählte, hörte es sich an, als wäre es nicht ganz ohne Gewalt gegangen. Jedenfalls meinte er, sie hätten den Verkäufer im Supermarkt erst überzeugen müssen, dass es besser für ihn sei, einen kleinen Vorrat als Proviant für sie herauszurücken und sie nicht zu verpfeifen, wenn er sich nicht Schwierigkeiten mit ihnen einfangen wolle. Seit mittags waren sie unterwegs, und er war sicher, ihre Abwesenheit müsse beim abendlichen Antreten und Abzählen aufgefallen sein und die Verwaltung würde spätestens dann etwas in Gang setzen, wenn sie in zwei Stunden auch auf ihren Zimmern fehlten.

»Meinetwegen könnt ihr bei uns bleiben, bis sie uns finden«, sagte er. »Platz ist genug, und zu trinken haben wir auch noch.«

Ich vermochte mir nicht vorzustellen, welche Bedrohung sie in ihrem Zustand für uns waren, doch Matt schlug die Einladung aus und bestand darauf, dass wir uns zum Schlafen unbedingt einen anderen Ort suchen und auf keinen Fall in ihrer Nähe bleiben sollten. Vielleicht war das etwas Amerikanisches, eine bleibende Angst, dass man einem Fremden nicht trauen durfte, wenngleich man mit ihm leben musste, die Befürchtung, dass er jederzeit mitten in der Nacht aufstehen und einem wegen nichts und wieder nichts die Kehle aufschlitzen konnte, und Vorsicht war Vorsicht, selbst bei jemandem wie dem Jungen, der alle Mühe hatte, das Gleichgewicht zu wahren, und auch nicht aussah wie einer, der bloß auf die erste Gelegenheit lauerte. Wir hatten unsere Rucksäcke gar nicht abgenommen und standen nur wartend da, während Matt mit ihm sprach und die beiden anderen so apathisch halb im Gras saßen, halb lagen, dass sie gar nicht mitbekamen, was vor sich ging.

Dann umrundete Matt die Hütte und suchte alles Holz zusammen, das er finden konnte, stapelte es neben dem Feuer, das er mit einem Teil davon erneut anfachte, wartete, bis es wieder auflöderte, und wandte sich noch einmal an den Jungen.

»Du musst es am Brennen halten«, sagte er. »Vergiss das nur nicht! Ich brauche dir nicht zu sagen, wie kalt es in der Nacht wird. Wenn du einschläfst, erfriert ihr!«

Ich sah die entsetzten Augen des Jungen, und als Matt ihn fragte, ob er eine Nummer habe, wo man anrufen könne, schüttelte er den Kopf und sagte, es gebe hier draußen wahrscheinlich ohnehin keinen Empfang.

»Die kommen uns aber garantiert suchen, wenn sie merken, dass wir abgängig sind. Sie sehen das Feuer. Ein oder zwei Stunden, und wir haben ein Taxi zurück. Die kriegen jeden, der auszubüxen versucht, und im Zweifelsfall nehmen sie die Hunde.«

Er sprach plötzlich mit erstaunlicher Klarheit und einer Trotzigkeit, von der man ahnen konnte, dass sie in manchen Situationen alles war, was er hatte.

»Ihr braucht euch nicht um uns zu kümmern!«

Damit wandte er sich ab, aber Matt hielt ihn an der Schulter zurück und forderte ihn noch einmal auf, ihm zu versprechen, dass er auf das Feuer achtgab, während der Junge sich aus seinem Griff zu winden versuchte und protestierte.

»Wir kommen zurecht«, sagte er. »Warum willst du, dass ich dir das verspreche? Kann dir doch egal sein, ob wir erfrieren oder nicht, aber wenn es deinem Seelenheil hilft, lege ich einen heiligen Schwur ab. Bist du jetzt zufrieden?«

Er setzte sich wieder zu den beiden anderen, die längst auf dem Rücken lagen und mit leeren Augen ins Nichts starrten, und nachdem Matt ihm ein Päckchen Zigaretten zugeworfen und der Junge gesagt hatte, er solle sich dafür eine Flasche Whiskey nehmen, gingen wir weiter. Ich richtete noch einen Blick auf den Verunstalteten und sah, dass auch Ines sich kaum von ihm losreißen konnte, und schon waren wir von neuem draußen in der Prärie und weit und breit kein Mond und keine Sterne, rund um uns Dunkelheit, ein plötzlich wolkenüberzogener Himmel. Wir waren den ganzen Tag einen großen Kreis ausgeschritten, weil Matt in dem gar nicht so umfangreichen Gebiet eine Route gewählt hatte, um jede Straße zu vermeiden, jede Ortschaft zu umgehen, jede menschliche Ansiedlung, und erreichten nach einer knappen Dreiviertelstunde das Flüsschen, an dem wir die vergangene Nacht verbracht hatten, nur ein Stück weiter unten in seinem Lauf. Dort schlugen wir die Zelte auf, machten uns auf dem Gaskocher Ravioli warm, die wir direkt aus den Dosen aßen, und als es Zeit war, in die Schlafsäcke zu kriechen, meinte Matt, er habe kein gutes Gefühl, er gehe lieber wieder zurück und schaue, ob die drei noch am Leben seien.

»Wenn die das Feuer ausgehen lassen und niemand nach ihnen sucht, dürften sie jetzt schon halb erfroren sein«, sagte er. »Es kann ein bisschen dauern, bis ich wieder bei euch bin.«

Ines bat ihn, sie mitzunehmen, aber er sagte nein.

»Dann sei wenigstens vorsichtig.«

Er sah sie an, als hätte er diese Art Fürsorglichkeit von ihr nicht erwartet oder könnte zumindest im Augenblick nichts damit anfangen.

»Was soll denn passieren?«

»Ich will nur, dass du heil wieder zurückkommst.«

»Aber was hast du bloß, Ines?« sagte er. »Es gibt hier niemanden außer uns. Du hast gesehen, dass die drei Jungen kaum stehen können. Wenn ich jemanden zu fürchten habe, dann allein mich selbst, aber das gilt für jeden anderen Ort auch.«

Schon stapfte er hinaus in die Finsternis, und er kehrte erst am Morgen, nach der Dämmerung, wieder zurück. Ich hatte zunächst mit Ines gewartet, weil wir gedacht hatten, er könne nicht länger als zwei oder drei Stunden weg sein, dann überlegten wir, hinter ihm herzugehen und ihn zu suchen, entschlossen uns aber, doch zu bleiben, weil die Gefahr zu groß war, dass wir uns verliefen, und weil er gesagt hatte, wir sollten uns auf keinen Fall von der Stelle rühren, sonst würde er uns womöglich nicht mehr finden. Die Telefone hatten nicht nur keinen Empfang, auch die Akkus waren jetzt leer, und so verbrachten wir die Nacht mehr oder weniger schlaflos zusammen in meinem Zelt und flüsterten, um die Gespenster zu verscheuchen, die plötzlich die ganze Gegend bevölkerten, blutrünstige Wilde mit halb und halb gestutzten Haaren und Bärten, die von den Menschen verstoßen worden waren und sich grausam an ihnen rächten. Lange war ich Ines nicht mehr so nahe gewesen, und als ich im ersten Licht des Morgens ins Freie trat, war Schnee gefallen, und ich merkte zuerst nicht, dass sie hinter mir herausgekommen war, und sah im nächsten Augenblick schon, wie sie unter einem milchig blauen Himmel in diesem Weiß und Gelb der sanft mit einem trockenen Graupel gesprenkelten Graslandschaft auf Matt zulief, der in der Ferne aufgetaucht war.

Ich stand da in der aufgehenden Sonne, die gerade über die schneebedeckten Berge am Horizont kam, und wusste im selben Augenblick, woran mich das erinnerte, bloß dass das kein kleines Wiesenstück an einem Badesee in Tirol war, sondern die Prärie im ersten Schnee irgendwo in den Rocky Mountains, und Ines lief und lief. Was ich sah, war genau das, was ich mir für mich selbst immer gewünscht hatte, dieses endlose Laufen, das nie aufhören sollte, nur war es auf Matt und nicht auf mich zu, und sie stieß dabei Laute aus, die nichts Menschliches hatten. Sie hätten von einem Fabelwesen kommen können, helle, glasklare kleine Schreie, kurzatmig und schrill in der Kälte, während Ines mit ausgebreiteten Armen in ihn hineinstürmte.

Das hatte ich noch nie jemandem erzählt, und auch der Therapeutin sagte ich es nicht in diesen Worten, aber offensichtlich sagte ich es ihr doch so, dass sie aufhorchte. Sie hatte mir geduldig zugehört, manchmal schon mit diesem Ausdruck im Gesicht, als fragte sie sich, worauf das alles hinauslaufen würde, aber jetzt war sie auf eine Weise gespannt, dass ich den verrückten Gedanken nicht aus dem Kopf bekam, sie würde von nun an bei allem, was ich erzählte, annehmen, dass das gerade Gegenteil wahr sei, oder jedenfalls unter keinen Umständen das oder nur das, was ich sagte. Es begann damit, dass ich aussprach, wie froh auch ich gewesen sei, dass Matt zurück war, und sekundenlang ein passendes Gesicht zu machen versuchte und richtiggehend spüren konnte, wie mir die Züge nach links und rechts verrutschten, während die Therapeutin wieder nur nickte, obwohl sie den Anschein erweckte, als wollte sie mir längst widersprechen oder wenigstens ein paar Fragen stellen, die meinem Hin und Her ein Ende setzten.

Er hatte die drei schlafend angetroffen, bei niedrigem Feuer, und war so lange bei ihnen geblieben, bis sie wenigstens einigermaßen ausgenüchtert waren und begriffen, in welcher Gefahr sie sich befanden, wenn sie sich gehenließen. Wir frühstückten, bauten die Zelte ab und brachen gleich auf, und Matt trieb uns zur Eile an. Er war so hingerissen von dem ersten Schnee, dass er uns dieses Wunder unbedingt von oben zeigen wollte, und so überquertem wir ein weiteres Mal das Plateau und stießen doch noch in die Berge vor.

Dort ereignete sich dann das, was ich eigentlich erzählen wollte und was mir nach dem, was ich bisher gesagt hatte, wahrscheinlich niemand mehr glaubte und was ich mir selbst auch nicht recht abnahm. Ich hatte so oft gesagt, ich sei gestolpert, dass ich mir etwas anderes gar nicht vorstellen konnte, aber als ich das jetzt auch zu der Therapeutin sagte, hob sie nur eine Augenbraue. Wir waren schon eine Weile bergauf gegangen, und es geschah an einer Stelle, an der auf einer Seite ein Geröllfeld steil nach unten führte. In der Sprache war der Unterschied gar nicht so groß, ich fiel nach vorn, oder ich ließ mich nach vorn fallen, und in der Wirklichkeit war er noch kleiner, wenn man müde vom stundenlangen Gehen war und einen Augenblick nicht achtgab. Ich sagte zu der Therapeutin, ich hätte Matt nicht gestoßen, aber natürlich schlug ich gegen ihn, und er stürzte mit seinem monströs großen Rucksack Hals über Kopf über die Steine und kam zwanzig oder dreißig Meter tiefer zu liegen. Er hatte gerade noch davon erzählt, dass wir einen Blick über Hunderte von Kilometern in die Prärie hätten, den wir unser Leben lang nicht vergessen würden, sobald wir erst die richtige Höhe erreicht hätten, und jetzt lag er zerschlagen und wimmernd auf einem winzigen Vorsprung, hinter dem sich noch einmal ein Abgrund auftat.

Ines war als erste bei ihm, und als ich zu ihm hinunterkletterte, hob er seine Hand, als dürfte ich ihm nur nicht zu nahe kommen und als brauchte ich gar nicht erst zu versuchen, ihm etwas zu erklären. Zum Glück war er bei Bewusstsein, aber er konnte nicht aufstehen, ein Bein stand unter dem Knie in einem grotesken Winkel ab, und er hatte ein zerschrammtes Gesicht. Jede Bewegung schien ihm Schmerzen zu bereiten, jedes Wort, das er aussprach, aber er gab mit zusammengebissenen Zähnen klare Anweisungen, ich sollte auf unserem Weg den Berg hinunter, mich auf dem Plateau Richtung Norden halten und würde in nicht viel mehr als einem Kilometer auf eine Straße stoßen, was nur bestätigte, dass wir bloß in einer Miniversion der Wildnis waren. Ich ließ ihn mit Ines zurück, die seinen Kopf in ihren Schoß bettete und mit ihm dasaß wie eine Pietà und ihm Whiskey einflößte aus der Flasche, die ihm der Junge am Feuer angeboten hatte und die bei dem Sturz in seinem Rucksack heil geblieben war.

»Es kann dir nichts passieren«, hörte ich sie noch zu ihm sagen. »Ich bin bei dir. Alles ist gut, Matt! Ich passe auf dich auf.«

Dann lief ich auch schon, und ich muss eine Dringlichkeit ausgestrahlt haben, dass gleich das erste Auto stehenblieb, das ich anzuhalten versuchte, als ich die Straße erreichte. Das war keineswegs eine Selbstverständlichkeit, im Gegenteil, es konnte lebensgefährlich sein, wenn man sich falsch verhielt und sich jemand auch nur im geringsten bedroht fühlte, und der Fahrer des Wagens bedeutete mir auch, Abstand zu halten, ein paar Meter zwischen uns zu lassen und ihm so zu erklären, wo genau der Unfall passiert sei, während er einen Notruf absetzte und ich erleichtert feststellte, dass er Empfang hatte. Dabei versuchte er mich die ganze Zeit zu beschwichtigen, als wäre *ich* in Gefahr, sagte schließlich, Hilfe sei im Anflug, und fuhr weiter, und ich war bereits wieder bergauf unterwegs und hatte die Unglücksstelle fast erreicht, als ich in der Ferne den Hubschrauber sah. Er kam tief über die Prärie daher, metallen glänzend in der letzten, zwischen den Wolken durchkommenden Nachmittagssonne, und hielt offensichtlich auf den Punkt zu, an dem ich das Auto gestoppt hatte, bevor er einen Schwenk nach Süden machte und sich an den schneebedeckten Bergen orientierte.

Ich war fast am Ausgangspunkt zurück, als die Maschine sich senkte und ein paar Augenblicke unter dem peitschenden Knattern der Propeller in der Luft stand, bevor ein Seil ausgeworfen wurde, an dem sich in der nächsten

Sekunde ein Retter hinuntergleiten ließ. Von dort, wo ich mich befand, hatte ich keinen Blick darauf, wie man Matt festschnallte, aber es dauerte nicht lange, bis das Seil wieder eingefahren wurde, und dann hing er mit dem anderen Mann dran, ein sich langsam um die eigene Achse drehendes Bündel. Ich sah sein schmerzverzerrtes Gesicht, so nah war ich, und bildete mir ein, er müsste auch mich sehen, obwohl er sicher ganz mit sich beschäftigt war und gar nichts von mir wahrnahm, während er an dem Seil hochgezogen wurde, Brust an Brust mit dem Retter, der auf ihn einsprach und schließlich mit ihm in der Kabine verschwand.

Dann erblickte ich Ines, die hastig, ihr nicht richtig befestigter Rucksack auf dem Rücken hin und her pendelnd, über die Geröllhalde aufwärts kletterte, der Hubschrauber knatternd und tosend über ihrem Kopf. Sie ruderte mit den Armen und zeigte auf einen kleinen, ebenen Platz nicht weit vor sich, der offenbar groß genug zum Landen war. Denn dort ging der Hubschrauber dann auch nieder, gerade als sie die Stelle erreichte, und bevor sie sich geduckt unter dem vorderen Propeller auf ihn zubewegte, drehte sie sich noch einmal um und entdeckte mich.

Ich konnte später nicht sagen, in welcher Reihenfolge dann was genau geschah. Ines schien mir zu deuten, dass ich mich beeilen solle, aber schon beugte sich der Retter aus der offenen Tür des Hubschraubers zu ihr hinaus und deutete seinerseits, und sie hob beide Hände in meine Richtung. Ich hätte keine zwei Minuten bis zu der Stelle gebraucht, wenn ich mich beeilt hätte, und vielleicht hätte sie es geschafft, den Piloten dazu zu bewegen, noch so lange zu warten, aber vielleicht war auch kein Platz mehr, vielleicht war das höchste zulässige Gewicht mit ihr bereits erreicht, oder vielleicht hatte Matt etwas gesagt, das sie dazu brachte, mich nicht mit an Bord nehmen zu wollen, jedenfalls hörte Ines jetzt auf zu winken und machte die paar Schritte auf die offene Tür zu, die ihr noch fehlten, und sie hatte sie gar nicht richtig hinter sich geschlossen, als der Hubschrauber, wie von einem plötzlichen Windstoß erfasst, schon die Bodenhaftung verlor. Ich stand reglos da, als er direkt auf mich zugeflogen kam und mit gesenkter Schnauze über meinen Kopf hinwegschoss, dass ich einen Augenblick keine Luft bekam und mich am ganzen Körper ein Zittern erfasste, während er schon in einem weiten Bogen über die Prärie hinaus an Höhe gewann und wieder auf die Berge zuhielt.

Der Lärm war noch eine Weile wie aus allen Richtungen zu hören. Dann stand ich da, schaute weit in das Land, wo die Farben sich bereits zu verlieren begannen und der Himmel sich endgültig bedeckt hatte, und konnte nicht sagen, woher diese plötzliche Euphorie kam, aber mir war, wie seit meiner Kindheit nicht, nach Hüpfen und Schreien, so allein fühlte ich mich auf der Welt. Ich ließ meinen Rucksack liegen, weil ich nicht mehr von ihm behindert werden wollte, ging zur Straße zurück und bemühte mich gar nicht, noch einmal ein Auto anzuhalten, sondern folgte ihrem Verlauf hinein in die Prärie und nahm es hin, dass mich die Vorbeifahrenden anhupten, als versuchten sie mich auf mich selbst aufmerksam zu machen.

Es begann wieder zu schneien, zuerst lustlos, fast pflichtschuldig, aber allmählich in einer feinen Stetheit, anders als das trockene Graupeln vom Morgen, winzige, beinahe schwerelose Flocken wie ohne Anfang und Ende, die auf dem Boden nicht viel hergaben, und es würde Tage dauern, bis die letzten Grasbüschel unter dem Schnee begraben wären. Ich ging eine Weile an den Zäunen einer Ranch entlang, wo in einem Gehege die schwarzen Rinder, die es hier überall gab, alle in dieselbe Richtung ausgerichtet, mir beim Näherkommen unbeirrt entgegenblickten, mein Vorbeigehen registrierten und mir wahrscheinlich noch nachschauten, bis ich in der Ferne verschwunden war, für sie ohne Zweifel weniger der Messias, auf dessen Erscheinen sie warteten, als ein Eindringling, der auf ihrem Boden nichts verloren hatte. Sie hielten ihre Köpfe in den Himmel, als würden sie auf Klänge lauschen, die aus den Sphären drangen und mir verborgen blieben.

Walden erreichte ich lange nach Einbruch der Dunkelheit, und ich sagte es vor mich hin, wie es der Junge gesagt hatte, verdammtes, verficktes, elendes Walden. Ich fand unser Auto und suchte mir ein Hotel, achtete nicht auf die Blicke, die ich auf mich zog, weil ich kein Gepäck dabeihatte, oder genoss sie sogar, und dort fand mich Ines am Tag darauf. Matt war in das nächste größere Städtchen gebracht worden, auf der anderen Seite der Berge, wo es ein richtiges Krankenhaus gab, und was sie mir von ihm mitzuteilen hatte, war unmissverständlich, er wollte mich nicht mehr sehen. Ich sollte Ines' Mietwagen nehmen und nach Boulder zurückfahren, während sie sich mit dem anderen Auto wieder zu ihm begab, und bis er auf den Beinen war, musste ich meine Sachen aus dem Haus geräumt haben und verschwunden sein. Er hatte einen gebrochenen Unterschenkel, ein paar angeknackste Rippen und eine leichte Gehirnerschütterung, und Ines meinte, es sei ein Glück, dass er die Frage nicht weiter verfolge, wie ich an einer Stelle hatte stolpern können, über die selbst ein Fußlahmer bei hundert Versuchen hundertmal ohne Probleme hinwegkomme. Sie sagte, ich solle nichts sagen, als ich ihr antworten wollte, und sah mich dabei eher neugierig als anklagend an, in ihren Augen eine Ahnung davon, wozu ich fähig sein könnte.

Wir verabschiedeten uns ohne Streit, aber auch nicht so, dass wir nur freundlich auseinandergingen, und es folgte die zweite längere Phase, in der ich keinen Kontakt zu ihr hatte und manchmal schon dachte, sie könnte ganz gegen ihre Vorstellung, dass so etwas das letzte wäre, was sie in ihrem Leben tun würde, Matt sogar heiraten. Sie blieb in Boulder, bis er beim Skifahren diese Bierdynastie-Erbin kennenlernte, doppelt so alt wie er, die ihn zuerst nur für Bergtouren engagierte, nach und nach aber immer andere Dinge fand und erfand, wofür sie ihn gebrauchen konnte, und ihn schließlich ganz in Beschlag nahm, was Ines dazu brachte, ihr eine tote Katze vor die Tür zu legen und sich ein paar Wochen lang grundlegende Gedanken über Kapital und Besitz und die Notwendigkeit einer Revolution zu machen, für die sie keine Ausbeutung und keine Arbeiter brauchte. Dafür wirkte sie aufgeräumt, als sie nach Hause zurückkehrte, und bei unserem Wiedersehen meinte sie, wenn sie geahnt hätte, was auf sie zukam, hätte ich nicht so zimperlich mit Matt umgehen müssen.

»Besser hättest du ihn gleich ganz umgebracht, statt es bei dem halbherzigen Versuch zu belassen«, sagte sie. »Dann wäre mir einiges erspart geblieben, und ich hätte endlich einen richtigen Liebesbeweis von dir gehabt und nicht immer nur deine leeren Behauptungen.«

Die Therapeutin horchte wieder einmal auf, als ich das aussprach, und zog ein Gesicht, dass ich ihr am liebsten gesagt hätte, es habe sich um einen Scherz gehandelt, aber wahrscheinlich hätte es das nicht besser gemacht, und ich wäre nur noch tiefer in den Strudel geraten, in den ich mich zusehends hineinredete. Ich sagte nein, und es bedeutete natürlich ja, aber auch ja hätte ja bedeutet, und ich hätte sagen können, was ich wollte, meine Antwort hätte sich auf jeden Fall gegen mich gerichtet, als sie mich fragte, ob Matt der einzige von Ines' Freunden gewesen sei, mit dem ich Probleme gehabt hätte, oder ob es da ein Muster gebe. Selbstverständlich konnte ich mein Grinsen nicht sehen, und ich musste es auch nicht sehen, um zu wissen, dass das erste Wort, das mir dafür einfiel, das treffendste war, es konnte nur ein dümmliches Grinsen sein, so wie es sich spürbar, als würde mir von unsichtbaren Händen eine Maske übergezogen, auf mein Gesicht legte.

»Ein Muster?«

Ich schlug ein Lachen an, das dem Grinsen entsprach, halb dem Irrsinn nah und halb zu jeder Kollaboration mit ihr bereit.

»Sie wollen wissen, ob ich sie alle gehasst habe? Ist das nicht ein bisschen banal? Hätte ich die Idioten etwa lieben sollen? Wäre das normaler gewesen?«

Ich bereute im nächsten Augenblick, mich nicht besser beherrscht zu haben. Wenn ich als Kind zur Beichte gegangen war, hatte ich mir vorgestellt, das mit dem Ablass sei nur ein Trick, denn es gab keinen Unterschied zwischen Gedanken, Worten und Werken, und vor dem Beichtstuhl würde ein Polizist stehen und mich abführen, weil ich so blöd gewesen war, nicht den Mund zu halten, und ähnlich fühlte ich mich auch jetzt. Ich lächelte die Therapeutin sanft an, und es brauchte nicht viel Menschenkenntnis, um zu ahnen, dass sie endgültig dachte, dass die Angst vor dem Fliegen von allen Problemen, die ich hatte, das geringste wäre und es nur deshalb Sinn ergab, noch einmal auf meine Hubschrauberausbildung zu sprechen zu kommen, weil sie hoffen konnte, so vielleicht auch über alles andere mehr zu erfahren.

»Erinnern Sie sich noch, was Sie jeweils getan haben, wenn Sie Ihre Übungsstunden haben abbrechen müssen?

Sie sind neben Ihrem Lehrer gesessen und haben gewartet, bis Sie sich wieder beruhigt haben? Haben Sie dann noch einen weiteren Versuch unternommen?«

Darauf zu antworten war müßig, aber ich tat es.

»Ich habe mich nicht bewegt, bis er die Turbine abgestellt hat«, sagte ich. »Dann sind wir eine Weile in der Stille sitzen geblieben, ohne uns anzusehen, aber solange er noch etwas gesagt hat, war alles gut. Die ersten zwei oder drei Mal habe ich das Gefühl gehabt, er würde mir am liebsten die Hand auf den Arm legen, aber er hat es nie getan. Danach ist er immer nur schweigend ausgestiegen und hat gewartet, dass auch ich aussteige.«

Sie fragte mich, ob er damit seine Enttäuschung zum Ausdruck gebracht habe, und ich sagte ja.

»Hat der schwarze Stier noch eine Rolle gespielt?«

Ich sagte nein.

»Sie haben nicht mehr an ihn gedacht?«

»Nein«, sagte ich. »Nicht, dass ich wüsste.«

»Woran haben Sie dann gedacht?«

»Ich weiß nicht«, sagte ich. »Wahrscheinlich an nichts, wenn das überhaupt geht. Mein Kopf ist nie so leer gewesen wie in diesen Augenblicken. Ich habe gedacht …«

Das war der Moment, in dem ich ihr erzählte, dass ich danach jedesmal so schnell wie möglich zu meinem Auto gegangen und in die Wüste hinausgefahren war. Bereits als Student in Innsbruck hatte ich begonnen, mir damit abzuhelfen, dass ich nicht anders als mein Vater meinen Wagen ein paar hundert Kilometer bewegt hatte, wenn mich etwas plagte, das ich sonst nicht aufzulösen vermochte, und war so manchmal über den Brenner weit nach Italien gelangt, aber natürlich war das in Utah, wo sich der Kontinent noch einmal fast grenzenlos nach Westen öffnete, etwas ganz anderes. Der Therapeutin sagte ich, dass ich immer eine CD eingelegt und dass ich die Musik laut gedreht hätte, aber ich sagte ihr nicht, welche Musik, ich sagte ihr nicht, dass Ines für mich gesungen und mir ein paar Songs aufgenommen hatte, bevor ich nach Amerika gegangen war, ich sagte ihr nicht, dass ich es nicht hätte erwarten können, Ines' Stimme zu hören, wenn ich die letzten Gebäude des Städtchens hinter mir gelassen hatte und mit der manchmal schon untergehenden Sonne in das Ödland vorgestoßen war, während mein Kopf fast implodiert wäre und ich ihn mit dem Fahren gerade noch davor bewahrt hatte. Ich war in ein Beben und Zittern geraten, wenn die richtigen Verse gekommen waren, aber auch das sagte ich ihr nicht, ich sagte ihr nicht, wie kratzig und wie zärtlich und wie traurig und wie auf eine Weise lebendiger als alles, was ich kannte, Ines klang, wenn sie *Every now and then I get a little bit terrified* sang, als wäre das nicht etwas, das man zu befürchten hatte, sondern etwas Erstrebenswertes, bevor nach einer kurzen Pause die Auflösung mit *But then I see the look in your eyes* erfolgte, Hoffnung und Versprechen in einem.

Ich fuhr in die Wüste hinaus und war auf der Flucht, und Ines' *Every now and then I fall apart* hatte etwas Triumphales. Sekundenlang schloss ich die Augen und öffnete sie wieder, ich schloss und öffnete sie noch einmal und konnte nicht unterscheiden, ob ich tatsächlich etwas angestellt hatte, ob ich es bloß fürchtete oder ob ich mich gar danach sehnte, damit ich ein für alle Mal einen festen Grund für dieses vage Gefühl hätte, nicht zu den anderen zu gehören, kein Mensch unter Menschen zu sein. Die Geschichte mit Matt lag da drei Jahre zurück, aber die meinte ich ohnehin nicht, egal, ob ich gegen seinen Rücken gefallen war oder ob ich mich hatte fallen lassen, ich meinte etwas viel Gravierendes und konnte nicht sagen, was ich meinte, während ich hörte, wie Ines sang, wie sie *I really need you now tonight* weniger hervorschmetterte als flüsterte, *And I need you more than ever*, und selbstverständlich mich meinte, nur mich meinen konnte.

Die Therapeutin blickte mich an, als wäre ihr nichts von dem entgangen, was ich ihr vorenthalten hatte. Ich hatte bereits bei unserer ersten Sitzung gedacht, ob sie davon abstrahieren konnte, dass ich als Patient oder Klient zu ihr gekommen war, sobald der Termin vorbei wäre. Dann könnte ich vielleicht wieder etwas äußern, das nicht automatisch diese erdrückende Bedeutung hätte, im schlimmsten Fall alles über mich erklären zu müssen. Ich versuchte mir vorzustellen, was sie als erstes tun würde, wenn ich gegangen wäre, und kam nicht mehr von der fixen Idee los, dass sie sich in den blumengemusterten Sessel fallen lassen würde, aus dem ich mich gerade erhoben hätte, und dann, beide Arme auf den Lehnen, die Hände schlaff und wehrlos, als wären es die Hände einer viel älteren Frau, in ihrem zu weiten, kittelähnlichen Kleid und einer erschreckenden Teilnahmslosigkeit lange so dasitzen und vor sich hin starren würde. Ich wusste nicht, woher die Tränen kamen, aber in dem Bild, das ich mir von ihr machte, weinte sie, während sie mich in Wirklichkeit fragte, ob ich ein Taschentuch brauchte, und ich nein sagte und sie so lange ansah, bis sie den Blick von mir abwandte, um ihre Angst zu verbergen, ihre Einsamkeit, ihr Entsetzen.

Zweiter Teil

ICH BIN IHR BRUDER

ERSTES KAPITEL

Als Carl endlich zu uns nach Berlin kam, hatte es davor schon einige Bewegung vor dem Haus gegeben. Das mit unserem Vater erzähle ich nur der Vollständigkeit halber und auf das Risiko hin, dass man mir nicht glaubt und es für eine Übertreibung hält, aber pünktlich am 15. Dezember, einen Tag bevor er mich für seine Preseason-Sause gebraucht hätte, sein unausweichliches *Vier Tage, drei Nächte*, hatte er spätnachmittags seinen Auftritt bei uns. Ich hatte das satte Brummen des Motors sofort erkannt, so etwas brachten nur zwölf Zylinder zustande, und als ich aus dem Fenster blickte, stieg er gerade aus dem Jaguar, seinem bereits fünften in meiner Zählung, den er wie die anderen als Oldtimer gekauft hatte, und schritt mit eckigen Gelenken auf das Gartentor zu, damit beschäftigt, sich eine Gesichtsmaske aufzusetzen, die er jedoch sofort wieder abnahm und in seiner Hosentasche verwahrte. Seit zwei Jahren hinkte er, wenn er sich unbeobachtet glaubte, wollte aber nicht zugeben, dass er eine neue Hüfte brauchte, und veredelte sein Gebrechen damit, dass er entweder erzählte, er sei in der Garageneinfahrt aus seinem Jeep gefallen, bei dem er die Türen ausgehängt gehabt habe, oder, der Blitz habe ihn erwischt, und nannte es eine elektrische Penetration, nannte es den Tag seiner Erleuchtung. Eine Brandnarbe an der Stirn und eine zweite am großen Zeh sollten dann Ein- und Austrittsstelle markieren. Jetzt reiste er direkt aus Tirol an und war den ganzen Tag durch gefahren, angeblich weil er in seiner Skihalle an der Autobahn nach Leipzig zu tun hatte und das mit einem Besuch bei uns verband, jedenfalls erzählte er etwas von einem Wasserrohrbruch, weswegen seine Reise auch eine dringend notwendige Geschäftsreise sei, aber dann hatte er noch gar nicht richtig Platz genommen, als er mir schon zuzusetzen begann und damit alles davor Gesagte zu einem leeren Alibi machte.

»Sagst du mir wenigstens, was dich hier hält, wenn es nicht bloße Sturheit ist«, sagte er, nachdem er mich gefragt hatte, ob ich meine Meinung geändert hätte oder ihn immer noch im Regen stehenlassen wolle, und mir dann vorschlug, schnell ein paar Sachen zusammenzupacken und mit ihm zurück nach Hause zu fahren. »Für mich sieht es nicht so aus, als wärest du unabkömmlich. Die wenigen Tage Arbeit bringen dich nicht um, Elias. Du weißt, dass ich dir zahle, was du willst, aber ich rede gar nicht mehr von Geld, ich rede davon, dass du mir das schuldig bist.«

Auf meine Frage, wie es ihm gehe, hatte er gesagt: »Wie soll es mir gehen?«, und war sogleich in seinen Sportreporterjargon geflüchtet, mit dem er sich um jede ernste Aussage herumdrückte, hatte mit verkniffenem Mund »Überragend« gemurmelt, und jetzt saß er in einem der abgedeckten Sessel im Wohnzimmer und sah sich um, als würde er die Welt nicht mehr verstehen. Die letzten Monate hatten ihm stärker zugesetzt, als mir bei unseren paar Telefonaten aufgefallen war, und zum ersten Mal dachte ich, dass schon bald die Zeit kommen würde, wo wir aufhörten, Gegner zu sein, weil er zu schwach dafür wäre und ich Rücksicht nehmen müsste, weshalb ich mehr Angst davor hatte, dass er leise, als dass er laut wurde und zu schreien begann. Er hatte es nie ausgesprochen, aber spätestens nach meinem Versagen in Cedar City hatte er mich endgültig fallenlassen, und er wusste, dass alle Beteuerungen, wir gehörten zusammen, schal klingen mussten, und stellte sie wieder ein, bevor er richtig damit angefangen hatte. Weil er nicht groß war, wirkte er im Sitzen trotz seiner Leibesfülle regelrecht schmächtig, und ich hatte den Eindruck, als würde ihn jedes meiner Worte tiefer in seinen Sessel hineindrücken.

»Es geht nicht darum, ob ich Zeit habe oder nicht, Vater«, sagte ich. »Es geht um etwas Prinzipielles.«

Allein schon, dass ich ihn von neuem so nannte, musste wie eine Last auf ihn wirken, unter der er nur schwer wieder hochkommen würde.

»Etwas Prinzipielles?«

»Ja«, sagte ich. »Du musst deine Dinge allein machen.«

Er sah Ines an, als erwartete er einmal mehr, dass sie ihm beispringen würde, aber sie, die sich noch gar nicht hingesetzt hatte und ihn im Stehen beobachtete, gab sich bestenfalls neutral, und als er sagte, dass auch die Fichtners seiner Einladung folgen würden, war das nicht nur eine weitere Form von Erpressung, sondern eine Obszönität. Sie gehörten zu den ältesten Stammgästen, kamen aus Westfalen und mieteten sich seit über fünfunddreißig Jahren und seit zwanzig Jahren mit einem zusätzlichen, traurigen Grund bei uns ein, seit sich ihr Sohn, der gleich alt wie ich gewesen war, mit fünfzehn beim Skifahren das Genick gebrochen hatte. Ich hatte nicht öfter als ein paarmal mit ihm gesprochen, aber in der Erinnerung seiner Eltern wurde ich von Jahr zu Jahr mehr sein Seelenverwandter und Freund, und zynisch oder auch nur nüchtern betrachtet, war es ein Service unseres Vaters, auf den er stolz war, eine seiner ganz speziellen Dienstleistungen, dafür zu sorgen, dass ich während ihres Aufenthalts jeweils wenigstens einen Tag mit ihnen verbrachte und mich um sie kümmerte. Sie hatten die Leiche damals nicht überführen lassen, und es gehörte zu den quälendsten Erfahrungen meiner Jugend, jeden Winter wieder an der Seite des unaufhörlich trauernden Paares zum Friedhof zu gehen und dann in der Kälte schweigend neben ihren dünn und scheu geweinten Gesichtern vor dem Grabstein zu stehen. Natürlich waren sie in anderen Jahren nie zur Zeit des Saisoneröffnungsspektakels gekommen, weil das für sie viel zu krawallig und zu mühsam war, aber wegen des Lockdowns ging es in diesem Jahr nicht anders, und die Fichtners da so mir nichts, dir nichts mit hineinzunehmen machte das ganze Unterfangen nur noch zweifelhafter.

»Ich kann dir nicht helfen, Vater«, sagte ich. »Ein für alle Mal, du musst das alles ohne mich machen, und noch besser wäre es, wenn du es überhaupt abblasen würdest. Lass auf jeden Fall die Fichtners aus dem Spiel! Die haben so etwas nicht verdient.«

Dabei schaute ich ihn nicht an, aber er wartete, bis ich meine Augen auf ihn richtete und sein Unverständnis wahrnahm, seinen Spott, und sprach erst dann.

»Sie haben auch nicht verdient, dass du dich ausgerechnet in diesem Jahr nicht bei ihnen blicken lässt, Elias.«

Ich verteidigte mich, ich hätte ihren Sohn doch kaum gekannt, aber es war bereits zu spät, ich hatte die Bilder von damals wieder im Kopf. Der junge Fichtner war in jenem Jahr in den Weihnachtsferien immer dabeigewesen, wenn wir in einer kleinen Gruppe skifahren gegangen waren, wobei er es einzurichten verstanden hatte, dass er sich am Lift oft mit Ines einen Bügel teilte, und ich kann nicht sagen, dass es mich nur gefreut hätte, wenn ich hinter den beiden hergeschaut hatte, wie sie im diesigen Licht dieser Wintertage Seite an Seite hangaufwärts verschwanden. Ihn als meinen ersten Konkurrenten bei ihr zu bezeichnen gab dem Ganzen zuviel Gewicht, aber Ines' Mutter hatte einen richtigen Narren an ihm gefressen gehabt, sie hatte gesagt, er sei so kultiviert, was bloß bedeuten konnte, dass ich es nicht war, und das stellte für mich schon ein eigenes Verhältnis zu ihm her.

»Du tust ja, als hätte ich etwas mit seinem Tod zu tun«, sagte ich, als mein Vater wieder in dieses lauernde Warten verfiel. »Schlag dir das ein für alle Mal aus dem Kopf.«

ZWEITER TEIL

Selbstverständlich wusste er genauso wie ich, dass man es sich seinerzeit zu einfach gemacht hatte mit der Behauptung, niemand wisse, wie das Unglück geschehen sei. Ich gab mich da keinen Illusionen hin, und auch Ines hatte mehr als nur eine Ahnung davon. Wir hatten damals an der steilsten Stelle der Piste, direkt entlang der Lifttrasse, eine Schussstrecke für unsere Abfahrten gehabt, zweihundert Meter, bretthart präpariert, die einen beim kleinsten Fehler zerreißen konnten, und es war gar kein so großes Rätsel, warum der junge Fichtner geglaubt hatte, es uns nachtun und sich dort hinunterstürzen zu müssen, obwohl er keine acht Tage auf Skiern im Jahr hatte. Ich hatte in Ines' Gegenwart zu ihm gesagt: »Du traust dich nicht«, sie hatte herausfordernd gelacht, und er hatte gewartet, bis wir alle verschwunden waren, und es dann allein versucht. Man hatte ihn leblos im Schnee gefunden und in der Totenkapelle aufgebahrt, und ich war am Abend vor dem Begräbnis mit ihr hingegangen und hatte den Sargdeckel einen Spalt gehoben, um einen letzten Blick auf ihn zu werfen, und wie wir uns dann über den Deckel hinweg angesehen hatten, ließ wenig Spielraum für Ausreden und war der Anfang unseres strikten Schweigens darüber geworden, an das ich jetzt auch meinen Vater band.

»Ich will nicht darüber reden«, sagte ich. »Es führt zu nichts. Verstehst du, Vater? Wir haben es all die Jahre nicht für nötig befunden und brauchen jetzt nicht damit anzufangen.«

Er fuhr regelrecht zusammen.

»Seit wann bist du so kalt, Elias?«

»Ach, Vater!« sagte ich und hätte vieles erwartet, aber nicht, dass er einen Vorwurf mit diesem Wort belegen würde, von dem ich bis dahin geglaubt hatte, dass es für ihn nichts Negatives war. »Ich bin nicht kalt. Es ist nur, dass ich alles viel zu lange mitgemacht habe. Ich bin müde.«

Darauf sagte er, wenn ich müde sei, könne ich nur müde vom Nichtstun sein, und darauf bat ich ihn zu gehen. Etwas in meiner Stimme oder in meinem Blick dürfte ihn gewarnt haben, weil das genügte, dass er ganz gegen seine Art, einen Konflikt nicht vorzeitig verloren zu geben oder sich von mir auch nur das Geringste sagen zu lassen, aufstand und ein paar Augenblicke lang bloß kopfschüttelnd stehenblieb, bevor er sich zur Tür wandte. Er hatte eine dieser Fleecejacken an, auf die seit ein paar Jahren jung und alt schworen, wenn sie es sich »gemütlich« machen wollten, und hätte darin alles sein können, ein ungünstig gealterter Schlagersänger, ein rüstig gebliebener Rentner oder genau der Hotelier und Skihallenbesitzer, der er war, was nur bedeutete, dass er trotz seiner fünf Sterne außer dort, wo er herkam, an den meisten Orten auf der Welt fehl am Platz wirken musste. Dabei hatte es den Anschein, als würde er sich noch einmal gründlich umsehen, aber in Wirklichkeit versuchte er Zeit zu gewinnen, bis ihm eine passende Antwort einfiel.

»Wenn das so ist …«

Das war alles, was er sagte.

»Wenn das so ist ...«

Ich wusste, dass er zu Hause kaum mehr unter Leute ging. Eine Zeitlang hatte er sich selbst noch zum Golfspielen geschickt, wie er sich ausdrückte, um wenigstens auf dem laufenden zu bleiben, aber weil ihm das am Ende doch zu affig wurde, war längst das Café am Müllplatz sein liebster Ort, wo er Freunde traf oder was man so nannte. Er war nicht der einzige Chef, der seinen Angestellten die wöchentlichen Fahrten abgenommen hatte und selbst den Anhänger mit den Abfallsäcken an den zusammengestoßenen Toyota kuppelte, den er ausschließlich dafür verwendete, und dort trafen sie sich dann alle, ganz unter sich an diesem unwahrscheinlichen Ort für ein frühes Samstagvormittagsbier, die großen Hoteliers, die ihre eigenen Tschuschen waren, beim Beseitigen ihres Drecks. Ich war einmal mit ihm gekommen und hatte nicht glauben können, wie selig er war, unbelästigt von Gästen in den üblen Gerüchen und dem von der Halde heraufdringenden Baggerlärm stehen zu können, als wäre das die einzige Möglichkeit für ihn, noch etwas zu finden, das sich echt und wahrhaftig anfühlte.

Als wir ihn jetzt zum Auto begleiteten, waren die beiden bis obenhin gefüllten Papiersäcke, die er aus dem Fond holte, schon kein Versuch mehr, auf meine Sentimentalität zu pochen, eher ein Zeichen der Vergeblichkeit. Es war der übliche Proviant, den er uns aushändigte, vier Flaschen Wein, wie sich herausstellte, zwei Seiten

Speck und ein riesiger Zelten, genau das, was auch viele Touristen aus ihrem Urlaub in den Bergen nach Hause mitbrachten, und in seinem Fall eine einzige Überwältigung, als wären wir im Krieg und würden weit in der Ferne ohne seine Rationen verhungern oder eingehen vor Heimweh. Ines bedankte sich mit einer ironischen Umarmung, und natürlich kostete sie das nicht viel Anstrengung, sie hatte ihre Übung darin und ließ ihre Arme kraftlos über seinen Rücken fallen. Dann stieg er in den Wagen und startete den Motor, und als er im Leerlauf ungeduldig auf das Gas trat, griff sie ihm durch das offene Fenster in das Lenkrad und begann dieses Gespräch über Emma, ohne sie auch nur einmal zu erwähnen.

»Weißt du eigentlich, wie es im Augenblick auf der anderen Seite der Grenze steht?«

Es war eine denkbar ungünstige Situation dafür, aber sie sagte später, sie habe sie nicht geplant gehabt und es sei sicher bloß deshalb über sie gekommen, weil er selbst vor wenigen Wochen damit angefangen habe.

»Sind die Zahlen dort besser oder schlechter?«

Die beiden Fragen mussten unverfänglich erscheinen, und er reagierte zuerst nicht, sah geradeaus durch die Windschutzscheibe und wartete.

»Von mir aus können sie so oder so sein«, sagte er schließlich. »Aber ich vermute, sie sind ähnlich. Warum? Zur Zeit kommt ohnehin niemand über den Pass.«

Jetzt erst drehte er seinen Kopf und sah sie an, aber es war nicht auszumachen, ob er wirklich nicht wusste, wovon sie sprach, oder ob er sich nur verstellte, so wie er sich die Worte zurechtlegte.

»Seit ich denken kann, ist dieses Jahr das erste Jahr, in dem ich nicht drüben gewesen bin. Dabei hat es im Sommer keine Beschränkungen gegeben. Ich hätte mich nur in mein Auto setzen müssen ...«

Das war die Formulierung, die wir gebrauchten, wenn wir uns darüber ausließen, dass er zwar ständig über die Grenze fuhr, aber Emma nie besucht hatte, doch ihm schien immer noch nichts aufzugehen, oder er tat jedenfalls so.

»Vielleicht schaffe ich es im Frühjahr endlich wieder«, sagte er. »Aber bis Ende Mai oder Anfang Juni ist ohnehin die Straße gesperrt, weil die davor sicher nicht mit der Räumung fertig werden. So viel Schnee wie dieses Jahr hat es schon lange nicht mehr gehabt. Da kann es dauern.«

Dann hatte er es plötzlich eilig.

»Ich sollte längst gefahren sein.«

Wir beschworen ihn, sich ein Hotelzimmer zu suchen, was gar nicht so einfach wäre, weil die meisten Häuser geschlossen hatten, aber wir ahnten, er würde in einem Schwung zurückfahren, ein- oder zweimal an einer Autobahntankstelle halten und ein Nickerchen machen und irgendwann früh am nächsten Morgen wieder in Tirol sein. Ich wehrte mich gegen mein übliches schlechtes Gewissen, ihn abgewiesen zu haben, doch beim Gedanken, dass er den ganzen Weg für nicht einmal eine volle Stunde mit uns auf sich genommen hatte, holte es mich erst recht ein, eine Reaktion, die ich nicht ausstehen konnte. Vielleicht war es seine schlimmste Erpressung, dass er allein in die Nacht fuhr, und wenn ich mir dann auch noch vorstellte, dass er womöglich nach ein paar hundert Metern schon anhielt und das Blutdruckmessgerät aus dem Handschuhfach kramte, das ich in meiner Kindheit nur hatte sehen müssen, um alles für ihn zu tun, was auch immer er verlangte, hätte ich ihn am liebsten nicht bloß weg-, sondern buchstäblich zum Teufel gewünscht und schaffte es gleichzeitig kaum, nicht sofort hinter ihm herzulaufen, mich vor ihn hinzuwerfen wie ein Hund und ihn anzuflehen, mir zu sagen, dass er nicht auf zweihundert war oder dass zumindest nicht ich ihn soweit gebracht hatte.

Ulrich kam zwei Tage danach, und es hätte also gar nicht so viel gebraucht, dass sie sich die Türklinke in die Hand gedrückt hätten, eine Vorstellung, die der Absurdität ihres Erscheinens etwas noch Absurderes verlieh. Ich hatte ihm genau das geschrieben, was Ines mir aufgetragen hatte, er werde sie verlieren, wenn er so weitermache, und obwohl sie da schon nicht mehr hatte mit ihm sprechen wollen, hatte sie erst nach noch ein paar Telefonaten endgültig damit aufgehört, und je nachdem, wie man das sehen mochte, war er dann mir zugefallen oder hatte ich ihn in fast schon altbewährter Manier aus ihrer Konkursmasse übernommen. Selbstverständlich konnte man fragen, warum, aber diese Frage stellte sich mir nicht, so einfach die Antwort gewesen wäre, nämlich dass ich mich für alles hergab, was mit Ines zu tun hatte. Ich hatte den letzten Streitigkeiten zwischen ihnen mit wachsendem Entsetzen zugehört, ihren Morgen- und Abendgefechten, bei denen Ines mit ihrem »Ich gehe heute nicht in die Schule« längst aufgehört hatte und ihm nur mehr wünschte, er solle krepieren, und ihn einen kläglichen Abklatsch seines früheren Selbst nannte, während mir sein Part verborgen blieb, und wenn das davor noch aufzufangen oder mit einem Wort in andere Bahnen zu lenken gewesen wäre, hatte es sich inzwischen so verfestigt, dass jedes Gespräch die beiden in noch tiefere Abgründe stieß. Schließlich gab Ines ihm meine Nummer, und ich unterhielt mich ein paar Tage lang mit diesem etwas zu feinsinnigen, etwas zu geschmäcklerisch gebildeten Mann, der längst in seinen Wohnwagen ging, nicht um mit seiner Geliebten, sondern mit deren Bruder zu telefonieren und ihm unter Verwindungen und Verrenkungen zu sagen oder vielmehr nicht zu sagen, aber hinter dem Ungesagten in einem fort durchklingen zu lassen, wie sehr er dessen Schwester liebe.

Ich kann nicht behaupten, dass ich eine gute Rolle dabei spielte. Wenn er anrief, hielt ich ihn hin, ich sagte, Ines könne im Augenblick nicht, als wüsste ich nicht genau, dass es nicht um den Augenblick ging und ich ihm in jedem anderen Augenblick genau das gleiche sagen müsste, und ja, er tat mir leid, aber ich genoss es auch, ihn abweisen zu können, ich wies ihn stellvertretend für die anderen Idioten ab, die meiner Schwester zu nahe gekommen waren, und das Virus entschuldigte im nachhinein jedes Verhalten, schließlich waren wir aufgefordert, uns die Mitmenschen möglichst vom Leib zu halten, und hatten eine Ausrede für alles, solange wir niemanden umbrachten. Ich fragte ihn jedesmal, ob er in seinem Wohnwagen sitze, und dann stellte ich ihn mir in dem Gefährt vor, das er mit seiner Frau gekauft hatte, als das erste Kind geboren war. Sie waren damit die ganze italienische Adriaküste bis nach Bari hinuntergefahren und auf der anderen Seite wieder herauf, wie er sich ausdrückte, und dieser Sommer ihres Lebens sollte also erst so wenige Jahre zurückliegen und doch keine Bedeutung mehr haben, sollte vielleicht gar nicht gewesen sein, weil es in solchen Dingen keine Vergangenheit geben durfte, wenn man eine Zukunft haben wollte. Ich konnte ihm nicht helfen, dass er den Wohnwagen und mit dem Wohnwagen sein ganzes Leben aufgebockt hatte, und als ich meinte, das erste, was ich an seiner Stelle tun würde, wäre, das Vehikel in Brand zu setzen, wenn er schon so gutgläubig und blöd und alles in allem eben ein Schafskopf gewesen sei, es überhaupt anzuschaffen, lachte er gequält in den Hörer. Dann bat ich ihn, mir ein Bild von sich zu schicken, und darauf wirkte er in dem schlecht beleuchteten Unterschlupf mit seinem unrasierten Gesicht und den großen Augen wie ein ängstliches, kleines Tier in seiner Höhle. Er nannte es sein Refugium, und ich erwiderte, er solle aufhören, Unsinn zu reden, es sei ein elendes Scheißloch und die reinste Wildnis, in der er sich verkrieche, unmittelbar vor der eigenen Haustür, allein weil er Angst habe, sich seinen Problemen zu stellen, und damit hatte ich ihn soweit, dass er sich zuerst dagegen verwahrte und gleich darauf etwas Unverständliches schrie und auflegte.

Als er schließlich vor unserem Haus im Garten erschien, trug er Anzug und Krawatte, und es fehlte nur die Ledermappe oder ein Köfferchen, dass es keinen Zweifel gab, dass er es für einen offiziellen Termin hielt, an einem Donnerstag um halb acht Uhr am Morgen, oder zumindest den Anschein erwecken wollte. Vielleicht war das die Art, wie Herren seiner Klasse sich vorstellten, einen formvollendeten Heiratsantrag vorzubringen. Damit sah er zwar nicht aus wie ein Mann, der sich von einer Frau nicht bloß nach allen Regeln der Kunst beschimpfen, sondern sich von ihr auch fragen ließ, ob die geschätzte Gattin es ohne die richtigen Stimmungsaufheller an seiner Seite überhaupt aushalte oder ob sie kübelweise Schmerz- und Betäubungsmittel schlucke, wie ich es an einem Vormittag gehört hatte, aber er wirkte trotzdem eher lächerlich als gefährlich, wobei ich für diese Einschätzung meine Hand nicht ins Feuer gelegt hätte. Er hatte nicht geklingelt, weshalb ich nicht beurteilen konnte, ob er nicht womöglich schon eine Weile dort gestanden war, als ich aus dem Fenster schaute, zufällig oder weil mich eine Ahnung gepackt hatte. Um diese Jahreszeit war es natürlich noch dunkel, aber im Schein der Laterne an der Ecke des Grundstücks erkannte ich ihn sofort. Ines hatte sich entschieden, an dem Tag nicht joggen zu gehen, und war noch unter der Dusche, und ich überlegte nicht lange und eilte die Treppe hinunter, um ihm zu sagen, sie würde ihm niemals verzeihen, dass er einfach so aufgetaucht war, und er habe nicht mehr als zwei oder drei Minuten, um alles ungeschehen machen zu können.

»Ich kann für nichts garantieren, falls sie dich hier entdeckt«, sagte ich. »Wenn du dich sofort in dein Auto setzt und wieder nach Hause fährst, erzähle ich ihr nicht von deinem Besuch.«

»Aber ich muss sie sehen!«

»Du musst gar nichts«, sagte ich. »Was du da machst, ist verrückt. Wenn du wüsstest, welche Schwierigkeiten du dir einhandelst, würdest du keinen Augenblick zögern. Beeil dich und geh, solange noch Zeit dazu ist.«

»Einen Blick nur! Mehr will ich gar nicht. Ich sterbe, wenn ich sie nicht sehe. Eine einzige Sekunde!«

»Ich habe dir gesagt, du sollst gehen.«

»Wenn ich sie gesehen habe …«, sagte er. »Ich schwöre es. Sie soll mir selbst sagen, dass sie nichts mehr mit mir zu tun haben will. Dann verschwinde ich und lasse mich nie wieder blicken.«

Schon begann er allen Ernstes, nach ihr zu rufen. Es war ein pathetischer Anblick, an diesem Tag und zu dieser Stunde, und ich konnte im nachhinein nicht sagen, wie es mir gelang, ihn aus dem Garten zu drängen und in sein Auto zu bugsieren, wobei ich ihn aufforderte zu warten, ich würde mit meiner Schwester reden. Bevor ich zum Haus zurückging, vergewisserte ich mich, dass er nicht sofort wieder aussteigen würde, und sah mich auf dem Weg zur Tür alle paar Augenblicke nach ihm um.

Ines stand in der Küche, als ich wieder eintrat, und kaum dass ich sie eingeweiht hatte, schrie sie schon los, sie habe geahnt, dass es so enden würde. Seit den Tagen, in denen der schockverliebte Schriftsteller um ihr Haus gestrichen war und sie sich regelrecht darin verbarrikadieren musste, hatte sie nicht die geringste Geduld mehr mit diesen bösen Spielen und behandelte die kleinste Grenzüberschreitung, als hätte jemand mit einem Rammbock alle Wände durchbrochen und stünde mitten in der Nacht in ihrem Schlafzimmer. Zudem war es damals fast zur selben Zeit gewesen, nur ein paar Monate davor, dass ein Mädchen aus ihrer ehemaligen Schule von seinem Liebhaber umgebracht worden war. Sie hatte sie gar nicht gekannt, aber diese Verbindung genügte, dass sie unter all den Möglichkeiten, was im äußersten Fall geschehen könnte, nie mehr die eine große Unmöglichkeit aus den Augen verlor, die auch nur eine Möglichkeit war.

»Was für ein erzdummes Schwein!« schrie sie. »Hast du ihm gesagt, dass ich seine Frau anrufe und ihr alles erzähle? Ich kann ihn mit ein paar Sätzen erledigen. Ist ihm nicht klar, dass ich die Polizei verständige, wenn er nicht begreift, dass er hier nichts verloren hat?«

Damit trat sie ans Fenster und schaute hinaus. Fast wie eine Schauspielerin, die sich ihres Drehbuchs nicht sicher war, hämmerte sie ein paarmal matt mit ihrer Faust gegen die Wand, aber ich sah, dass sie blutete, als sie die Knöchel gegen ihren Mund presste, wie wenn sie einen Schrei ersticken müsste. Ich stand hinter ihr und versuchte ihr meine Hand auf die Schulter zu legen, doch als ich sagte, sie solle sich beruhigen, wurde sie erst recht wütend.

»Dieses Dreckschwein steht unangemeldet im Dunkeln vor meiner Tür, und dir fällt nichts Besseres ein, als mir so etwas zu sagen?«

Sie schüttelte mich ab und musste sich dabei nicht einmal nach mir umdrehen, um ihren ganzen Ekel zu zeigen.

»Ich kann es nicht fassen! Schaffst du es wirklich nicht ein einziges Mal, dass es am Ende nicht eine Verbrüderung wird? Bist du schon wieder soweit, dass du deine Zurechnungsfähigkeit verlierst? Willst du ihm den Arsch küssen? Geh hinaus und sag ihm, was Sache ist!«

Ulrich saß draußen im Auto, als hätte er sich in meiner Abwesenheit nicht gerührt, und empfing mich mit einem Blick, der unschuldiger nicht hätte sein können. Ich hatte ihm Kaffee gemacht, obwohl Ines mich gefragt hatte, ob ich übergeschnappt sei, ihn auch noch zu bedienen, und reichte ihm jetzt wortlos den Becher. Seine Wangen waren wie durchscheinend blass, und er sah fast so aus, wie der schockverliebte Schriftsteller ausgesehen hatte, als er angefangen hatte, Ines diese Fotos zu schicken, auf denen er weinte. Er erweckte auf ihnen den Anschein, als hätten die Tränen eine Schicht seines Wesens freigeschwemmt, die nie jemand zum Anblick bekommen sollte, und genau darauf hatte er es angelegt, genau darauf zielten diese Bilder, auf den Vorwurf: »Schau dir an, was du aus mir gemacht hast!« Am Ende war es eine Aufnahme von einer Radarfalle gewesen, ein aufgelöst und wie zerfleischt wirkendes Gesicht im Schwarzweiß der Nacht, vielleicht fünf mal drei Zentimeter auf einer behördlichen Verfügung, die Augen geschlossen, die zulässige Geschwindigkeit 80, die festgestellte 146 km/h, die endgültig bewies, dass der schockverliebte Schriftsteller einen Sinn für Drama hatte, wenn man das so ausdrücken kann. Jedenfalls hatte Ines gesagt, sie habe nie etwas Brutaleres und Beängstigenderes gesehen, und war von da an tagelang nicht mehr aus dem Haus gegangen. Dagegen nahm sich Ulrich jetzt sanft und resigniert aus, so wie er mir entgegenlächelte.

»Sie will mich nicht sehen?« sagte er, und wenn es zunächst wie eine Frage klang, war es bei der ersten Wiederholung schon eine Feststellung. »Was soll ich machen?«

»Fahr nach Hause!«

Es hatte etwas Entwaffnendes, als er sagte: »Und dann?«, weil ich selbst keine Antwort darauf hatte.

»Am besten machst du, was du immer gemacht hast.«

Ich wusste nicht, ob Ines uns vom Haus aus beobachtete, aber während ich mich neben dem Auto über ihn beugte, kam ich mir vor wie ein Seelsorger oder elender Trauerbegleiter oder wie die Unglücksvögel heißen, die nach einer Katastrophe mit den hängenden Köpfen von Geiern an der Tür der Betroffenen klingeln, nur dass keine Katastrophe geschehen war, jedenfalls keine, die mir bewusst gewesen wäre, oder jedenfalls noch keine. Er sah zu mir hoch, und gegen seinen plötzlich weidwunden Blick fiel mir nichts ein, außer wegzuschauen und mich vor dessen Sog in Sicherheit zu bringen. Ich konnte mir vorstellen, wie er als Kind gewesen war, das gelang mir immerhin, aber ich konnte mir nicht vorstellen, dass ich ihn gemocht hätte, schon damals nicht, weil ich plötzlich diese Bedürftigkeit sah, von der ihn nichts erlösen könnte und die ihn immer nur zum gleichen Schluss führen würde, nämlich dass am Ende die Rechnung nicht aufging.

»Du hast eine wunderbare Frau und zwei wunderbare Töchter«, sagte ich, als hätte ich alle Scham verloren, und natürlich wusste ich auch nicht, ob es überhaupt stimmte. »Wenn du jetzt losfährst, bist du gegen Mittag zurück und musst nicht einmal eine Erklärung abgeben.«

Er sah mich an, als würde ich von einem anderen Leben sprechen, und das veranlasste mich, noch einen Schritt weiter zu gehen.

»In ein paar Tagen ist Weihnachten.«

Er war sicher nicht der einzige, für den das wie eine gefährliche Drohung klingen musste, aber sein Lachen hatte ich nicht erwartet, so hell und überdreht, dass er ihm selbst überrascht nachzulauschen schien. Was wusste man schon vom Leben der anderen? Wenn man in den Gerichtsseiten der Zeitungen las, warum Leute sich gegenseitig die Schädel einschlugen oder sich vielleicht gerade noch davor trennten, war der angebliche Grund manchmal ein Nichts, und selbstverständlich gab es eine Geschichte dazu, doch man brauchte die Geschichte gar nicht, weil dieses Nichts allein genügte, wenn die Zeit ihre Arbeit getan hatte, und da kam ich Ulrich mit einer solchen Lappalie.

»Weihnachten?«

Das sprach er so vorsichtig aus, als wäre es ein Wort, das bei der kleinsten Unachtsamkeit in seine Einzelteile zerspringen könnte, um im nächsten Augenblick den Ton zu verschärfen.

»Sehe ich wie ein verdammter Betreuungsfall aus?«

Dabei hätte ich wetten können, dass sein Blick von einer Sekunde auf die andere wieder härter geworden war. Er schaute jetzt geradeaus, aber ich brauchte seine Augen gar nicht zu sehen. Ich sah es an der mir zugewandten Schläfe, an der sich die Haut zusammenzog, ich sah es an seinen Händen, mit denen er das Lenkrad umklammerte, als müsste er in voller Fahrt eine besonders enge Passage bewältigen, und ich hörte es an seiner Stimme, als er mich fragte, warum ich glaubte, so mit ihm reden zu können, und plötzlich seinen Kopf herumriss und mir sein nacktes, verwundetes Gesicht hinhielt.

»Vermutlich werde ich dein Weihnachten vorschriftsgemäß begehen«, sagte er. »Dazu hat man ja eine wunderbare Frau und zwei wunderbare Töchter. Überrascht es dich zu hören, dass ich mich das ganze Jahr darauf gefreut habe? Schließlich kann man sich zu den Festen perfekt gegenseitig in Betrieb nehmen und schauen, ob aus den abgestorbenen Bereichen vielleicht sogar noch ein paar Funken zu schlagen sind.«

Ich hatte nicht erwartet, dass er sich so leicht verscheuchen lassen würde, aber damit fuhr er davon, und als ich die Episode später Carl erzählte, hörte er nicht auf, nachdenklich und vielleicht auch eine Spur besorgt den Kopf hin und her zu wiegen. Es war Sonntag, bereits der 20. Dezember, er war mit einem Taxi gekommen und stand in einem Parka mit pelz- oder vielmehr kunstfellbesetzter Kapuze und Mund- und Nasenschutz in der Kälte, dass man von seinem Gesicht nur die Augen sehen konnte, fast blendend, so hell, und kaum dass er eingetreten war, verbreitete sich sein Lachen im Haus. Mit meinem Vater oder Ulrich verglichen, wurde man von ihm nicht überfallen, im Gegenteil, er schien manchmal ohne ersichtlichen Anlass zu zögern. Ich stellte ihn Ines vor, und sie tat ein bisschen herum, war nicht verlegen, spielte aber die Verlegene, während er eine für ihn ungewöhnliche Unsicherheit ausstrahlte und jedesmal, wenn ich ihn berührte, zurückzuckte, als wäre er sich ihrer ungewiss.

Doch was bei ihr als Kopfschütteln begann, endete in einem anhaltenden Nicken, und dass sie Carl auf Anhieb mochte, konnte ich daran erkennen, wie freigiebig sie mit ihren »O!« umging. Außer ihm hatte sie allein Matt und mich damit bedacht, und mich nur richtig, solange sie noch nicht gewusst hatte, dass wir Bruder und Schwester waren, und dann bloß ausnahmsweise und weniger übermütig, nicht mehr mit dem alten »O Elias!«, und wenn ich mich richtig erinnerte, hatte auch der schockverliebte Schriftsteller am Anfang das eine oder andere »O!« von ihr bekommen, aber von den übrigen Idioten sonst keiner. Es war Ausdruck ihrer Freude, ihrer Verzückung, ihres Erstauntseins und vor allem ihres Willens dazu, ihres Willens, sich zu freuen und ihre Freude den so Beglückten unmissverständlich zu zeigen.

»O Carl!« rief sie aus. »Mein kleiner Bruder hat mir viel von dir erzählt. Darf ich dich duzen? Ich tu es einfach, und du sagst mir, wenn es dich stört.«

Dabei nannte sie mich wirklich ihren kleinen Bruder, was sie noch nie getan hatte, was mir in dem Augenblick aber trotz der vier Monate, die ich älter war, richtig erschien, und sie scheute keine Konvention, um das Gespräch in Gang zu bringen, wobei sie Carl nicht aus den Augen ließ. Sie sagte, er könne die Gesichtsmaske abnehmen, aber er erwiderte, er behalte sie lieber auf, und es dauerte bis zum nächsten Tag, dass er sich wenigstens zeitweilig von ihr befreite, um sie dann aber doch immer wieder aufzusetzen. Das trug ihm ein, dass sie ihm manchmal einen Blick von der Seite zuwarf, wie sie es auch jetzt nicht zu unterdrücken vermochte, geradeso, als könnte sie nicht glauben, dass dieser Mann, der uns beide um einen halben Kopf überragte, sich mehr um die Bestimmungen scherte, als sie für nötig hielt. Deshalb schwang in ihrer Stimme plötzlich auch ein Hauch Spott mit.

»Ihr seid zusammen geflogen. Hat mein kleiner Bruder eine Generalbeichte abgelegt? Hat er dir von mir das

Wichtigste oder mehr als nur das Wichtigste erzählt? Das ist eine Spinnerei von ihm, und ich habe mich immer gefragt, was man sich gegenseitig anvertraut, wenn man auf einem Flug Dienst hat und alle anderen schlafen.«

Carl reagierte ein wenig überfahren, schien zu schwanken, was er antworten solle, und wich dann mit einem irritierten Blick auf mich aus. Ich hatte ihn vorbereitet, dass Ines vielleicht neugierig sein würde, ihm jedoch auch versichert, das sei ein gutes Zeichen, aber dass ein solches Fragengewitter auf ihn niedergehen würde, wie es ihm jetzt blühte, hatte ich dann doch nicht erwartet. Er wirkte regelrecht schüchtern und sah mich an, als könnte ich ihm etwas verbieten.

»Dein Bruder redet nicht viel.«

Er lachte unbehaglich.

»In diesen Dingen ist er eher verschwiegen.«

»Offen gesagt höre ich das zum ersten Mal«, sagte sie. »Ich kenne ihn ganz anders. Er kann eine richtige Plaudertasche sein. Sowie er einmal anfängt, sich über etwas auszulassen, ist er nicht mehr zu stoppen.«

Das betonte sie auf eine Weise, dass das Folgende wie eine zweideutige Anspielung klingen musste, was ich ihr schon alles über ihn verraten hätte.

»Er hat mir erzählt, dass du ihm Houston gezeigt hast.«

»Na ja«, sagte er. »So würde ich es nicht nennen. Wir sind dort umhergeschlendert, aber gezeigt …? Dazu kenne ich die Stadt selbst viel zu wenig.«

»Ich habe gedacht, du stammst von dort.«

»Davon kann keine Rede sein.«

Er hob jetzt abwehrend beide Hände, die schönsten Hände, die ein Mensch haben konnte, machte eine fast segnende Geste und sagte, was ich ihn in ähnlichen Situationen schon oft sagen gehört hatte.

»Gott bewahre! Ich bin ein echter Schwabe, und was den amerikanischen Teil von mir betrifft, so bin ich nicht besonders stolz darauf. Den habe ich ein für alle Mal stillgelegt!«

»Ein echter Schwabe?«

Ines konnte nicht anders, als es ins Halblustige zu ziehen und ihn anzusehen, als hätte er einen schlechten Witz gemacht.

»Wenn ich die Wahl hätte, wüsste ich, was ich mir aussuchen würde. Wer will schon ein echter Schwabe sein, wenn er ein Amerikaner sein könnte? Wahrscheinlich niemand, der es ist, und noch weniger jemand, der es nicht ist.«

Es hätten drei gute Tage folgen können, der 21., der 22. und der 23. Dezember, an uns lag es nicht, und schon gar nicht an Carl, in dessen Gegenwart ich stets glaubte, ein besserer Mensch zu sein, oder wenn schon kein besserer, so doch einer, mit dem das Leben es recht meinte. Er hatte mir nicht nur Houston, er hatte mir auch Denver und Atlanta gezeigt, wenn dafür durchging, dass wir die Städte ziellos durchstreift, hier und dort einen Drink genommen und uns dann mit einer Flasche Wein auf das Supersize-Bett seines oder meines Hotelzimmers gelegt und den Fernseher angemacht hatten. Ich hatte nach den Zehn- oder Zwölfstunden-Flügen aus Frankfurt oder München nie das Bedürfnis gehabt, mit anderen Kollegen auszuschwärmen. Fast immer gab es ein Programm, immer etwas, das zu sehen gewesen wäre, und immer den Druck, kein Langeweiler und kein Spielverderber zu sein und mitzukommen, aber ich wollte nur eine anhaltende Siesta, bis wir zwei Tage später den Rückflug antraten, und Carl kam dem entgegen. Denn er liebte dieses ziel- und absichtslose Herumhängen noch mehr als ich und ging darin regelrecht auf. Houston, Denver und Atlanta bedeuteten für ihn wie für mich Halbschlaf und Trance, ob bei drückend schwüler Hitze oder im Schneetreiben, wobei wir einen Whiskey Sour oder einen Gin Tonic nach dem anderen tranken und so taten, als wären wir das, was man Männer von Welt nennt, und würden daran glauben, wie es uns die größten Schnösel in der Business Class vorgemacht hatten. Ich hatte die Zeitlosigkeit dieser Tage vermisst, wie ich Carl vermisst hatte, und wir brauchten uns gar nicht abzusprechen, es ergab sich von allein, dass wir in dem bis auf das Notwendigste heruntergefahrenen Alltag des Lockdowns unsere Grund- und Glückssituation wiedererkannten und gut damit zurechtkamen.

Ines wies Carl das kleine Einbettzimmer zu, das es neben den beiden Doppelzimmern im ersten Stock gab, aber er schlief von der ersten Nacht an bei mir, und wie ich die Tür hinter uns schloss, erinnerte mich daran, wie sie in unserer Innsbrucker Wohnung die Flügeltür hinter sich und Moritz zugemacht hatte, ihrem ersten Freund dort, der dann mein Freund geworden war. Carl hatte sich nach ihrer Arbeit erkundigt, sie hatte ihm den Briefwechsel ihres Lyrikerpaares in die Hand gedrückt, damit er einen Blick hineinwerfe, und nun saßen wir uns auf dem Bett gegenüber und lasen uns mit vertauschten Stimmen die Briefe vor, zuerst er die Frau, ich der Mann, dann umgekehrt. Ich kannte die brisantesten Stellen bereits, aber von Carl vorgetragen, klangen sie noch aufreizender, vor allem wenn er sich mitten im Satz unterbrach und ein paar Worte wiederholte und dann begeistert meinte, so etwas könne die Frau unmöglich geschrieben haben, oder den Mann dafür tadelte, dass er zu brav sei und in seiner Bravheit weit unter ihrem Niveau bleibe.

»Sie ist viel versauter als er«, sagte er schließlich. »Im Grunde genommen muss sie ihn immer erst dazu bringen, etwas Gewagtes zu sagen. Du brauchst dir nur anzuhören, was er antwortet, als sie ihm schreibt, sie habe es kaum ausgehalten, als er nach seinem letzten Besuch gegangen sei, und sich auf den Spermafleck auf dem Boden gesetzt, den er hinterlassen habe, und wie eine Jungfrau in Babylon stundenlang geweint über die tausend Kinder, die sie hätten haben können. Es fällt ihm nicht einmal auf, was sie da von sich preisgibt, oder er sieht verklemmt darüber hinweg.«

»Aber er schreibt ihr doch, er würde sie am liebsten auslecken und ausschlecken wie ein Verdurstender in der Wüste, der endlich sein Wasserloch gefunden hat. Er nennt sie seine Quelle des Euphrat, seine Quelle des Tigris. Das könnte im Hohenlied stehen.«

»Ach was, das ist überspanntes Zeug und fällt schnell einmal jemandem ein. Dazu braucht einer kein Lyriker zu sein. Hör dir an, was sie schreibt! Sie möchte auf sein Horn genommen werden. Sie nennt ihn ihren Stier.«

»Für mich ist das Skilehrerjargon. Auch nicht gerade einfallsreich! Sie hätte sich schon ein bisschen mehr anstrengen können.«

»Einfallsreich?« sagte er. »Als ob es in diesen Dingen darum ginge, einfallsreich zu sein. Alle sagen das gleiche, aber sie ist eine Frau, und das sind die Fünfzigerjahre, und als Frau in den Fünfzigerjahren muss sie das erst einmal sagen, noch dazu als dieses zartfühlende Wesen, das Gedichte schreibt. Sie lässt es richtig krachen.«

Schon deklamierte er mit heller Stimme.

»Ich will, dass du mich aufspießt und ich an deinem Horn verglühe wie ein Sternspritzer in einer eiskalten Winternacht. Du bist mein goldenes Kalb, mein angebeteter Stier. Du kannst mein Herz und mein Hirn haben. Ich will mit dir in Ewigkeit im finstersten Loch in der tiefsten Hölle schmoren und ein Häufchen Asche sein, wenn ich nur einen Augenblick das Feuer spüre.‹«

Er hatte sich in eine richtige Atemlosigkeit hineingeredet und wollte jetzt wissen, wie meine Reaktion wäre, wenn er das zu mir sagen würde, und ich brauchte nicht lange nachzudenken.

»Ich würde sagen, du bist verrückt geworden. Du hast vielleicht einen religiösen Hau und solltest aufpassen, dass dir nicht irgendwelche Glaubensverteidiger einen Exorzismus verpassen, wenn sie dich hören, Carl. Die verstehen sich aufs Pfählen wie sonst kaum jemand.«

»Dann sage ich es trotzdem.«

»Ja«, sagte ich. »Sag es!«

»Du bist mein goldenes Kalb.«

»Ja«, sagte ich. »Das bin ich.«

»Du bist mein angebeteter Stier.«

Er wartete, bis ich es bestätigt hatte, und dann sagte er, jetzt müsse ich das alles zu ihm sagen, sonst funktioniere der Zauber nicht. Ich hatte plötzlich ganz deutlich den vergoldeten Stierkopf mit den Engelsflügeln an der Kanzel in der Dorfkirche vor Augen, unter dem ich als Kind mein halbes Leben verkniet hatte, sowie den Schriftzug darunter: »Selig, die das Wort Gottes hören und es befolgen«, und auf einmal schien auch für mich alle Luft aus dem Raum entwichen zu sein. Ich atmete laut ein und aus, und schon brach es aus mir hervor.

»Du bist der Weg, die Wahrheit und das Leben«, sagte ich. »Du bist mein goldenes Kalb. Du bist, der du bist, Carl! Du bist mein angebeteter Stier.«

Wir lachten, aber die Sprache der Liebe ernst zu nehmen bedeutete im Grunde genommen, solche Dinge sagen zu können, ohne zu lachen, und wenn ich überlegte, was ich Carl alles genannt hatte ... Ich hatte ihn meinen kleinen Zeisig genannt, meinen Wiedehopf und meinen

Haubentaucher, einen Mann von annähernd ein Meter neunzig, der mich mit seinen Armen umschlingen und in die Luft heben konnte wie ein Kind, und er mich seine Goldamsel, sein Rotkehlchen, seinen Stieglitz oder vielmehr Stiegelitz. Wir hatten zuerst nicht gelacht und dann gelacht und uns geküsst und küssten uns auch jetzt und probierten die Kosewörter aneinander aus, die wir bei den beiden Lyrikern fanden. Denn sie waren nicht nur im Schweinigeln gut, sondern vor allem in ihren Neuschöpfungen, Silben, so zusammengesetzt, dass jeder, der noch einen Funken Leben in sich hatte, sich wünschen musste, es fände sich jemand, der sie zu ihm sagte, die Buchstaben immer neu kombinierte und ihm dabei in die Augen blickte.

Ich hatte nicht an Nil gedacht, als ich mich von Carl sein goldenes Kalb und seinen angebeteten Stier nennen ließ und ihn dann selbst so nannte, aber als wir später immer noch auf dem Bett lagen, fiel mir die Geschichte wieder ein, und ich erzählte sie ihm, wie ich sie der Therapeutin erzählt hatte. Er hatte sich auf den Ellbogen gestützt, den Kopf in die Hand gelegt, und sah mich an, als wollte er mich die ganze Zeit fragen, worauf ich damit abzielte. Dabei hatte er einen Ausdruck in den Augen, den ich an ihm davor nur ein einziges Mal wahrgenommen hatte, als ich mit ihm bei seiner Mutter zu Besuch gewesen war und er auf ihre auffällige Besorgtheit um ihn selbst mit Besorgtheit und einer Traurigkeit reagiert hatte, die ich nicht verstand, die aber ihr galt. Er hatte mir damals erzählt, dass sie, seit er sich erinnern könne, immer zwei Anstellungen gehabt habe, zu ihrer Halbtagsstelle in einer Bank immer noch etwas Zusätzliches, weil es anders nicht gereicht hätte, und mir fiel plötzlich sein Kommentar dazu wieder ein, er hatte tatsächlich gesagt, ihr ganzes Leben sei in ihn geflossen und er werde ihr das nie vergessen.

»Du erwartest doch nicht von mir, dass ich die Geschichte mit deinem Stier analysiere«, sagte er jetzt. »Ich werde dir deine Extravaganzen nicht abgewöhnen. Es genügt, dass du darin wieder einmal deinen Schnee untergebracht hast, noch dazu mitten im Sommer, obwohl ich dich gebeten habe, mich damit zu verschonen. Die Therapeutin wird sich schon ihren Teil gedacht haben.«

Er schüttelte sich wie vor Kälte.

»Schnee im August?«

»Den gibt es dort, wo ich herkomme.«

»Schnee auf dem Kilimandscharo?«

»Auch den gibt es oder hat es zumindest gegeben.«

»Schnee an den Ufern des Nils?«

»Ich weiß nicht.«

»Schnee in der Hölle?«

»Da muss ich endgültig passen«, sagte ich lachend. »Aber du weißt, für mich könnte als Definition für sie durchgehen, dass es in ihr keinen Schnee gibt. Außerdem reicht es allmählich mit der Hölle, Carl! Du bist doch sonst nicht so fixiert darauf.«

Später kam Ines mit einer Flasche Wein und setzte sich vor uns auf den Boden, und ich fürchtete schon, sie könnte ein ähnliches Spiel treiben wie damals in Innsbruck, als sie lange nach Mitternacht heimgekommen war und mich mit Moritz im Bett gefunden hatte, doch sie fragte nur, was wir am Tag darauf vorhätten, und protestierte nicht, als ich sagte, nicht viel, aber wir könnten einen Weihnachtsbaum besorgen, und Carl sofort einstimmte, er sei mit dabei. Zwar sah sie ihn mit schiefgelegtem Kopf an, verzichtete aber auf die Tirade, die ich damit ohne seine Anwesenheit sicher auf mich gezogen hätte. Dann erzählte er, er sei erst mit zehn dahintergekommen, dass seine Mutter den Weihnachtsbaum, den sie jedes Jahr in dem Wäldchen in der Nähe ihrer Siedlung gefällt hätten, zuvor gekauft und ohne sein Wissen dort aufgestellt hatte. Sie waren immer mit Axt und Säge ausgerückt, eingepackt in ihre Anoraks und Schals, Mutter und Sohn, ein zweistündiges Unternehmen, ja, eine richtige Expedition, obwohl sie sich nur ein paar hundert Schritte von den Häusern entfernten, und sie habe ein Riesenbrimborium darum gemacht, den richtigen Baum auszuwählen, den sie schließlich heimgeschleppt hätten wie ein erlegtes Tier.

»Wir halten es immer noch so«, sagte er. »Nur dass ich jetzt den Baum kaufe und für sie in das Wäldchen stelle und meistens dort auch schon schmücke. Wir brauchen dann gar nicht so zu tun, als würden wir ihn fällen. Stattdessen gehen wir nach Einbruch der Dunkelheit hinaus und bleiben eine halbe Stunde vor ihm stehen. Ich zünde zwei Kerzen an, und wir singen und lassen ihn danach an Ort und Stelle zurück.«

Jeden anderen hätte meine Schwester allein dafür mit Spott überzogen, aber Carl verzieh sie es, und als er dann auch noch sagte, dieses Jahr sei wegen des Virus alles anders, er könne seine Mutter nicht besuchen, weil sie gerade erst eine Chemotherapie hinter sich habe, aber er werde trotzdem am 24. oder vielleicht schon am Tag davor hinfahren, sie aus dem Garten vor ihrer Parterrewohnung anrufen und sagen, sie solle aus dem Fenster schauen, gab Ines sich geschlagen, noch bevor sie eine ihrer Spitzen losgeworden war. Sie flüsterte nur: »Also doch ein echter Schwabe, und was für einer!«, und verabschiedete sich dann bald, sie müsse ins Bett, und er fragte mich, ob er ihr die Geschichte nicht hätte erzählen sollen, weil sie ihn jetzt womöglich für simpel gestrickt halte. Ich hatte Carl gesagt, Ines bilde sich im allerersten Augenblick eine Meinung über jemanden, und die wenigsten, die sie einmal abgeurteilt habe, erhielten eine weitere Chance, aber jetzt versicherte ich ihm, er habe sieben und noch mehr Leben bei ihr, er könne gar nichts falsch machen.

»Ich vermag nicht zu sagen, warum«, sagte ich, als er meinte, das klinge beängstigend, und mich nach dem Grund fragte. »Du kannst mir glauben, sie ist sonst nie so. Wenn es nicht so wäre, hättest du es zu spüren bekommen. Sie hätte dich längst schon attackiert oder irgendwie in Verlegenheit gebracht, um dir unmissverständlich zu zeigen, wer Herrin im Haus ist.«

Das wehe Gefühl, das mich in dem Augenblick durchzog, war eine groteske Eifersucht. Dazu brauchte es nur den Gedanken, wie es wäre, wenn Ines meinen Blick auf Carl hätte und Carl meinen Blick auf Ines und sie sich darüber fänden. Es war kaum eine Sekunde, aber die Vorstellung ganz klar, dass ich dann, sowohl in ihm als auch in ihr enthalten, wie in einem mathematischen Bruch herausgekürzt und eliminiert werden könnte, was mich dazu brachte, ihn ein wenig panisch zu fragen, wie er sie fand, und ihn so lange zu drängen, bis er begriff.

»Elias, du spinnst!«

Ich nickte begierig, und er berührte meine Hand.

»Wie oft muss ich dir noch sagen, dass ich es mit Frauen nicht so habe?« sagte er. »Und wenn sie alle deine Schwestern wären, es kommt keine in Betracht.«

Er hatte einmal die aktuelle Miss America auf einem seiner Flüge gehabt, und die diente mir jetzt als Referenz.

»Nicht einmal die Schönste der Schönen?«

»Selbstverständlich nicht«, sagte er. »Ich bin doch nicht blöd. Nicht einmal die Miss der Missen, Elias, und nicht einmal auf einer einsamen Insel! Ich müsste schon einen Kopfschuss haben.«

Dann lachte er.

»Außerdem weißt du, wer die Schönste der Schönen ist, und ich brauche es dir kaum eigens zu sagen.«

»Die oder der?«

»Such es dir aus!«

Ich hatte ihm erzählt, dass sie mich im Dorf *Styling* genannt hatten, weil ich beim Gehen angeblich einen Fuß vor den anderen setzte wie ein Model auf dem Laufsteg, und darauf spielte er an.

»Darf ich dich einmal so nennen?«

»Die Schönste der Schönen?«

»Du weißt, was ich meine.«

Er nannte mich so, und ich gab vor, ein bisschen zu schmollen, stimmte dann aber in sein Lachen ein.

»Soll ich ein Duckface machen und mit ausgestelltem Becken vor dir auf und ab schreiten, oder glaubst du mir auch so, dass ich alles dafür getan habe, zu diesem Spitznamen zu kommen?«

Am nächsten Morgen liehen wir uns Ines' Defender aus und cruisten in dieser seltsam verwaschenen, schneelosen Winterlandschaft umher, die angeblich Brandenburg war, aber auch eine namenlose Steppe irgendwo hinter dem Ural hätte sein können, ein Bombenabwurfgelände mit namenlosen Dörfern und namenlosen Menschen, die dort lebten und darauf warteten, dass das schreckliche Jahr endlich vorüberginge, und zurück in der Stadt, dauerte es eine Weile, bis ich den Platz mit den Weihnachtsbäumen wiederfand. Wir ließen uns ein halbes Dutzend Tannen zeigen, trieben den Verkäufer mit unserem Mäkeln fast in den Wahnsinn und nahmen dann die größte, schnürten sie auf dem Dachträger fest und fuhren mit ihr wenig später vor dem Haus vor. Ines trat aus der Tür, als wir sie im Garten aufstellten, und sagte nichts, stand nur, eine Hand in die Hüfte gestützt, im Eingang, suchte schließlich nach ihren Zigaretten, zündete sich eine an und beobachtete uns wortlos, und sie sagte auch nichts, als Carl den Rest des Nachmittags damit zubrachte, aus den unter der Treppe gestapelten, alten Zeitungen notdürftig Origami-Figuren zu falten, aufplatzende und zu wilder Blütenpracht explodierende Knospen, Dutzende und Aberdutzende von ihnen, denen nur die Farbe fehlte und die er dann eine nach der anderen in den Baum vor den Fenstern hängte. Zuletzt brauchte er bloß noch einen Stern für die Spitze, und Ines, die noch immer nichts gesagt hatte und ihm einfach zuschaute, sagte schließlich: »Was bist du für ein Mensch, Carl?«, als er nicht nur von einem Stern, sondern vom Stern von Bethlehem sprach und sie dabei ohne die geringste Ironie ansah.

Wir spielten Scrabble, und Ines bot sich an, Spaghetti mit Tomatensauce zu machen, und wir saßen noch bei diesem Kinderessen, aufgewertet durch zwei Flaschen Wein, als eine Freundin aus Wien anrief und aufgeregt wissen wollte, wo ich sei und ob ich dort österreichisches Fernsehen empfangen könne. Sie sah gerade die Nachrichten, und zwar ging die Welt nicht unter, zwar gab es auch keine erfreuliche Kunde, die ich nicht verpassen durfte, aber unser Vater hatte soeben wieder einmal seine fünf Minuten Berühmtheit. Denn seine Preseason-Sause war aufgeflogen, und über die Gäste, denen es nicht gelungen war, sich rechtzeitig davonzustehlen, sollte eine vierzehntägige Quarantäne verhängt werden, während der sie das Hotel nicht verlassen durften. Sie wurden dort buchstäblich festgehalten, mit einem Polizeiauto vor dem Eingang, und unser Vater nannte es einen Skandal, was da passiere, etwas noch nie Dagewesenes, dass in einem demokratischen Staat unbescholtene Bürger gefangengesetzt würden, und wusste von den von ihm beherbergten, ach so wichtigen Leuten zu sagen, zu welchen Unaufschiebbarkeiten sie zu Hause erwartet würden, was sie zu tun hätten, was ihnen entgehe. Er machte gerade noch halt davor, jeden einzelnen mit Namen aufzuzählen, aber die Fichtners mit ihrer herzzerreißenden Geschichte erwähnte er und strich hervor, dass ihnen niemand verwehren könne, das Grab ihres verunglückten Sohnes zu besuchen.

Direkt sehen konnten wir das Video nicht, doch wir fanden es nachher in der Mediathek, und zwischen Ines und Carl auf der abgedeckten Couch zu sitzen und unseren Vater einmal mehr in einem Skioverall vor seinem Hotel stehen und seine Dummheiten in das vorgehaltene Mikrofon sprechen zu sehen traf mich in meinem ganzen Selbstverständnis, weil ich war, was ich war, Fleisch von seinem Fleisch, um vom Geist lieber gar nicht zu reden. Sein Gesicht war wieder hochrot, und es brauchte kein Blutdruckmessgerät, ich wusste, dass er weit über hundertachtzig war, wahrscheinlich über zweihundert, jedenfalls kurz vor dem Explodieren, wenn er diese Farbe hatte. Der kleinste Wimpernschlag konnte ihn zu Boden strecken, derart erregte er sich, und er sagte ein ums andere Mal, er sperre seine Hütte auf, wann immer er sie aufsperren wolle, er lasse sich von Leuten aus Wien nichts und er lasse sich selbst von Leuten aus Brüssel nichts sagen, die zuständigen Herrschaften sollten zu ihm kommen, wenn sie sich trauten, er werde ihnen den Marsch blasen. Wie bei der Affäre mit den im Schnee vergrabenen Ferkeln sprach er ein eisklares Hochdeutsch, das war er sich als Fünfsterne-Hotelier schuldig, aber es hätte aus dem Dialekt übersetzt sein können, so wie er losholzte und schließlich regelrecht schrie, niemand brauche zu versuchen, ihm auf der Nase herumzutanzen, er sei kein Würstchen, sei eine Macht und keine Nudelsuppe, wie auch immer er auf genau diesen Gegensatz kam.

Als der Beitrag zu Ende war, konnte sich der Fernsehsprecher ein langes, abfälliges Schmunzeln nicht verkneifen, er sagte: »Allem Anschein nach proben die Tiroler wieder einmal den Aufstand«, und obwohl ich unseren Vater gern gegen dieses Schmunzeln verteidigt hätte, gab es da nichts zu verteidigen, er hatte sich vor der Welt zum Narren gemacht und war ohne Zweifel auch noch stolz darauf. Carl sah zuerst Ines, danach mich an und verzog sein Gesicht dabei so, dass ich wusste, dass er sich kaum mehr zurückzuhalten vermochte und nur uns gegenüber höflich sein wollte. Dann lachten wir aber betreten, und er musste uns nichts mehr vorspielen und brach selbst in Gelächter aus.

»Das war doch nicht wirklich, oder?«

Ines kam mir zuvor und sagte scherzhaft, das sei noch eine der umgänglicheren Versionen unseres Vaters gewesen, er könne auch anders, und als Carl darauf antworten wollte, verschluckte er sich, weil er gleich noch einmal losprustete.

»Waren das die Hauptabendnachrichten?«

»Ich fürchte, ja.«

»Also hat das ganze Land es gesehen. ›Eine Macht und keine Nudelsuppe!‹ Wie sehr das seinem Geschäft nützt, vermag ich nicht zu beurteilen, aber als Spruch ist es fast schon genial.«

Eine Weile witzelte ich noch mit, doch dann packte mich das Elend, packte mich der Schmerz. Ich stellte mir meinen Vater zu Hause in seinem Büro vor, wie er Telefonate führte mit allen möglichen Leuten in Behörden und Ämtern, denen er irgendwann einmal einen Dienst erwiesen hatte und die ihm deshalb etwas schuldig waren. Das war der Sprachgebrauch, und worauf genau sich das bezog, bildete ein weites Feld, meinte aber insbesondere eine unhaltbare Stellung zu halten, wenn alle anderen sich in Sicherheit gebracht hatten, wobei der militärische Jargon kein Zufall war. Vielleicht hatte er das Blutdruckmessgerät neben sich, vielleicht bloß die Dose mit den Tabletten, die er einmal nahm und gleich darauf wieder nicht nahm, vielleicht eine Flasche Wein, und wenn ihm jetzt niemand helfen konnte, war dennoch am ehesten ich es, der ihm beistehen müsste und der aber auch nicht mehr tun könnte, als die verlorene Sache nur weiter in den Abgrund zu treiben. Es war die alte Regel, dass ich mich ihm am nächsten fühlte, wenn er einen Fehler begangen hatte und nicht daraus lernte, sondern aus dummem Trotz entweder gleich einen weiteren Fehler folgen ließ oder etwas ausbrütete, das alles noch schlimmer machte.

Zermürbt von alldem stand ich auf und ging in mein Zimmer, während Ines und Carl noch auf der Couch im Wohnzimmer sitzen blieben. Ich ließ die Tür offen und vernahm ihre Stimmen, während ich überlegte, ob ich meinen Vater anrufen solle. Er würde entweder nicht drangehen oder mir Vorwürfe machen, wohin meine Starrköpfigkeit geführt habe, als wäre es meine Schuld, dass ihn die Nachbarn angezeigt hatten. Sie hatten die Autos mit fremden Kennzeichen vor dem Hotel stehen sehen oder auch nur beobachtet, wie sie angekommen und in der Tiefgarage verschwunden waren, und genauso, wie es immer jemanden gab, der ihm etwas schuldig war, was nicht zuletzt für mich galt, gab es andere, die mit ihm eine Rechnung zu begleichen hatten und es nicht erwarten konnten, ihm Schwierigkeiten zu bereiten, wenn er so unvorsichtig war, sich bei seinen zwielichtigen Geschäften auf die Schliche kommen zu lassen. Wenn ich mich in mein Auto setzte, könnte ich in zehn Stunden bei ihm sein und wenigstens den Kopf mit ihm gemeinsam hinhalten, es sei denn, sie würden mich an der Grenze zurückschicken, weil ich weder einen Test vorzuweisen hätte noch eine Bestätigung, dass meine Reise unabdingbar war. Ich hörte Ines' und Carls Lachen, und mit dem Gefühl, genausogut jederzeit wieder hinuntergehen und mich zu ihnen setzen wie einfach aus dem

Haus schleichen und losfahren zu können, griff ich zu meinem Telefon.

»Ich bin's, Elias.«

Er hatte sein Handy aus, und am Festnetz war nur der Anrufbeantworter an, und obwohl ich das sonst nie tat, sprach ich jetzt drauf.

»Geht es dir gut, Vater?«

Im nächsten Moment korrigierte ich mich auch schon, überlegte kurz, ob ich ihn nicht vielleicht sogar mit seinem Namen oder gar mit Emmas »Tate« von jenseits der Grenze ansprechen sollte, ließ es aber sein, weil das eine einzige Verrücktheit gewesen wäre und nichts besser zwischen uns gemacht hätte.

»Ich wollte ›Papa‹ sagen.«

Dann wiederholte ich es.

»Ich bin's. Ist alles gut? Wie geht es dir, Papa? Brauchst du mich? Sag mir, wenn ich helfen kann.«

Das war der Augenblick, in dem ich aufsah und das Auto auf der Straße unten entdeckte. Es war auf der anderen Seite halb auf dem Gehsteig geparkt und versperrte den Weg, und von ungefähr glaubte ich mich zu erinnern, dass es mir davor schon aufgefallen war, eine Irritation in meinem Blickfeld, mehr war es nicht, der ich hätte nachgehen sollen, als ich nach dem Dunkelwerden mit Carl noch einmal ins Freie getreten war und den mit seinen Papierblüten geschmückten Weihnachtsbaum umrundet hatte, die der erste Regen zerstören würde. Ich hatte hinübergeschaut und hatte es gesehen oder hatte es nicht gesehen, weil ich es nicht sehen wollte, doch wenn es schon dagestanden war, waren seither Stunden vergangen, und es stand immer noch da. Von der Laterne an der Ecke des Grundstücks kam nicht ausreichend Licht, dass ich zu erkennen vermocht hätte, ob jemand drinsaß, zudem spiegelten die Scheiben zu sehr, und dennoch war ich sicher, und sicher konnte ich auch sein, wer dieser Jemand war, schließlich erkannte ich den Wagen. Er brauchte sich keine Zigarette anzuzünden, wie er es in einem Krimi getan hätte, damit sein Gesicht im Schein der Flamme aufleuchtete und selbst der Dümmste begriff, dass das eine Drohung war, ich wusste ohnehin, dass er dort kauerte und durch den Garten Ines und Carl im Wohnzimmer beobachtete, weil wir die Vorhänge nicht zugezogen hatten. Da die Couch dem Fenster zugewandt stand, waren die beiden für ihn wie in einer eigens angestrahlten Auslage präsentiert, und er konnte nicht nur jede Bewegung sehen, jedes Lachen, vielleicht sogar ihre Mimik, sondern hätte wohl auch die Worte von ihren Lippen ablesen können, wenn er sich darauf verstanden hätte und wenn er sich überhaupt dafür interessierte, worüber sie sprachen, und nicht allein von ihrem Anblick genug hatte.

ZWEITES KAPITEL

Ich behaupte nicht, dass man im nachhinein immer schlauer ist, dazu fehlt mir der Glaube, dass man bloß einzelne Parameter in der Vergangenheit ändern müsste, um eine andere Zukunft zu erzwingen, aber vielleicht hätte ich trotzdem sofort zu Ulrich hinuntergehen und noch einmal mit ihm reden sollen. Stattdessen stand ich da und beobachtete das Auto, während nach wie vor die Stimmen und das Lachen von Ines und Carl zu mir heraufdrangen. Es gibt Ereignisse, die weniger ein Déjà-vu erzeugen als einem verdeutlichen, dass die Dinge auch ganz anders kommen könnten, wenn man sich nur entschließen würde, den ersten falschen Entwicklungen entgegenzutreten, aber dann läuft doch wieder alles auf das gleiche hinaus, und das war ein solches Ereignis.

Denn selbstverständlich fühlte ich mich an die Zeit erinnert, als der schockverliebte Schriftsteller endgültig seine Fassung verloren und auf Ines' Grundstück kampiert hatte, wo er mehrfach von der Polizei abgeholt werden musste, weil er anfing, seine auf Bierdeckel geschriebenen Gedichte in die Bäume zu hängen, und offensichtlich alles daransetzte, sich auch noch um das bisschen Verstand zu bringen, das ihm geblieben war, und mehr und mehr zur Gefahr für sich und andere wurde. Es war in ihren Monaten im Wendland gewesen, sie hatte auch dort ein Haus gemietet, aber ich hatte nur die Endphase des Desasters miterlebt, als Ines mich gebeten hatte, zu ihr zu kommen und ihr beizustehen, nachdem sie eine gerichtliche Verfügung gegen ihn erwirkt hatte, dass er sich ihr nicht mehr nähern dürfe, an die er sich jedoch nicht hielt. Also war ich zu ihr gefahren und gleich am Tag meiner Ankunft zu ihm hinaus in den Regen gegangen und hatte ihm ein Ultimatum gestellt, entweder er habe in zehn Minuten seinen Krempel zusammengepackt oder ich würde ihm weiterhelfen, Prügel androhen konnte ich ihm nicht gut, weil er schon wirkte wie ein Geschlagener. Dann beförderte ich zuerst seine Camping-Utensilien und sein jämmerliches Biwakzelt über den Gartenzaun und machte mich als nächstes daran, ihn selbst über den nassen Rasen zum Tor zu schleifen. Er leistete kaum Widerstand, ließ sich halb ziehen, halb tragen, saß danach weinend auf dem Asphalt und suchte etwas, das er umklammern konnte, umklammerte schließlich seinen eigenen Oberkörper, als ich mich und meine Beine in Sicherheit gebracht hatte, und klagte, er habe Frau und Kind für Ines verlassen, die ihn jetzt behandle wie Dreck, sei allein auf der Welt und, als wäre das nicht vielleicht sogar ein Glück für alle, habe seit Tagen keine Zeile zustande gebracht.

Das zweite Mal schubste ich ihn schon, und das dritte Mal schlug ich ihn dann doch, und ich muss sagen, dass ich mit Vergnügen in dieses Häufchen Unglück hineinschlug, weil er Ines für alles verantwortlich zu machen versuchte und am Ende trotzig erklärte, er würde einen Roman darüber schreiben. Es sollte eine Drohung sein, war aber nur lächerlich. Ines hatte mir erzählt, er habe ihr einmal wegen eines Verrisses eines seiner Bücher minutenlang das Telefon vollgeweint und seitdem habe sie ihn verachtet, aber bei mir reichte es kaum zur Verachtung, weil er sich in seiner Lage auch noch aufzuplustern begann, wie sich bloß ein Schriftsteller aufplustern konnte.

»So etwas nehme ich von Leuten wie euch nicht einfach hin«, sagte er und wischte seine blutige Nase am Ärmel ab. »Ihr könnt euch darauf verlassen, dass ich meine Geschichte erzählen werde.«

Es war noch gar nicht lange her, dass er in einem Streit über eine Tagung, die seine Alma Mater für ihn ausrichten wollte, gesagt hatte, die Universitäten seien besonders in den Geisteswissenschaften mit Horden von halbpragmatisierten Volldeppen und vollpragmatisierten Halbdeppen bevölkert, und als er jetzt auch Ines und ihre akademischen Verdienste so herabzusetzen versuchte, fuhr ich dazwischen.

»Kein Wort!«

Ich packte ihn im Nacken.

»Du hast genug geredet«, sagte ich. »Mach das mit dir selber aus! Du kannst meiner Schwester nicht das Wasser reichen, also solltest du sie auch nicht beschmutzen. Und jetzt verzieh dich!«

Die erbärmliche Abrechnung in Buchlänge, zu der er sich dann hinreißen ließ, wäre nicht weiter der Rede wert, wenn er nicht so perfide gewesen wäre, auch Emma mit hineinzuziehen, von der er nur von Ines erfahren haben konnte. Er nannte sie die Lüge, auf der ihr Leben basiere, er nannte sie die weggesperrte Wahrheit, mit der Ines sich nicht auseinanderzusetzen wage, ihre persönliche Schuld, der sie aus dem Weg gehe, weil sonst das Konstrukt ihrer Größe in sich zusammenfalle, und ging sogar so weit, ihre ganze Persönlichkeit und ihren Charakter damit bestimmen zu wollen. Wenn man ihm und seiner kruden Psychologie folgte, war Ines zu der Männerverderberin geworden, als die er sie hinstellte, weil sie sich an ihrem Vater rächte, und sie rächte sich an ihm nicht allein ihrer selbst wegen, sie rächte sich an ihrem Vater auch wegen ihrer Mutter und wegen Emma und wegen allen anderen Frauen. Ein Kapitel überschrieb er mit »Stell dir vor, ich wäre sie und sie wäre ich«, und er erhob diesen Satz, den ich nicht bloß einmal von Ines zu hören bekommen hatte, zum Leitsatz ihres angeblichen Feldzugs gegen exakt die halbe Menschheit.

Es war kläglich in seiner Argumentation, und wenn sie die meisten anderen Kleinlichkeiten von ihm hingenommen hätte, hatte er sich da in ihr getäuscht. Denn sosehr Ines es bei Büchern im allgemeinen hasste, wenn Figuren einem solchen Erklärungsschema unterworfen wurden, als würde sich mit drei oder vier Begründungen immer alles in Wohlgefallen auflösen oder gar aus der Welt schaffen lassen, so sehr überforderte es sie, dieses Verfahren auf sich selbst angewandt zu sehen, und das bestimmte die

Wucht ihrer Antwort. Jedenfalls setzte sie sich sofort hin, ihre Entgegnung zu schreiben, die seither nicht nur in feministischen Kreisen ein Schlüsseltext geworden ist und allein mit ihrem Titel *Was der kleine Klaus nicht erzählt hat* und mit ihrem ersten Satz »Es hat eine eigene Bewandtnis mit den Kläusen in der deutschsprachigen Literatur« dutzendfach zitiert wurde und immer noch zitiert wird und den Namen Klaus zu einem Synonym für einen bestimmten Typus Mann gemacht hat, der sich in seiner Selbstgefälligkeit nicht zu sicher sein solle, auf der richtigen Seite zu stehen, nur weil er gerade einmal die ersten paar Lektionen gelernt und alles, was sich zwischen Mann und Frau abspiele, zwar im Prinzip, aber im Kern ganz und gar nicht begriffen habe.

Viel zur Sache tut es nicht, aber der Satz mit den »Kläusen« stammt von mir, was Ines' Arbeit keineswegs schmälert. Sie hatte mir das Manuskript vor der Drucklegung zu lesen gegeben und war mit dem Anfang nicht richtig zufrieden gewesen, und wenn ich da und dort noch die eine oder andere kleine Änderung für mich verbuche, mache ich das weniger aus Eitelkeit, als um hervorzuheben, dass ich ansonsten jedes Wort von ihr unterschreibe, weil der schockverliebte Schriftsteller es nicht anders verdient hat. Es sind fast durchwegs Verschärfungen und Zuspitzungen, die auf mein Konto gehen, und wenn sie manchmal über das Ziel hinausschießen, sind sie nicht Ines anzulasten, sondern ausschließlich mir oder genaugenommen ihm, zumal er ja regelrecht darum gebeten hat.

Ich hatte ihn gewarnt, Ines nicht zu unterschätzen, doch genau das hatte er getan, weshalb er sich im Handumdrehen am falschen Ende der Geschichte wiederfand. Sie hatte ihre Stimme erhoben und damit alles, was er vorbrachte oder noch vorbringen mochte, außer Kraft gesetzt, er konnte sagen, was er wollte, so waren die Zeiten. Worauf er sich berief, gehörte, allein weil es von ihm kam, fast schon automatisch der Vergangenheit an, sie war die Zukunft und er fortan nur mehr »ein Ungeheuer namens Klaus«, das nicht einmal ein richtiges Ungeheuer war, wenn man entsprechende Maßstäbe anlegte, sondern eine harmlose Light-Version davon, was es nur noch schlimmer machte. Damit hatte er sein Brandmal, obwohl er eigentlich gar kein übler Zeitgenosse war, sah man von einer Aura dauernden Missverstandenseins und einem daraus resultierenden Beleidigtsein wegen allem und jedem ab, das aber weniger mit Ines oder mit ihm persönlich zu tun hatte als mit seiner Profession, die voller in einem fort Missverstandener und Beleidigter war.

Dabei hatte er bloß das Pech gehabt, sie in einer Zeit kennenzulernen, in der sie immer schon zwei Schritte weiter gewesen war, bevor er nur daran gedacht hatte, sich zu bewegen, bis er irgendwann mit seinem ganzen Ballast, den auch er fatalerweise Liebe nannte, nicht mehr hinterherkam. In einem der Romane, die sie mir gegeben hatte, hatte ich von einer Frau gelesen, ihre Sexualität sei das Kostbarste für sie, und vielleicht galt das in jener Phase ähnlich für Ines selbst, zumindest insoweit, als es ihr eine Weile gefiel, sich genau danach zu stilisieren. Sie schaute sich um, ließ kein Date aus und tinderte sogar ein wenig, und wenn er sich auf sein Jammern beschränkte, ging es nur um die Festschreibung eines Verlustes von etwas, das er nie besessen hatte.

Ich wusste nicht, ob auch er ihre Behandlung mit ihrem »Ich gehe heute nicht in die Schule«, ihrem »Fick deine Schabracke!«, ihrem »Du kannst krepieren« empfangen hatte samt allem, was damit zusammenhing, oder ob er sich ganz allein in seine ausweglose Situation manövriert hatte, aber es spielte keine Rolle. Ines zeigte mir den Verlauf ihrer Nachrichten, und obwohl sie lange selbst ihren Anteil an dem Irrsinn gehabt hatte, wenn sie ihm stündlich und öfter geschrieben hatte: »Was machst du gerade?«, war es irgendwann gekippt und blieb am Ende doch nur ein Dokument *seiner* Verrücktheit. Er hatte schon seine Gründe, dass er sie anflehte, alles zu löschen, das war nicht nur albernes Geziere vor einer herbeiphantasierten Nachwelt, sondern möglicherweise gerichtsrelevant, und allein wie er es auch mir gegenüber formulierte, brachte mich zum Lachen.

»Sag ihr bitte, sie soll mich wenigstens aus ihrem Bestand entfernen«, sagte er, als ich ihn allein auf der Straße zurückließ, und das Wort klang für mich, als würde er von einer Viehherde in einem Korral sprechen. »Ich gehöre da nicht hinein.«

Damit nestelte er an seiner Jacke herum, holte sein Portemonnaie hervor und fischte ein Foto heraus.

»Gib ihr das!«

Es war eine Aufnahme, auf der sie mit einem Gewehr in einem Fensterrahmen lehnte und mit zusammengekniffenem Auge ein unbekanntes Ziel ins Visier nahm, ihre Wange fest an den Kolben gepresst. Ich hatte das Bild selbst gemacht, damals während meines Besuchs bei ihr in Boulder. Es stammte aus einem historischen Westernstädtchen in den Bergen, in das wir einen Ausflug unternommen hatten, und sie hatte dem schockverliebten Schriftsteller, der jetzt vor mir im Regen hockte und sich vergeblich bemühte, dass ihm der Mund nicht zu einer traurigen Grimasse verschwamm, in den ersten Tagen ihres Kennenlernens einen Abzug geschenkt.

»Ich brauche es nicht mehr«, sagte er trüb und bitter. »Wenn sie mich erschießen will, soll sie mich erschießen.«

Das war nicht mehr und nicht weniger als das Erwartbare, aber dann glaubte ich ein Aufblitzen in seinen Augen zu sehen, als hätte ihn plötzlich eine Erkenntnis gepackt.

»Sie soll aber schnell machen!«

Er deutete noch einmal auf das Foto, das ich in der Hand hielt, und ich verstand zuerst nicht, dass von dem Gewehr die Rede war, als er sagte, das Praktische an diesen Dingern sei, dass es keiner großen Kunst bedürfe, sie umzudrehen.

»Sag ihr das!« sagte er, und es war nur mehr das verunglückte Grinsen eines Bösewichts, das er versuchte. »Und sag ihr herzliche Grüße!«

Dann hatte ich noch diesen lächerlichen kleinen Schlagabtausch mit ihm. Ich sagte, er solle aufhören zu greinen, niemand sterbe an unglücklicher Liebe, es sei denn in einem schlechten Roman, und er fragte mich, was das Leben denn anderes sei. Allein dafür hätte er einen weiteren Hieb verdient, doch ich wollte mich nicht mehr damit aufhalten und ließ ihn allein, während in meinem Kopf noch lange nachhallte, was er hinter mir hergerufen hatte.

»Auch die schlechtesten Romane haben ihre Wahrheit, wenn man sie richtig zu lesen versteht.«

Das Auto stand nach wie vor unbewegt auf seinem Platz, aber die Erinnerung an den schockverliebten Schriftsteller ließ mich aufschrecken. Es gab keinen Grund anzunehmen, dass Ulrich bewaffnet sein könnte, doch wahrscheinlich kannte auch er das Bild mit dem Gewehr, weil Ines alle neuen Bekanntschaften damit versorgte, seit sie aus Amerika zurück war, und beim Gedanken daran kamen sie und Carl im beleuchteten Fenster mir doppelt ausgeliefert vor. Ich hatte vergessen auf die Uhr zu schauen, aber es dürfte Viertel vor elf gewesen sein, als mir der Wagen zum ersten Mal wirklich ins Auge gesprungen war, jetzt ging es längst auf halb zwölf zu, und die Vorstellung, dass Ulrich jede einzelne Minute davon bloß dagesessen war und die beiden über die Straße und den Garten hinweg beobachtet hatte, war für sich schon beklemmend, wie lange davor auch immer er bereits schon auf der Lauer gelegen sein mochte. Das Licht in meinem Zimmer war aus, aber weil ich mein Telefon angehabt hatte, um meinen Vater anzurufen, bildete ich mir trotz der Entfernung ein, er müsse mich gesehen haben und vielleicht ahnen, dass ich das Auto sofort erkannt hatte und deshalb unverändert am selben Fleck stand und ihn im Blick hatte, was seine Anwesenheit nur noch unheimlicher machte.

Ines und Carl waren leise geworden, und als ich endlich wieder zu ihnen hinunterging, sah ich, dass sie das Schachbrett aufgestellt hatten und eine Partie austrugen. Ich war so besetzt von der neuen Lage, dass mir erst mit Verzögerung auffiel, dass sie kein Wort mehr über meinen Vater verloren, wie es eigentlich zu erwarten gewesen wäre. Stattdessen witzelten sie, sie hätten sich nicht entscheiden können, wer Weiß und wer Schwarz nehme, und würden deshalb beide unter Vorbehalt antreten, und dass das allein genügte, dass ich das Gegenüber der Figuren als unversöhnlich und aufgeladen empfand, sagte mir, in welchem Gemütszustand ich war. Mein Vater mit seinem peinlichen Auftritt war wie vergessen, und ich schaute mich um, als hätte ich etwas übersehen, das mir eine Erklärung dafür liefern könnte. Es gab gar keine richtigen Vorhänge im Wohnzimmer, nur schleierdünne Gardinen, und die zog ich demonstrativ zu, so dass jedem, der das von außen verfolgte, klar sein musste, dass die Geste ihm galt.

»Wollt ihr unbedingt vor Publikum spielen?« sagte ich, ohne damit mehr zu verraten, als dass mich etwas an der

Situation störte. »Dann könnt ihr euch gleich in den Garten setzen und solltet vielleicht Gage verlangen.«

Nachdem ich ihnen eine Weile zugeschaut hatte, trat ich hinaus vor die Tür, zündete mir eine Zigarette an und schaute unentwegt zu dem Auto hinüber, als wartete ich darauf, dass Ulrich sich zu erkennen geben würde. Es nieselte, und im Licht, das auf den Weihnachtsbaum fiel, sah ich, dass sich Carls Papierblüten schon mit Nässe vollzusaugen begannen und unter dem zunehmenden Gewicht ihre Formen verloren. Ich blieb eine Weile an der Hauswand stehen, bevor ich die paar Schritte vor an den Gartenzaun machte und mich dort regelrecht in Positur warf, mein Telefon für Ulrich gut sichtbar in die Hand nahm und seine Nummer drückte.

»Es wird langsam Zeit für dich«, sagte ich, als er nach dem vierten oder fünften Klingeln abnahm, ohne selbst etwas verlauten zu lassen, und der Schein seines Displays an seiner Wange aufleuchtete. »Findest du nicht?«

Dann wartete ich ein paar Augenblicke, aber er sagte immer noch nichts, und kaum dass ich aufgelegt hatte, setzte sich das Auto in Bewegung. Mein Blickwinkel oder die Lichtverhältnisse änderten sich so, dass sein Gesicht für ein oder zwei Sekunden hinter dem Seitenfenster wie unter Wasser auftauchte und wieder verschwand. Die Scheibe war leicht beschlagen, und wenn ich nicht gewusst hätte, dass es nur Ulrich sein konnte, hätte ich ihn nach wie vor nicht erkannt. Auf einmal schien er zudem zu winken, es war grotesk, aber ich glaubte zu sehen, wie er seine Hand hob und das Handgelenk halb hinter dem Kopf wie in Zeitlupe hin und her schraubte. Im nächsten Augenblick war der Spuk auch schon vorbei, beinahe nur mehr die Rücklichter, als er endlich die Scheinwerfer anmachte, und da erst, wie wenn es diesen billigen Effekt gebraucht hätte, um mich zum Handeln zu bringen, stürzte ich aus dem Gartentor und lief ein paar sinnlose Meter hinter ihm her.

Ich ging wieder ins Haus zurück, aber statt Ines und Carl gleich über alles zu informieren, fragte ich sie, wer gewonnen habe. Obwohl ich mir keine Sekunde überlegt hatte, Konversation zu treiben, tat ich das jetzt, und ich musste mich nicht wundern, dass sie mich ansahen, als verstünden sie die Frage nicht. Sie hatten ihr Spiel gerade beendet, und während Ines sich dranmachte, die Figuren in dem zusammenklappbaren Brett zu verstauen, bat Carl sie zu warten und erkundigte sich, ob nicht ich noch einen Versuch wagen wolle. Ich hatte nur wenige Minuten draußen verbracht, doch bei seinen Worten kam ich mir vor wie ein Eindringling, der in Wirklichkeit störte, selbst wenn mir sein Blick klarmachte, dass er meine Gedanken durchschaute und dass sie für ihn nur lächerlich waren. Dennoch schützte ich Müdigkeit vor und vertröstete ihn auf den nächsten Tag, und als Carl sagte, dass ich ihm dann aber nicht auskäme, lachte Ines, und etwas an ihrem Lachen war so, dass ich es als gegen mich gerichtet empfand.

Unter ihren spöttischen Blicken küsste ich Carl vielleicht ein bisschen zu innig, und ich schritt auf die Treppe zu und hatte noch immer nichts gesagt, als ich das Piepsen einer Nachricht hörte und das Vibrieren meines Telefons in der Hosentasche spürte. Sie war von Ulrich, ein einziger Satz, und es hätte die Großbuchstaben gar nicht gebraucht, um ihm alle Nachdrücklichkeit zu verleihen: »Wer ist der Mann?« Schon dabei, eine wütende Antwort zu tippen, ließ ich es dann doch sein und beschloss lieber zu warten, obwohl nichts weiter geschah. Ich tat etwas, was ich bis dahin noch nie getan hatte, ich ging minutenlang in meinem Zimmer hin und her, aber statt mich zu beruhigen, erzeugte das nur das Gefühl in mir, dass ich mich in meinem eigenen Netz festspann, bis ich keinen Bewegungsspielraum mehr hatte und auf der Stelle von einem Bein auf das andere trat. Weil das auch nicht half, legte ich mich schließlich hin, und als Carl später zu mir ins Bett kam, war ich ganz aufgelöst und umarmte ihn so fest, dass er mich fragte, was mit mir los sei.

»Du bist ja schlimmer als ein Schraubstock«, sagte er. »Es ist die reinste Folterbank, was du da mit mir aufführst. Willst du mich umbringen, Elias? Ich ersticke, wenn du so weitermachst.«

Spätestens da hätte ich ihm von dem Auto und von der Nachricht erzählen müssen, aber ich setzte mich nur auf und schaute zu ihm hinunter, als wäre er mir anvertraut wie ein Kind. Es war nicht das erste Mal, dass ich so empfand, und es war auch nicht das erste Mal, dass mir der merkwürdig biblische Aspekt dabei nicht entging, und auch der andere nicht, eine seltsame Gönnerhaftigkeit, die sich damit verband und die ich gern abgeschüttelt hätte. Das brachte mich dazu, dass ich am liebsten seinen ganzen Körper mit Küssen bedeckt hätte und ihn gleichzeitig kaum zu berühren wagte.

»Dich umbringen, Carl?« sagte ich. »Warum sollte ich?«

Er murmelte etwas Unverständliches.

»Du wirst schon deine Gründe haben«, sagte er dann schläfrig. »Sonst würdest du nicht versuchen, mir das Kreuz zu brechen.«

Ich streckte mich wieder neben ihm aus, ohne mehr zu sagen, und während ich mich an seinen Rücken presste, dachte ich daran, wie ich ihn zum ersten Mal von hinten in die Arme geschlossen hatte und wie verwundert er bereits da reagiert hatte.

»Entweder ich habe die Ehre, gerade meiner eigenen Festnahme beizuwohnen, oder du erklärst mir, warum sonst du glaubst, diesen Polizeigriff an mir ausprobieren zu müssen.«

Das war am Ende eines Fluges nach Atlanta gewesen, und er hatte gerade einen Servierwagen mit Frühstück vorbereitet. Ich hatte gesagt, ich wünschte mir, dass sie uns nicht landen ließen und dass wir stattdessen weiterflögen, und hatte nicht sagen können, wohin, nur über alle Ziele im Flugplan hinaus. Er hatte sich zu mir umgedreht und lange in meine Augen geblickt, seine Iris wasserhell, hatte mich angesehen wie um sicherzugehen, ob ich schon wisse, was ich da tue, und ob ich Herr meiner Sinne war und es wirklich tun wollte, und ich wusste immer noch genau, wie er schließlich meine Hand genommen und sie gedrückt hatte. Dann hatte ich meinen Kopf in seinen Nacken gelegt und nach einer Stelle gesucht, an der ich seinen Puls spüren konnte, aber sein Herz war überall laut geworden, ich hatte es schlagen gehört, wie ich es auch in diesem Augenblick wieder schlagen hörte. Er hatte immer geprahlt, man könne die Uhr nach ihm stellen, sein Takt sei sechzig Mal in der Minute, wenn er sich nicht bewege, was mich unweigerlich jedesmal an meinen Vater und seinen Blutdruck erinnert hatte, aber jetzt war ich dagegen geschützt und flüsterte Carl ins Ohr.

»Turn around, bright eyes«, sagte ich leise und hatte augenblicklich Ines' Stimme und ihren Song im Kopf und wusste, dass es auf englisch sein musste, weil ich auf deutsch nichts Zärtlicheres sagen konnte. »Turn around …«

Ich zitterte unter den Worten und flüsterte weiter.

»And if you only hold me tight …«

Ich wusste nicht, ob er mich hören konnte und ob ich überhaupt wollte, dass er mich hörte, und verstärkte nur den Druck meiner Arme, bevor ich den Satz vollendete.

»… we'll be holding on forever …«

Die Nacht war halb vorbei, drei Uhr längst durch, und Carl schlief, als ich mich von ihm löste, aufstand und ans Fenster trat. Auf meinem Telefon fand sich keine weitere Nachricht, der Platz, an dem das Auto geparkt gewesen war, war immer noch leer, und ich konnte mir sogar einbilden, dass der Asphalt dort heller wirkte, weil das

Nieseln früh genug aufgehört hatte, so dass das Rechteck unter dem Wagen trocken geblieben war. Nichts hatte sich draußen verändert, dieselben bedrückenden Häuser, dieselbe Laterne an der Ecke des Grundstücks, dieselben zwei weiteren ein Stück den Gehsteig hinauf, und genau deshalb konnte ich mich nicht davon losreißen. Ich zwang mich, nicht gleich wieder mein Telefon zu überprüfen, hätte mich aber nicht gewundert, wenn es plötzlich laut losgeklingelt hätte, obwohl ich es leise gestellt hatte. Jedenfalls herrschte im Raum hinter mir von einem Augenblick auf den anderen eine aufdringliche Stille, und noch bevor ich mich umdrehte, wusste ich, dass Carl wach geworden war, sich schlafend stellte und sich nicht anmerken ließ, dass er mich beobachtete, was mir den paradoxen Gedanken eingab, er könnte mich mit geschlossenen Augen in der Dunkelheit sehen.

Am Morgen weckte Ines uns mit Kaffee und einem Bonmot ihres Lyrikerpaares, das sie in der Nacht in dem Briefwechsel entdeckt hatte, ein kleiner Lobgesang auf die Stunden vor dem Hellwerden, und aus der Unüberlegtheit vom vergangenen Abend war für mich schon der Entschluss geworden, ihr und Carl weiterhin nichts zu sagen und sie aus der Sache herauszuhalten, solange es ging. Ich war schlechter Laune, weil Ines einfach hereingeplatzt war, und ließ sie das spüren, während ich längst wieder ängstlich nach meinem Telefon tastete, aber nichts, weder von Ulrich eine Nachricht noch von meinem Vater, der sich sonst verlässlich meldete, wenn ich ihm eine SMS schickte, und davon, dass ich ihm gegen meine Gewohnheit auf seinen Anrufbeantworter gesprochen hatte, regelrecht aufgeschreckt sein musste. Die Zeilen, die Ines zitiert hatte, nannte ich leeres Gedrechsel, und es half wenig, dass ich mich dann gleich entschuldigte, als sie mit Tränen in den Augen fragte, wem ich mit meiner Grobheit etwas zu beweisen versuchte, ich sollte es eigentlich besser wissen, und Carl sie in Schutz nahm.

»Du bist schon eine ganze Weile komisch«, sagte er. »Willst du nicht endlich sagen, was dich so sehr beschäftigt? Ist es die Sache mit deinem Vater? Geht dir das nicht aus dem Kopf?«

Ich sagte nein, war aber froh, dass er bei dem Thema blieb und damit selbst für Ablenkung sorgte, als er sich entschuldigte.

»Gestern war ich zu direkt.«

»Aber du hast doch recht gehabt.«

»Ich weiß nicht«, sagte er. »Schließlich kenne ich ihn nicht. Ich weiß nur das, was du mir über ihn erzählt hast. Es muss ja noch etwas anderes an ihm geben als seine Verrücktheit.«

Da war es bereits drei Viertel zehn, und ich hätte Carls Hinweis nicht gebraucht, um meinen Vater noch einmal anzurufen. Ich konnte mir nicht vorstellen, dass er meine Nachricht nicht abgehört hatte, und selbst wenn ich ihm erst buchstäblich post festum angeboten hatte, zu ihm zu kommen, musste er an meiner Stimme erkannt haben, wie ernst es mir war. Nicht nur, dass ich ihn schon zum wiederholten Mal Vater genannt hatte, ich war dann auch auf das alte »Papa« verfallen, mit dem ich mich nicht besser fühlte. Als ich ihn nicht erreichte, suchte ich im Netz, ob es etwas Neues zu seinen Gästen gab, aber es war wenig zu finden, bloß Wiederholungen dessen, was ich schon wusste, und in einem Lokalblatt ein gehässiger Bericht mit der Überschrift »Pensioner bald vor Gericht?«, die seinen weithin bekannten Hausnamen aufnahm, nach seinem Großvater, der mit einer kleinen Pension begonnen hatte, und darunter: »Fünfsterne-Hotelier verstößt gegen Auflagen«, woraus aber auch nichts weiter hervorging. Ich wartete ein paar Minuten und wählte seine Nummer von neuem, aber wieder vergeblich, und gab schließlich entnervt auf, weil Ines und Carl mich dazu drängten.

In einem wieder einsetzenden Nieselregen ging ich dann an diesem düsteren Tag, der zwischen Dunkelheit und Dunkelheit nie richtig zum Leben kommen würde, mit ihnen joggen, von Schnee in hundert Jahren keine Rede, mochte ich noch so sehr meine Nase in die Luft strecken und riechen und schmecken. Carl wollte auf jeden Fall mit dabeisein, und ich begleitete die beiden, weil ich sie nicht allein lassen konnte, ohne dass sich meine Gedanken verselbständigten und ich vielleicht dabei endete, dass ich mir ausmalte, sie könnten die Chance sehen und sich ohne mich auf und davon machen. Auf dem Platz, auf dem der Wagen gestanden war, stand jetzt ein anderes Auto, und als wir ins Freie traten, vergewisserte ich mich unnötigerweise, dass es leer war, schaute die

Straße hinauf und hinunter, ob ich nicht sonst etwas Verdächtiges entdeckte, und wurde um so befreiter, je weiter wir uns von dem Haus entfernten. Ich konnte mit ihnen gar nicht schnell genug wegkommen und tat mich zuerst schwer, trotzdem gelassen zu bleiben, aber nach und nach wurde es mir immer selbstverständlicher. Ines hatte ein Waldstück in der Nähe für ihre tägliche Strecke, und als wir uns zwischen den nass tropfenden Bäumen bewegten, war alle Beklemmung von mir gewichen, und ein paar Augenblicke dachte ich sogar, das Auto in der Dunkelheit am Abend davor könnte auch ein Hirngespinst gewesen sein.

Ines und Carl laufen zu sehen war wie eine Offenbarung für mich. Ich hatte Mühe, mitzuhalten, und blieb hinter ihnen, und als wir hell atmend auf einer Lichtung standen und mir die Luft kalt in die Lunge fuhr, spürte ich die Stiche auch im Kopf. Carl hatte in Frankfurt die Fußballmannschaft unserer Linie organisiert, und ich war ein paarmal als seine »Spielerfrau« mit zu einem Match gekommen und hatte ihm bei seinen Sturmläufen applaudiert, Alleingänge über das ganze Feld hinweg. Wenn er ein Tor geschossen hatte, hatte ich mich jedesmal gefürchtet, weil er dann zu mir auf die Ränge gestiegen war, um mich zu umarmen. Ich hatte da noch Angst vor den Blicken der anderen gehabt, so überschwenglich war er in seinem Triumphieren gewesen, so mächtig und stark, dass ich das lieber verborgen hätte, aber jetzt auf der Lichtung, als Carl auf mich zutrat, seine Arme um mich legte und sagte, ich solle nicht so tun, als wüsste ich nicht genau, dass ich glücklich war, hätte der ganze Wald voller Zuschauer sein können, und ich sah nur Ines über seine Schulter hinweg in die Augen.

Ich versuchte die Zeit möglichst auszudehnen, die wir vom Haus wegblieben, am Ende waren es über zwei Stunden, und als wir zurückkehrten, hatte ich gleich mehrere Nachrichten von Ulrich. Er hatte noch einmal die Frage vom Vorabend verschickt, und dann wollte er wissen, warum ich ihm nicht antwortete, und schrieb, ich solle nicht mit ihm spielen, wieder alles in Großbuchstaben, und während ich mich zu Ines und Carl in das verhängte und abgedeckte Wohnzimmer setzte, überlegte ich, was zu tun war. Sie hatten sich nach dem Duschen in die weißen Bademäntel geworfen, die sie in einem Schrank gefunden hatten, und das ließ sie auf erschreckende Weise verletzlich erscheinen, obwohl die Welt seit ein paar Jahren weiße Bademäntel mit ganz etwas anderem verband als mit Verletzlichkeit. Zwar hatten sie mit Tee begonnen, tranken jetzt aber trotz der Kälte Weißwein und kamen allmählich in Stimmung. Ich saß auf der Couch und hatte an dem Weihnachtsbaum mit den schon ganz in Auflösung begriffenen Papierblüten vorbei freien Blick auf den Platz, auf dem das Auto gestanden war, und bemühte mich, nicht alle paar Sekunden hinauszuschauen, wie wenn ich damit die Vorgänge draußen beeinflussen könnte, schrak bei jedem sich nähernden Wagen aber doch wieder auf. Als Carl sich schließlich erkundigte, ob ich jemanden erwartete, und ich nein sagte, war es wieder Ines' Lachen, das mich irritierte. Da wäre ich am liebsten auf die Straße gelaufen und hätte einen beliebigen Passanten angehalten und ihn gefragt, was er hier herumzuschnüffeln habe, aber dann entschloss ich mich, meiner Untätigkeit anders ein Ende zu setzen und Ulrich zur Rede zu stellen.

Ohne etwas zu erklären, erhob ich mich und ging hinaus, um mit ihm zu telefonieren, und er hätte ein anderer Mann sein können, so gebrochen und gleichzeitig aufdringlich klang er, als er gleich zu klagen begann. Er war zu Hause vor die Tür gesetzt worden, wie er sich ausdrückte, aber ich wusste nicht, warum er mir das überhaupt anvertraute und sich bei mir ausheulte. Sollte ich ihm deshalb durchgehen lassen, was er sich herausnahm, oder wollte er mir damit andeuten, dass er nichts zu verlieren hatte und ich ihn besser mit Samthandschuhen anfasste? Schließlich war es seine eigene Entscheidung gewesen, seiner Frau alles zu erzählen, und dass er bei null Grad und darunter ganz in seinem Wohnwagen gelandet war und angeblich seit drei Tagen nichts Warmes zu essen bekommen hatte, hatte er sich nur selber zuzuschreiben. Das einzige, was mich wirklich beunruhigte, war, dass seine Stimme sich anhörte, als würde er mit vor Kälte zusammengebissenen Zähnen sprechen, und dass er sich dennoch bemühte, ruhig zu erscheinen, als er schließlich sagte, wir hätten aber ein ganz anderes Problem und er wiederhole gern noch einmal seine Frage.

»Wer ist der Mann?«

Direkt vor dem Fenster stehend, blickte ich zu Carl hinein, der mir mit Daumen und Zeigefingern ein Herz machte und einen Kussmund wie für Instagram fabrizierte, dass ich lachen musste. Er hatte sich gerade Wein nachgeschenkt und füllte das Glas, wie es seine Art war, fast bis zum Rand mit Eiswürfeln. Vor seiner Ankunft hatte ich Ines gebeten, einen möglichst großen Vorrat davon anzulegen, denn wenn es etwas Amerikanisches an Carl gebe, sei es diese Sucht, er könne nicht genug Eiswürfel bekommen, und sie hatte das ganze Gefrierfach des Kühlschranks gefüllt. Jetzt hob er das Glas und prostete mir zu, seine Zähne zu einem Lächeln entblößt, dass ich fast vergaß, auf seine Augen zu achten, wie es mir immer mit ihm passierte, um dann nur um so mehr von seinem Blick getroffen zu werden, seiner Arglosigkeit, seiner Freude. Es gab da etwas, das es nur bei Carl gab und das ich gar nicht weiter ergründen wollte.

»Wer der Mann ist?«

Ich stand in der Kälte und sollte einem Fremden Auskunft über ihn erteilen und wusste, dass jetzt jedes Wort ein Wort sein konnte, das uns in eine Parallelwirklichkeit bugsieren würde, die nur mehr wenig mit der zu tun hätte, in der wir uns eben noch aufhielten.

»Der Mann?«

Ich wiederholte es, als wäre es nur ein Ersatzwort, das er einzig und allein gesagt hatte, um nicht ein anderes zu sagen, das er jederzeit aber sagen könnte.

»Sag bloß nichts Falsches!« sagte ich. »Ich schwöre dir, du würdest es dein ganzes Leben bereuen!«

Genaugenommen sagte ich es nicht, ich schrie es.

»Was geht dich Arschloch an, wer der Mann ist?«

Damit ließ ich ihn nicht mehr zu Wort kommen, und jedesmal wenn er etwas zu erwidern versuchte, unterbrach ich ihn.

»Du willst wissen, wer der Mann ist. Ich werde dir sagen, wer der Mann ist, du widerliches Arschloch! Der Mann ist ...«

Zuletzt fiel ich mir selbst ins Wort.

»Sag nichts! Halt deinen Mund, du Arschloch! Versuch gar nicht etwas zu sagen, oder ich komme zu dir und hole mir dich!«

Währenddessen hatte ich mich vom Fenster wegbewegt, damit Ines und Carl meine Erregung nicht sehen konnten, und als ich jetzt auflegte, lehnte ich mich an die Hauswand, um mich zu beruhigen. Viel fehlte nicht, und ich hätte mein Telefon auf den Boden geworfen und wäre darauf herumgetrampelt, doch dann besann ich mich und beließ es dabei, es auszuschalten. Ulrich zu beschimpfen war nicht klug, ich konnte nicht wissen, zu welcher Reaktion ihn das treiben würde, aber geschehen war geschehen, und meine eigene Attacke war mir immer noch lieber, als wenn ich ihm die Möglichkeit geboten hätte, sein penetrantes Fragen weiterzutreiben. Ich ging ein paar Schritte die Straße hinunter, und als ich das Haus wieder betrat, wusste ich mir nicht anders zu helfen, als Ines und

Carl den Vorschlag zu machen, mit mir ans Meer zu fahren, Hauptsache, ich brachte sie an einen anderen Ort.

»Was haltet ihr davon, noch etwas zu unternehmen?« sagte ich und gab mir Mühe, meine aufgesetzte Gutgelauntheit richtig zu dosieren. »Es stinkt mich an, hier herumzusitzen, als wären wir schon tot und wüssten es nur nicht, weil die amtliche Bestätigung auf sich warten lässt.«

Sie waren beide empfänglich für jede Verrücktheit, wenn ich sie nur überkandidelt genug vorbrachte. Zwar war der Nachmittag fortgeschritten, und wir brauchten selbst auf kürzester Strecke, allein um hinzukommen, sicher zweieinhalb Stunden, aber Ines erkundigte sich bloß, ob sie wenigstens Zeit habe, sich schnell umzuziehen, während Carl zwei Flaschen Weißwein aus dem Kühlschrank holte und einen Kübel für die Eiswürfel suchte. Dann standen sie abfahrbereit im Garten und wollten wissen, wo es überhaupt hingehe, und ich sagte, ich hätte an die Ostsee gedacht, aber wenn die sich nicht als Meer qualifiziere, müssten wir noch einmal über die Bücher gehen und würden schon etwas finden, und im nächsten Augenblick waren wir bereits auf dem Weg.

Ines hatte darauf bestanden, den Defender zu nehmen, und selbstverständlich fuhr sie. Mit Carl, der wieder seine Gesichtsmaske aufgesetzt hatte, im Fond sitzend, wusste ich nicht, ob ich die Augen offen halten oder schließen sollte. Ich erinnerte mich daran, wie ich mich einmal in San Francisco in ein Flugzeug gesetzt hatte und Carl sich in Chicago, bloß damit wir uns in Denver für ein paar Stunden treffen oder wenigstens dort in der Ankunftshalle aufeinander zulaufen konnten, bevor es für beide wieder zurückging, und hatte ein festes Gespür dafür, wie die Erfüllung eines Klischees Glück bedeuten konnte oder mehr als nur das. Die Autobahn war leer, manchmal über Kilometer kein anderer Wagen, dass Ines schließlich sagte, es sei nicht alles schlecht an einem Lockdown, und in der zunehmenden Dunkelheit stand der Himmel flach und ein bisschen schief gegen die Erde verkantet, als könnte die ganze Wolkendecke hinter deren Rand rutschen und gegen alle Logik über sich einen ungeahnten Abgrund auftun.

Die immer neuen Regeln verfolgte ich schon lange nicht mehr im Detail, weshalb ich nicht wusste, ob wir etwas Verbotenes taten oder nur etwas, von dem wegen der steigenden Zahlen abgeraten wurde, und ich konnte nicht einmal sagen, wie viele Haushalte wir waren, weil weder auf Carl noch auf Ines noch auf mich angewandt das Wort Sinn ergab, aber die ganze Fahrt über wartete ich darauf, dass hinter uns ein Blaulicht auftauchen würde oder über uns vielleicht eine Drohne mit einer Lautsprecherstimme oder gleich einem Schussapparat. Unser Ziel war Heiligendamm, wir parkten außerhalb des Ortes in einem Gebüsch, um mit unserem Berliner Kennzeichen nicht aufzufallen, und bewegten uns dann am Wasser entlang auf die im Dunst verschwommen sich aus der Dunkelheit lösenden weißen Quader und Würfel der

Villen und des Grand Hotels zu, vor dem schwarz die Seebrücke ins Meer hineinragte. Carl hatte nicht vergessen, Gläser mitzubringen, und im Klingeln der Eiswürfel gingen wir über den Strand, und Ines hörte nicht auf, ihre Galoppsprünge zu machen, mit denen sie ihre Freude kundtat, und hüpfte wie ein verrückt gewordenes Fohlen um uns herum, bis sie vollkommen verausgabt war.

Zurück fuhr ich, und da schaltete ich auch endlich wieder das Telefon an, und es war eine Nachricht von Ulrich im Eingang, einmal mehr ein einziger Satz.

»Schläft sie mit ihm?«

Es waren von neuem die verdammten Großbuchstaben. Ich wollte das Telefon wieder ausschalten, wollte dann »Nein« und wollte »Ja« schreiben und schrieb schließlich zuerst nur »Du widerliches Arschloch!« zurück, die Lettern wie eingemeißelt und nicht kleiner als seine. Jetzt saßen Ines und Carl hinten, und wenn ich mich nach ihnen umdrehte oder mich im Rückspiegel vergewisserte, sah ich, dass sie ihren Kopf an seiner Schulter hatte und er sich nicht bewegte, um sie nicht aufzuwecken. Sie war mehr oder weniger sofort eingenickt oder gab das wenigstens vor, um sich an ihn schmiegen zu können, und sooft mein Blick den von Carl kreuzte, hob er den Daumen oder lächelte hinter seiner Maske, weniger ironisch als tatsächlich selig. Wenn er auch noch eingeschlafen wäre, wäre das für mich das höchste Glück auf Erden gewesen, ich, der Beschützer, der sie beide in Sicherheit brachte, falls ich mir da trauen konnte und dann nicht womöglich gleich ein Entführer wäre. Ich fuhr gegen einen ebenso heftig wie stet auf die Windschutzscheibe schlagenden Regen an, eine Hand auf dem Lenkrad, in der anderen das Telefon, das von Ulrichs Antwort sogleich wieder vibrierte.

»Sie schläft also mit ihm?«

Das konnte nicht wahr sein.

»Sie schläft mit dem Mann?«

»Hör mit deinem beschissenen ›Mann‹ auf!« hackte ich in die Tastatur. »Sie schläft mit ihm, wenn sie mit ihm schlafen will!«

Es war alles längst viel zuviel, und das auch noch, während ich bei diesem Wetter durch die Nacht fuhr und nur mit Mühe die Straße vor mir erkennen konnte. Ich wusste nicht, warum ich mich so anstacheln ließ, aber jedesmal wenn ich mich zu Carl umwandte, wurde ich von einem neuen Wutanfall gepackt. Das brachte mich dazu, selbst immer weiterzumachen.

»Zur Zeit schlafe ich mit ihm.«

Vielleicht war das die Lösung, um dem Kerl das Maul zu stopfen und ihn zum Schweigen zu bringen, und ich tippte, ein Auge auf die Tastatur gerichtet, das andere suchend in den anhaltenden Regen, wie ein Rasender und korrigierte mich.

»Ich schlafe nicht mit ihm, ich ficke ihn!«

Mein Tippen hatte sich längst verselbständigt, als ich den Schlusspunkt setzte und dafür gern eine andere Schriftgröße gehabt hätte.

»Und er fickt mich!«

Damit schaltete ich das Telefon wieder aus und warf es neben mich auf den Sitz. Eine größere Blöße hätte ich mir nicht geben können als diesen Ausbruch, jeder Buchstabe ein Buchstabe zuviel, ein Schlag in die Luft, ein wildes Fuchteln ins Leere, ein lächerliches Bekenntnis, wo es keines brauchte. Carl hatte mich natürlich beobachtet und wollte eine Erklärung, wagte aber wegen Ines kaum seine Stimme zu heben. Er hasste es, wenn ich am Steuer meine Nachrichten schrieb, hatte jedoch längst aufgehört, mich darauf hinzuweisen, und wunderte sich jetzt nur über die schnelle Abfolge. Ich hörte, wie laut mein Atem ging, und es wäre das naheliegendste und einfachste gewesen, ihn wenigstens jetzt aufzuklären, aber ich tat es wieder nicht.

»Es ist nichts«, sagte ich. »Eine Lappalie.«

»Aber du textest, als ginge es um Leben und Tod. Du schreibst eine SMS nach der anderen und regst dich offensichtlich auf. Vielleicht sollte ich Bescheid wissen.«

Da hatte ich ihn schon dreimal verraten und verriet ihn noch ein viertes Mal, wobei ich nicht verhindern konnte, dass meine Stimme mich verriet.

»Ich rege mich nicht auf.«

Ebenso unvermittelt, wie ich das ausgesprochen hatte, blieb ich auf dem Pannenstreifen stehen, machte den Motor aus und schaltete das Warnlicht ein, weit und breit kein anderes Auto, aber es war trotzdem ein bizarres Manöver.

»Wenn du willst, kann ich auch aussteigen«, sagte ich. »Ich habe keine Lust, mich zu rechtfertigen. Können wir aufhören, uns zu streiten? Dafür ist die Sache nicht wichtig genug.«

Dabei hörte ich, wie der Regen von einem Augenblick auf den anderen viel lauter auf das Dach und auf die Kühlerhaube prasselte, scheinbar kurz aussetzte und sofort mit um so größerer Wucht wieder begann. Dann sah ich weit hinter uns ein Licht auftauchen, und während Ines im Halbschlaf wissen wollte, warum wir hielten, sagte Carl, ich solle sofort weiterfahren, ich brächte uns alle in Gefahr. Ich zog es noch eine Weile hinaus, bevor ich den Motor von neuem startete, und dann trat ich das Gas durch, trieb den Wagen schlingernd in das jetzt richtige Stürmen auf der Fahrbahn zurück und wandte mich lachend nach ihm um.

»Wer regt sich hier auf?«

Bei unserer Rückkehr war es fast Mitternacht. Ich näherte mich im Schritttempo dem Haus, nahm aber nichts Auffälliges wahr und fuhr sogar daran vorbei, als hätte ich mich vertan, drehte zweihundert Meter weiter um und suchte auch von der anderen Seite links und rechts die Parkplätze ab, und als ich das Telefon wieder anmachte, stellte ich mit Verwunderung und Erleichterung fest, dass keine neue Nachricht im Eingang war. Ines und Carl wollten ein letztes Glas Wein trinken, während ich mich in mein Zimmer zurückzog, und weil es zu spät war, meinen Vater noch einmal anzurufen, durchforstete ich die

Meldungen im Netz, ob sich in seiner Sache etwas getan hatte. Da stand jetzt, dass die Gäste nicht mehr im Hotel festgehalten werden sollten und unter der Bedingung abreisen durften, sich ohne Verzug und ohne Zwischenaufenthalt nach Hause zu begeben und dort sofort in Quarantäne zu gehen, eine Anzeige würde sie früh genug erreichen.

Das war das eine, das Sachliche, und das andere, das weniger Sachliche, war, dass es einem Journalisten natürlich, wie ich befürchtet hatte, gelungen war, die Fichtners aufzutun und ich dadurch noch einmal auf die Geschichte ihres Sohnes gestoßen wurde, der angeblich mein Jugendfreund gewesen war, egal, ob ich ihn mir ausgesucht hatte, und egal, ob das stimmte oder nicht. Er hieß Marcel, und auch wenn ich es immer vermieden hatte, ihn so zu nennen, musste ich nicht daran erinnert werden, aber es jetzt in der Zeitung zu lesen machte mich so hilflos, dass ich am liebsten laut losgeweint hätte. Ich sagte den Namen leise vor mich hin, zuerst den Vornamen, dann den Nachnamen, dann Vornamen und Nachnamen zusammen, und beschloss, den Fichtners in den nächsten Tagen zu schreiben, weil es eine lächerliche Ausflucht war, zu behaupten, ich hätte ihren Sohn kaum gekannt, und mir plötzlich einfiel, wie er mich gefragt hatte, was ich einmal werden wolle, und er der erste gewesen war, dem ich von meinem Wunsch zu fliegen erzählt hatte.

Ich lauschte, aber von Ines und Carl war kein Laut zu hören. So heftig hatte mich dieses Unbehagen noch nie befallen, wenn ich sie nicht im Blick hatte, ein Erschauern darüber, dass sie ebensogut ohne mich auskommen könnten und dass es ihnen dann vielleicht sogar besser ginge, und wenn ich die Möglichkeit gehabt hätte, unbeobachtet aus dem Haus zu gelangen, hätte ich mich wirklich auf die andere Straßenseite gestellt und Ulrichs Rolle eingenommen, von dort ins Wohnzimmer geblickt und den beiden zugeschaut, wie sie sich auf den abgedeckten Sesseln gegenübersaßen oder gar nebeneinander auf der Couch, als hätte das einen Unterschied gemacht. Gerade noch war ich ans Fenster getreten, um ein weiteres Mal zu überprüfen, ob draußen alles ruhig war, und jetzt dachte ich dieses abwegige Zeug, das ich auch schon bei dem schockverliebten Schriftsteller gedacht hatte. Der Gedanke ekelte mich, aber deswegen war ich noch lange nicht dagegen gefeit zu denken, dass ich ohne Zweifel mehr mit Ulrich zu tun hatte, als mir lieb war, genausowenig wie gegen die Frage, was er am Abend davor von seinem Auto aus womöglich zu Gesicht bekommen hatte. Zwei Körper übten eine natürliche Anziehungskraft aufeinander aus, das war reine Physik, und sie brauchten sich nicht einmal zu berühren, dass man den Funkenflug zwischen ihnen sofort erkennen konnte, wenn es mehr war.

Als Carl zu mir heraufkam, war es diesmal an mir, mich schlafend zu stellen. Bevor er die Tür schloss, hörte ich, wie er Ines eine gute Nacht wünschte und wie sie sagte, dass es ein schöner Tag gewesen sei. Ich sah ihm zu, wie er sich auszog und mit nacktem Oberkörper jetzt selbst ans Fenster trat und hinausschaute, wie ich gerade noch hinausgeschaut hatte. Danach drehte er sich um und blickte zu mir herunter, und obwohl ich es nur durch die schmalsten Schlitze meiner Augen wahrnahm, glaubte ich ein Lächeln auf seinem Gesicht zu erkennen. Vielleicht hatte ich mich getäuscht in meiner Empfindung in der Nacht davor, und es war eher umgekehrt, nicht er war mir anvertraut, sondern ich ihm, ob das bei ihm dieselbe Gönnerhaftigkeit bewirkte oder nicht.

Jedenfalls schien es ihn seltsam zu befriedigen, so dazustehen, bis er sich schließlich nur in seiner Unterhose auf den Boden niederließ und seine fünfundsiebzig Liegestütze und fünfundsiebzig Klappmesser machte, ohne die er nicht ins Bett zu bringen war, wenn er sie in der Früh vergessen hatte. Dann hob er die Decke und schlüpfte zu mir, und dann tat er etwas, was er sonst nur tat, wenn er sich ganz sicher ohne Zeugen wusste. Er sprach ein paar Verse aus einem Kindergebet, und ihn englisch sprechen zu hören, was außer beim Fliegen auch eine Seltenheit war, ihn flüsternd sagen zu hören: »Now I lay me down to sleep«, klang doch wieder wie eine Meldung vor der höchsten Instanz, an die er eigentlich nicht mehr glaubte, und machte mich schwindlig vor Sehnsucht.

Es war mir lange gelungen, mich von meinen Hubschraubervideos fernzuhalten, aber in dieser Nacht war ich so voller Unruhe, dass ich nicht anders konnte, als mein Tablet zu nehmen und auf Youtube zu gehen. Carl hatte noch eine Weile meinen Rücken gestreichelt und dann seine Hand zwischen meinen Schulterblättern liegen lassen und war schließlich eingeschlafen, und weil ich selbst keinen Schlaf fand, steckte ich mir die Stöpsel in die Ohren, damit ich das Schlattern und Blubbern und Blattern der Propeller so laut drehen konnte, wie ich wollte, und gab dem Drang nach. Ich hatte eine Zeitlang halbe Nächte damit zugebracht, die Clips anzuklicken, die ich nun von neuem anklickte, und erst seit ich Carl kannte, war ich allmählich davon losgekommen. Er hatte mich eines Nachts gefragt, was ich mir da immer anschaute, während er schlafe, und war ganz und gar abgestoßen davon gewesen, als ich es ihm gezeigt hatte, hatte drauflosgeschimpft, das sei das Widerlichste, was er je von mir zu sehen bekommen habe, aber jetzt war ich schon mittendrin und flog, die aufgehende Sonne im Rücken, in einer Rotte von wild attackierenden Kampfhubschraubern über das Meer auf eine Ansammlung von ärmlichen Hütten zu, die unter mir in Flammen aufgehen würden, während ich über sie hinwegdonnerte.

DRITTES KAPITEL

Das »C« in Carl

Die nächsten Tage blieb dann alles ruhig, und es war, als würde auch Ulrich abwarten und eine Art Weihnachsfrieden halten, bevor er doch noch einmal vorpreschte und es zu einem Showdown kam, der sich gewaschen hatte. Zu der Zeit konnte ich nicht wissen, dass er sich selbst außer Gefecht gesetzt hatte und mit ganz anderen Dingen beschäftigt war, als weiter seinen Unfug zu schreiben, und dass er deshalb schwieg, und nicht, weil er vielleicht nachgedacht hätte und zur Besinnung gekommen wäre. Er war, so viel ließ sich im nachhinein rekonstruieren, gleich nachdem ich ihm meine wütenden SMS geschickt hatte, auf dem Weg vom Wohnwagen zur Villa in der Dunkelheit über eine Baumwurzel gestolpert, mutmaßlich betrunken, und hatte mit einem Kieferbruch ins Krankenhaus gebracht und dort operiert werden müssen, keine Kleinigkeit an einem 22. Dezember, wo alle schon an die Ferien dachten, und besonders erschwert dadurch, dass sämtliche nicht dringenden Operationen wegen des Virus aufgeschoben wurden und man auch für die notwendigen erst jemanden finden musste, der verfügbar war. Natürlich hätte es unsere Lage entspannt, wenn wir das alles bereits da geahnt hätten, aber wir erfuhren erst später davon, weshalb ich all die Tage mit der Befürchtung lebte, dass von einem Augenblick auf den anderen etwas Schreckliches geschehen könnte.

Darum konnte es mir gar nicht schnell genug gehen, dass Carl gleich am Morgen nach unserem Ausflug ans Meer aus dem Haus war, weil er an dem Tag zu seiner Mutter fuhr, die ihn zwar nicht erwartete, aber insgeheim wohl hoffte, dass er kam. Ich verabschiedete mich von ihm vor dem Weihnachtsbaum im Garten, dessen Papierblüten längst in einem trostlosen Zustand waren, formlose Fetzen, die noch an den Zweigen hingen oder unter dem Regen längst auf den Boden gefallen waren, und er sagte, ein oder zwei Tage könne er mich doch mit meiner Schwester allein lassen, dann sei er wieder zurück. Als ich ihn fragte, ob wir uns nicht lieber woanders treffen sollten, wehrte er ab, ich hätte Ideen, was ich denn vorschlüge, ob ich glaubte, dass uns ein Hotel aufnehmen würde, wenn wir nicht beweisen könnten, dass wir auf Familienbesuch waren, außerdem gefalle es ihm in dem Haus, und soviel er wisse, habe Ines kein Interesse gehabt, ihn loszuwerden. Ich hatte ihm mein Auto aufgedrängt, weil ich nicht wollte, dass er unter den augenblicklichen Umständen noch einmal stundenlang mit Fremden im Zug saß, und er fuhr im Schritttempo die Straße hinunter, seine Hand winkend aus dem Seitenfenster gestreckt, bevor er an der ersten Ecke verschwand und, wie es seine Art war, dort umdrehte und wieder auftauchte und im Vorbeifahren mit Zeige- und Mittelfinger ein Victory-Zeichen machte.

Ines war noch nicht aus ihrem Zimmer gekommen, aber ich sah sie an ihrem Fenster, wie sie ihm nachschaute, und ich wusste, dass nicht die besten Stunden vor uns lagen. Sie ging nicht joggen, arbeitete ein wenig, ließ es jedoch gleich mit der Bemerkung wieder sein, ich hätte schon recht, diese Lyriker könnten einem ganz schön auf die Nerven gehen mit ihrer Blindheit für alles und jeden außer für sich selbst, und ich merkte, dass sie sich auf eine ihrer schleichenden Panikattacken zubewegte, bei denen nicht einmal mehr ihr Atmen selbstverständlich zu sein schien und ich mich nicht gewundert hätte, wenn sie mir mit der Bitte gekommen wäre, ihr Kommandos zu geben. Sie mochte diese Tage nicht, sie erwartete sich nichts von ihnen, und dann sickerte doch etwas ein, das sich von Erwartung nicht unterscheiden ließ, und sie war heillos vor Ungenügen, weil sie der Tatsache nicht mehr ausweichen konnte, dass Weihnachten war. Wir umschlichen uns den ganzen Vormittag im Haus, Ines war am Nachmittag eine Weile mit dem Defender unterwegs und gab mir beim Losfahren genauso zu verstehen, dass sie mich nicht dabeihaben wollte, wie sie bei ihrer Rückkehr kein Wort darüber verlor, wo sie gewesen war, und ich könnte im nachhinein gar nicht sagen, wie wir in den Abend kamen, aber irgendwann fanden wir uns in der Küche ein und machten uns über den Speck unseres Vaters her, an dem wir uns schon in den vergangenen Tagen gütlich getan hatten, während von seinem Zelten längst nichts mehr übrig war.

Ich wusste, dass sie darauf wartete, dass ich von Carl zu sprechen begann, aber ich tat nichts dergleichen, und wir waren schon bei der zweiten Flasche Wein, als sie sich nicht mehr zurückhalten konnte.

»Verherrlichst du ihn nicht ein bisschen zu sehr?«

Sie versuchte gar nicht zu verbergen, dass er ihr nicht aus dem Sinn ging, und auch ich tat nicht weiter überrascht, dass sie ohne Umschweife damit anfing.

»Ich beobachte dich«, sagte sie. »Du bist anders.«

Es klang weniger nach einem Vorwurf als erstaunt.

»Wie bin ich denn?«

»Anders«, sagte sie noch einmal. »Du traust dich mit ihm nicht so zu sein, wie du wirklich bist. Als ob du die ganze Zeit Angst hättest, etwas falsch zu machen. Du verhältst dich, als würde jemand hinter dir stehen und dein Verhalten benoten.«

Ich sagte: »Und wenn ich so wäre, wie ich jetzt bin, und du mich immer nur erlebt hättest, wie ich nicht bin?«, aber sie tat das als Spitzfindigkeit und Wortklauberei ab.

»Bei jedem anderen wärest du mir schon mit tausend Fehlern gekommen«, sagte sie. »Nur bei ihm findet sich nichts. Nicht, dass ich mich nicht für dich freue! Aber bei aller Verliebtheit, er scheint einfach zu perfekt zu sein.«

Ich sagte, das klinge ja, als hätte sie etwas an ihm auszusetzen, aber sie stellte es sofort in Abrede.

»Habe ich nicht.«

»Was ist dann das Problem?«

»Es gibt kein Problem«, sagte sie. »Wahrscheinlich liegst du richtig. Das ist das Problem. Ich müsste schon etwas suchen und dabei jedes Härchen umdrehen.«

Dann kam sie mit einer lustigen Eröffnung.

»Ob du es glaubst oder nicht, er hat gesagt, ich würde eine formidable Schwägerin für ihn abgeben.«

Das sah Carl ähnlich, und ich bestätigte ihn lachend.

»Soll ich ihm einen Antrag machen?«

»Du kannst es dir zumindest überlegen«, sagte sie. »Sonst mache ich es, und er bekommt einen Schwager, der vielleicht nicht ganz so formidabel ist.«

Zwei Nächte davor hatte sie sich noch zu der Aussage verstiegen, Carl sei der erste meiner Freunde, der mich verdient habe, eine Formulierung, die eigentlich nicht zu ihr passte, und ich versuchte das jetzt alles zusammenzubringen, aber sie bat mich zu vergessen, was sie gesagt habe, es sei ihr nur so durch den Kopf gegangen, ein Eindruck, der nicht viel bedeuten müsse. Sie wartete, und als ich nichts erwiderte, meinte sie, ich dürfe sie nicht missverstehen, und dann wollte sie wissen, ob ich sie denn überhaupt noch liebte, und wir hatten dieses Gespräch, das wir fast jedes Jahr zum Jahresende führten, einmal ernster, einmal weniger ernst und allein dem Ritual geschuldet, spulten unseren schon eingeübten Dialog ab, ob wir nicht alles hinter uns lassen und weggehen sollten, irgendwohin, wo uns niemand kannte, und dort nicht wie Bruder und Schwester leben, sondern wie Mann und Frau. Manchmal war es nur eine Pflichtübung, die wir uns schuldig zu sein glaubten, aber manchmal entzündete es einen Glutkern, der immer noch schwelte, die Spekulationen wurden mit jedem Satz gewagter, und wir redeten uns Schritt für Schritt aus der Welt hinaus. Ich war stets empfänglicher dafür gewesen als Ines, aber auch sie hatte jeweils ihren Anteil gehabt, und an ihren wirklich schlechten Tagen konnte sie sogar die treibende Kraft sein und mich mit sich fortreißen und an alles wieder glauben lassen, wie es mir allein nie gelungen wäre.

»Wir könnten nach Amerika gehen«, sagte sie jetzt, wie ich es so oft selbst gesagt hatte. »Ich finde schon einen Ort, wo ich unterrichten kann, und du fliegst wieder. Wir könnten irgendwo ein Haus haben, und niemand würde wissen, wo wir sind, Elias. Stell dir vor, nur du und ich! Für alle anderen wären wir verloren. Es wäre so, als würde es uns gar nicht geben.«

Das waren immer meine Wunschträume gewesen, nicht ihre, und ich sagte ihr das und versuchte sie eine Spur zu mäßigen.

»Vielleicht kommt das nur von deiner Panik, Ines.«

Ich warf ihr einen unsicheren Blick zu.

»Du weißt, was morgen für ein Tag ist.«

»Aber es ist doch nicht deswegen«, sagte sie. »Es ist das, was ich mir wünsche. Eine kleine Universitätsstadt in den Bergen. Meinetwegen könnte es sogar Boulder sein, wenn du dich dort nicht wieder gehenlässt. Ich schreibe sinnlose Aufsätze und warte, dass du von deinen Flügen zurückkommst. Am Abend sitzen wir auf der Veranda und schauen hinaus in die Prärie.«

»Warum *sinnlose* Aufsätze?«

»Na ja«, sagte sie. »Sind sie nicht sinnlos?«

»Jedenfalls würdest du es nicht lange aushalten.«

»Kann schon sein«, sagte sie. »Aber wir sollten es wenigstens versuchen und nicht immer schon vorher Bescheid wissen, was alles nicht geht.«

Ich schlief nicht bei ihr, obwohl sie mich fragte, und sie kam auch in der Nacht nicht zu mir, selbst wenn die Türen zwischen uns weit offen standen, und lag wahrscheinlich die ganze Zeit wach und versuchte ihre Atmung zu kontrollieren, und am nächsten Morgen entlud sich ihre Anspannung in einem Ausbruch. Natürlich, es war der 24. Dezember, und da brauchte es für eine Katastrophe nicht viel, aber wer hätte gedacht, dass ausgerechnet der schockverliebte Schriftsteller sie auslösen würde, von dem eine Weihnachtserzählung in der Zeitung abgedruckt war? Ich war gleich nach dem Wachwerden hinausgegangen, um sie zu kaufen, und als Ines sie beim Frühstück durchblätterte und darauf stieß, war es um sie geschehen, und sie schraubte sich in die hellste Erregung hinauf.

»Eine Weihnachtserzählung! Was soll diese ekelhafte Scheiße? Ausgerechnet der kranke Typ schreibt eine Weihnachtserzählung!«

Sie las sie und unterbrach sich zwischendurch immer wieder, und selbstverständlich hatte sie recht, einen Mann in einer verschneiten Winternacht nach dreißig

Jahren bei einer Frau aufkreuzen zu lassen, die allein auf dem Land lebt und die nicht mehr mit ihm verbindet als ein One-Night-Stand vor einem halben Leben, war eine Stalkergeschichte par excellence. Was wollte der Spinner an ihrer Tür? Ines sagte, die Weihnachtserzählung sei per se ein klebriges Genre, aber es bleibe trotzdem bizarr, dass dem schockverliebten Schriftsteller immer noch nichts Besseres einfalle, als seine Phantasie derart ins Kraut schießen zu lassen. Wie konnte er nur gleich wieder mit so etwas kommen? Er hatte nach seiner Düpierung durch sie lange nicht Tritt gefasst, war nach ihrer Entgegnung auf sein Buch in der Branche eine richtige Lachfigur geworden, die keiner mehr ernst nahm, und zeitweilig sogar in der Psychiatrie gelandet, und das war seine erste Publikation seit Jahren, wie sie angeekelt aus den biografischen Angaben zitierte.

»Was glaubt der Kerl?« sagte sie. »Ich würde am liebsten aufstehen und schauen, ob Fenster und Türen verriegelt sind. Das muss man sich erst einmal trauen. Dieser ganze Schmus vom verpassten Glück, das sich vielleicht irgendwann doch noch finden lässt, und einer zweiten Chance. Eine zweite Chance im Rentenalter, und dann lesen die Leute das und wundern sich, warum sie von Tag zu Tag mehr verblöden und den letzten Rest Würde verlieren. Genausogut hätte er den elenden Wiedergänger auch aus dem Grab auftauchen lassen können, aber wahrscheinlich würden sie nicht einmal das als gruselig empfinden, weil in ihren Kitschhirnen selbst einer Leiche mit

Penis das Recht auf Liebe zugestanden wird. Sie muss sich nur läutern und zeigen, dass sie aus den Fehlern der Vergangenheit gelernt hat, und darf sich als Knochengerippe an den Familientisch setzen und erzählen, dass das wahre Leben erst beginnt.«

Sie war jetzt nicht mehr zu halten.

»Und natürlich ist der Protagonist Schriftsteller wie sein erbärmlicher Schöpfer. Die Herrschaften glauben ja immer noch, sie hätten mehr Rechte als andere Leute. Habe ich dir je erzählt, wie damals alles mit ihm angefangen hat?«

Sie hatte es mir hundertmal erzählt, aber das hinderte sie nicht, es noch einmal zu tun. Es war bei einer gemeinsamen Lesung gewesen, sie hatte durch den Abend geführt, und der schockverliebte Schriftsteller, den sie nicht einmal zwei Stunden davor kennengelernt hatte, hatte ihr auf dem Podium einen Zettel zugeschoben, auf dem stand: »Darf ich Sie begehren?« Sie hatte die Frage vor mir schon in allen Tonlagen probiert, aber so, wie sie jetzt Silbe für Silbe aussprach, klang es, als wäre sie ihr davor noch nie in ihrer ganzen abgehalfterten Verschmocktheit bewusst geworden. Dann drückte sie sich zwei Finger gegen den Kehlkopf und wiederholte sie mit der Stimme eines Zombies, wobei sie mir in die Augen sah.

»Kannst du dir das vorstellen?«

Ich konnte mir vieles vorstellen, schwieg jedoch.

»Eigentlich hätte ich ihn sofort auffliegen lassen sollen«, sagte sie. »Er hat mir leid getan, aber Erklärung ist das keine, und ich verzeihe mir immer noch nicht, dass ich das versäumt habe. Ich hätte einfach laut vorlesen müssen, was er mir geschrieben hat, und der Alptraum wäre vorbei gewesen, noch bevor er richtig begonnen hätte. Dann wären mir die Monate danach erspart geblieben, und ich hätte mich nicht am Ende auch noch mit seiner pappigen Anhänglichkeit und seinen schlabberigen Unterhosen auseinanderzusetzen gehabt.«

Ich zog mich zurück, um unseren Vater anzurufen, den ich auch am Tag davor nicht erreicht hatte. Jetzt nahm er beim ersten Klingeln ab und war zuerst ruhig, als läge die ganze Geschichte mit seinem vermasselten *Vier Tage, drei Nächte* hinter ihm und ginge ihn nichts mehr an, was auch immer da in Zukunft auf ihn zukommen mochte, steigerte sich aber dann doch wieder schnell in alles hinein. Die Lokalzeitung, die bereits mehr als nur Unfreundliches über ihn zu berichten gewusst hatte, wollte herausgefunden haben, dass er als einer der ersten in seinem Gewerbe Anspruch auf sogenannten Umsatzersatz wegen der abgesagten Wintersaison geltend gemacht habe, und forderte ihn auf, angesichts des Unterbringungsskandals mit seinen Gästen entweder darauf zu verzichten oder alles, was er womöglich schon erhalten habe, umgehend bis auf den letzten Cent zurückzuzahlen.

»Als ob ich um den Dreck angesucht hätte«, sagte er. »Ich bin doch nicht so blöd, mir Bettelgeld aus Wien zu holen und mir dafür in die Bilanzen schauen zu lassen. Die gewähren dir heute ein paar Tausender und fordern sie morgen in Millionen zurück, und triezen lasse ich mich von diesen Beamtenseelen sowieso nicht. Wenn die glauben, mir etwas anhängen zu können, sperre ich die Hütte einfach ganz zu, dann müssen sie erst sehen, wer die Kredite bedient. Schließlich zahle immer noch ich die Banken und nicht die Banken mich.«

Die Gäste waren alle längst zu Hause, er hatte das Hotel geschlossen, nach dem Nötigsten konnte der Hausmeister sehen, den er noch von seinem Vater geerbt hatte, und darum eröffnete er mir jetzt, dass er gleich nach den Feiertagen und über Silvester nach Südafrika wolle. Mit den geltenden Reisebeschränkungen hätte der Mond kaum ferner liegen können, aber offenbar hatte er eine Möglichkeit gefunden, dort hinzukommen. Die Hoteliers, die er an den Samstagen beim Wegbringen des Abfalls am Müllplatz traf, hatten am Ende eine Interessensgemeinschaft gebildet, und mit ihnen gemeinsam hatte er vor, der tristen Situation zu Hause zwei oder drei Wochen lang den Rücken zu kehren, in der Hoffnung, dass danach alle wieder besser aus der Wäsche schauten, wie er sagte.

»Aber warum ausgerechnet Südafrika? Was willst du dort, Vater? Hättest du dir nicht einen weniger problematischen Zeitpunkt dafür aussuchen können, und gibt es im Augenblick überhaupt Flüge?«

Schon wieder »Vater«, und er nahm es gleich auf.

»Hast du dich etwa noch einmal unter die Fittiche einer Therapeutin begeben, dass du nicht aufhören kannst, so mit mir zu reden? Soll ich dich ›Sohn‹ nennen? Glaubst du, wir verstehen uns dann besser?«

Um die Flüge hatten sich die anderen gekümmert, und er sagte dazu nur, es gebe zu jeder Zeit und an jedem Ort alles, wenn man bereit sei, dafür zu zahlen.

»Wieso will dir das nicht in den Schädel, Elias?«

Ich war an diese Art seines Maßregelns gewöhnt und ließ es an mir abperlen, erkundigte mich bloß, was er in Südafrika überhaupt vorhabe.

»Vielleicht ein bisschen chillen«, sagte er, um mich zu provozieren, weil er genau wusste, wie sehr ich es hasste, wenn er glaubte, meine Sprache nachzuahmen, die gar nicht meine Sprache war. »Ein bisschen golfen. Womöglich schieße ich auch etwas. Ein bisschen in der Sonne liegen und den Herrgott einen guten Mann sein lassen.«

»Aber was willst du denn schießen, Vater?«

»Spielt das eine Rolle?« sagte er. »Man wird mir schon sagen, was man dort schießt. Ein Elefant muss es ja nicht sein, Elias! Aber ich nehme stark an, dass in dieser Ecke der Welt etwas herumläuft, das sich schießen lässt.«

Es war jetzt nicht mehr ernsthaft mit ihm zu reden. Er tat das absichtlich, weil er dachte, mich mit seinen Sprüchen aus der Reserve locken zu können, aber ich ging nicht darauf ein und fragte ihn bloß, ob er sich erkundigt habe, wie dort im Augenblick die Situation sei. Obwohl klar sein musste, was ich meinte, hakte er nach, ob ich mich nicht deutlicher ausdrücken könne, allein davon, dass man ein Wort nicht in den Mund nehme, gehe das Problem schließlich nicht weg.

»Die Situation mit den Schwarzen?«

»Aber die meine ich doch nicht. Stell dich nicht unwissender, als du bist, Vater! Ich meine das Virus.«

»Dann hör mir auf mit der Situation!« sagte er. »Ich habe schon zu Hause eine Situation gehabt. Das muss für eine Weile reichen, und wenn ich das Wort ›Virus‹ noch einmal höre, laufe ich schreiend davon, Elias! Ich brauche nicht jetzt dort auch noch eine Situation.«

»Vielleicht solltest du mehr auf dich achtgeben. In deinem Zustand ist es zur Zeit nicht angeraten, um die halbe Welt zu reisen, Vater. An dein Alter muss ich dich nicht erinnern. Dein Blutdruck …«

»Was soll mit meinem Blutdruck sein?«

Er gab sich plötzlich ganz ablehnend und stürzte sich darauf, obwohl ich ahnte, dass er lieber an seinem Alter herumdiskutiert hätte.

»Mein Blutdruck ist ok, Elias!«

»Das kann ich mir nicht vorstellen«, sagte ich. »Aber du musst es selbst wissen. Vergiss wenigstens deine Medikamente nicht. Es bringt dir nichts, wenn du den Helden spielst, Vater! Ich bin sicher, die kleinste Aufregung genügt, und du bist über zweihundert. Du brauchst dich nur jetzt zu messen, aber sag bloß nicht, ich sei schuld.«

Ich hörte, wie er schluckte, und dann war es ein Lachen, das am ehesten wie das Stottern eines nicht anspringenden Motors klang.

»Glaubst du, deine Zahlen können mich beeindrucken? Hat mich zweihundert jemals umgebracht? Damit bin ich immer gut gefahren, und ich werde den Teufel tun und mich jetzt auf deinen Befehl hin messen. Und Schuld, Elias, seit wann reden wir von Schuld? Du hast doch nicht etwa Angst um mich?«

Ich wollte sagen: »Und wenn, Vater?«, aber er sagte schon: »Ach was!«, und dann sollte ich ihm Ines ans Telefon holen, und wir sprachen nicht mehr, bis er von seiner Reise wieder zurückkam und sogleich in einen neuen Skandal verstrickt war. Denn er und seine Compagnons brachten einen ungebetenen Gast mit ins Land, und hätte es nicht den Ernst der Lage gegeben und wäre es für viele nicht so schrecklich gewesen, hätte es auch eine gewisse poetische Schönheit gehabt, dass sich die südafrikanische Variante des Virus, wie sie genannt wurde, eine Weile ausgerechnet in den nicht gerade zuzugsfreundlichen Tälern im tiefsten Tirol breitmachte. Jedenfalls wusste sie sich dort ein paar Wochen lang am besten aufgehoben, ja, fühlte sich vielleicht sogar heimisch, und man wird dereinst nicht umhinkommen, bei der Aufzählung der Verdienste meines Vaters auch darüber zu sprechen.

Ines ließ ihn nicht so leicht wegkommen mit seiner Mischung aus Grobheit und Flapsigkeit, und selbst wenn auch sie nichts ausrichten konnte bei ihm, hatte sie dann klare Worte, es sei eine Schande, dass er sich eine solche Safari herausnehme.

»Wenn er nur irgendeinen plausiblen Grund hätte, dorthin zu fahren, und sei es meinetwegen eine Geliebte!« sagte sie. »Stattdessen redet er plötzlich von seinen Kumpeln, als hätten sie ihm ins Hirn geschissen! Er hasst das Wort ›Urlaub‹, aber was anderes soll es denn sein? Diese Müllplatz-Hoteliers sind ihm doch sonst auch am Arsch vorbeigegangen, und auf einmal will er ausgerechnet in ihnen die größten Herzensfreunde haben!«

Sie verbrachte die nächsten paar Stunden mit weiteren Telefonaten, rief ihre Freundinnen aus allen möglichen Lebensphasen, rief ihre Mutter an, die längst als Prinzip akzeptiert hatte, dass zu Weihnachten nicht mit Ines zu rechnen war, und schwankte zwischen Hochstimmung und Niedergeschlagenheit, weil sie bei jedem Anruf minutenlang nachhorchte, ob er an diesem Tag überhaupt willkommen war oder ob sie sich vielleicht zu weit vorgewagt und irgendwelche familiären Tabus verletzt hatte, die sie andererseits natürlich nicht scherten. Mit ihrer Mutter hatte sie bereits am Tag davor gesprochen, und diese musste ihre Verlorenheit aufgeschnappt haben, weil sie ihr jetzt wieder vorschlug, zu ihr zu kommen, wenn sie es in Berlin nicht mehr aushalte, dann feierten sie eben erst am morgigen 25. oder am 26., oder sie solle zumindest etwas einnehmen, um ein bisschen zur Ruhe zu gelangen. Ihre Mutter hielt sich mit ihrem Mann im Schwarzwald auf, wo er ein Ferienhaus besaß, in seinem Zweit- oder Drittwohnsitz, wahrscheinlich alles legal, und Ines, die eine Weile bloß zuhörte, wurde dann doch laut.

»Was soll ich dort, Mama?« schrie sie. »Mit meinem Stiefvater Choräle singen und so tun, als hätte ich mir das jemals ausgesucht? Weihnachten im Schwarzwald, und ich die brave Tochter? Klingt das nicht wie ein besonders böses Märchen, bei dem sich am Ende alle an die Gurgel gehen?«

Dann war es schon nur mehr ein Automatismus, ein leeres Jonglieren mit Worten, genau das, was sie selbst einmal die lächerlichste von allen Schriftstellerkrankheiten genannt hatte.

»Ich hasse Weihnachten, und wenn ich etwas noch mehr hasse, kann es nur der Schwarzwald sein. Was glaubst du, was herauskommt, wenn du beides kombinierst? Weihnachten im Schwarzwald ist allein als Vorstellung die schlimmste Qual für mich.«

Zum Gegenzauber schaute ich mir die Bilder an, die Carl aus dem Garten seiner Mutter geschickt hatte. Er stand dort nicht, wie angekündigt, mit Wunderkerzen in den Händen, aber mit weit ausgebreiteten Armen und einem Lachen, das man trotz der Maske, die er trug, und trotz der tief in die Stirn gezogenen, kunstfellbesetzten Kapuze in seinen Augen wahrnehmen konnte, ein hell leuchtendes Strahlen. Das Bild hatte seine Mutter aus dem offenen Fenster aufgenommen, aber er betonte, er habe sich nicht von seinem Vorsatz abbringen lassen, sich mit ihr nur im Freien zu unterhalten, obwohl sie ihn gebeten habe, es doch nicht so genau zu nehmen und hereinzukommen, und fast nicht daran zu hindern gewesen sei, auf ihn zuzustürzen und ihn zu umarmen. Er habe sie dann gedrängt, einen Besen zu holen, und sie auf Stiellänge auf Abstand gehalten, wie er sich ausdrückte, weil es anders nicht gegangen wäre. Carl schlief bei Freunden in der Nähe und konnte in den Garten kommen, sooft es seine Mutter danach verlangte, ihn zu sehen, und sein Kommentar war, es verlange sie alle zwei Stunden danach. Ich schrieb ihm zurück, ich könne sie verstehen, weil es mir nicht anders gehe, und würde unseren Weihnachtsbaum gleich von den letzten Überresten seiner kleinen Kunstwerke befreien, die nicht mehr wiedererkennbar seien, und ihn noch einmal schmücken, und dann ging ich tatsächlich hinunter, kluppte ein paar Kerzen in die Zweige, zündete sie beim Dunkelwerden an und bat Ines heraus, die sich ein dramatisch langes, schwarzes Samtkleid angezogen hatte und mit mir schweigend vor dem Wunder stand, kein Wind, kein Regen, Stille und die längste Zeit auch kaum ein Flackern in den Flammen, bis eine Böe wild in sie hineinfuhr und sie mit einem Schlag löschte.

Wir wärmten die Gans auf, die sie vorgekocht aus einem Restaurant hatte kommen lassen, und es war immer noch nicht das Schlimmste passiert, immer noch alles nicht ganz aus dem Gleichgewicht. Ines »extemporierte«, wie sie es liebte, während sie am Küchentisch saß und die Weine öffnete, sie sprach über Essen, sprach über Essen und Sex und am Ende nur mehr über Sex, und das bedeutete, dass ihre Stimmung gleich umschlagen würde. Heraus kam ein überdrehter Monolog darüber, dass sie den Verdacht habe, man könne die Romane von älteren Männern danach klassifizieren, wie sie entgleisen, entweder ins Schlüpfrige oder in den ewigen Ersatz der sogenannten Gaumenfreuden, wo jeder »gute Tropfen« und jeder »Schmaus« wie ein Hochamt zelebriert werde.

»Die fleischlichen Genüsse!« sagte sie, obwohl es eigentlich »leiblich« hieß. »Klingt das nicht scheußlich? Und was macht einer damit, wenn das eigene Fleisch zu verwesen beginnt? Die Begierde, das Begehren, das ewige Fressenwollen, während man in Wirklichkeit schon von innen aufgefressen wird?«

Sie schien sich ihres Mundes nicht mehr sicher zu sein, so wie sie die Lippen schürzte und mit wie einwärts gekehrten Augen darauf herunterschielte.

»Manchmal ist einer von denen bereits übergriffig, wenn er vom Essen redet. Du musst es dir bei den krassesten Fällen nur einmal anschauen! Alles ein einziges sich Einverleiben, Vertilgen, Verzehren, Vernaschen, Verdauen und wieder Ausscheiden und Ausgeschiedenwerden.«

Dann schien sie plötzlich genug davon zu haben und wollte von einem Augenblick auf den anderen wissen, wo ich jetzt am liebsten wäre, und ich ahnte, dass es zu spät war. Denn sie verzieh sich keine Sentimentalitäten, und genaugenommen war auch das mein Part. Wir hatten uns in den beiden letzten Jahren, bevor man uns gesagt hatte, dass wir Bruder und Schwester waren, an diesem Tag im Dorf immer sacht auf die Mitternachtsstunde zugetrunken. Dazu waren wir von Haus zu Haus gegangen, wo es für den Sohn des Pensioners und seine Freundin aus Deutschland überall ein Glas zum Festtag gab, ohne dass irgendwer nach unserem Alter fragte, und am Ende waren wir vor der Kirche gestanden und hatten darauf gewartet, dass die Leute aus der Mette kamen und der im Kirchturm plazierte Knecht von jenseits der Grenze auf seiner Trompete ein erst allmählich erkennbares »Stille Nacht« in die Welt hinausblies, das die Erinnerung auch noch mit einem langsam einsetzenden Schneefall garnierte, egal, ob es in Wirklichkeit geschneit hatte oder nicht.

Ich ahnte, dass Ines daran dachte, und ich ahnte, dass sie im selben Augenblick dachte, dass eine solche Rückkehr nicht einmal im Traum eine Option war, und dann automatisch weiterdachte, dass all die Optionen, die sie hatte, auch nicht besser aussahen. So weit kannte ich sie, so weit wusste ich, dass sich ihr Denken, wenn es erst einmal in Gang gesetzt war, nicht stoppen ließ, bevor es sich an sich selbst verbrannt hatte. Außer zu warten, dass sie vielleicht noch ein paar sarkastische Bemerkungen machte, konnte ich nicht viel tun, und darum nahmen wir unser Festmahl fast wortlos zu uns und verzogen uns bald in unsere Zimmer. Zwar ließ ich meine Tür offen, aber sie machte die ihre zu, und ich lag im Bett und hoffte, dass die Verfinsterung, in die sie gestürzt war, möglichst schnell verfliegen würde.

Die beiden folgenden Tage waren dann das Nachspiel dazu, beinahe als wären sie gar nicht auf dem Kalender, ein paar kurze Spaziergänge in dem Elend, zu dem sich das Jahr entwickelt hatte, die Straßen, durch die wir kamen, leer wie sonst nie, die wenigen Passanten grau und geknickt, als gäbe es die Mauer wieder und wir wären auf der falschen Seite gelandet und lebten schon seit einer halben Ewigkeit in dieser Malaise, ein paar Joints, die wir rauchten, Stunden, die wir auf der Couch verbrachten und uns eine Serie auf dem Laptop ansahen, von der ich gleich danach nicht hätte sagen können, worum es ging, und für einen Moment war ich sogar froh, dass wir wenigstens aus unserer Lethargie gerissen wurden, als spät am Abend des zweiten Tages die SMS von Ulrich kam. Das änderte sich jedoch sogleich, als ich sie las und augenblicklich in die alte Alarmiertheit verfiel. Denn jetzt schrieb er nicht mehr »der Mann«, sondern »der Affe«, fast schon geschenkt, dass es erneut in Großbuchstaben war.

»Ist der Affe immer noch da?«

Zwar sprach ich es nicht aus, aber noch während ich überlegte, weiter alles vor Ines zu verbergen, musste sie etwas an meinem Blick aufgefangen haben und sagte, ich solle es nicht einmal versuchen.

»Sag mir, von wem die Nachricht ist.«

Es war mir gelungen, nicht mehr an Ulrich zu denken, und weil ich zu der Zeit von seinem Kieferbruch noch nichts wusste, der ihn offensichtlich auf andere Gedanken gebracht und eine Weile von seinen Ekelhaftigkeiten weggehalten hatte, wirkte es auf mich, als hätte er gründlich darüber nachgedacht, wie er die Eskalation weitertreiben könnte, und war zu diesem Ergebnis gekommen. Volle vier Tage, und schließlich nur »der Affe«, sonst alles wie zuvor! Ich antwortete ihm nicht, aber diesmal behielt ich es nicht für mich, sondern ließ Ines endlich daran teilhaben, wobei ich den Ausdruck vermied, und wenn ich auch die heftigste Reaktion von ihr erwartet hatte, war ich nicht darauf gefasst, was dann alles auf mich niederging.

»Und das zögerst du auch noch hinaus? Ich habe dich gebeten, mir das Schwein vom Leib zu halten, und dir fällt wieder nichts Besseres ein, als hinter meinem Rücken mit ihm zu paktieren! Wie lange geht das schon so?«

Wir saßen im Wohnzimmer, kurz vor dem Zubettgehen, und ich sollte mich erklären und kam fast nicht dazu, weil sie mich nach jedem zweiten Satz unterbrach und beschimpfte.

»Du wagst es, mir zu sagen, dass er uns von seinem Auto aus beobachtet hat, und hast mir die ganze Zeit nichts davon erzählt? Ich könnte dich würgen, Elias! Hast du das aus Feigheit oder aus Berechnung getan?«

Ich sagte, ich hätte bloß versucht, alle Unannehmlichkeiten von ihnen beiden fernzuhalten, und sie machte nur die Andeutung einer Handbewegung, als lohnte sich kein Aufwand, das Wort beiseite zu wischen.

»Unannehmlichkeiten nennst du das?« fuhr sie mich an. »Ich werde dir gleich sagen, wie ich es nenne. Was schreibt das Dreckschwein denn genau? Er wird sich ja nicht ausdrücken wie ein Priesterseminarist.«

»Er erkundigt sich, ob Carl noch da ist.«
»Sag mir genau, was er schreibt!«
»Das habe ich dir doch eben gesagt.«
»Er kann nicht wissen, wie Carl heißt, es sei denn, du bist so blöd gewesen, ihm das zu verraten. Hör auf, herumzueiern und mich für dumm zu verkaufen, Elias! Er kann Carl gar nicht Carl nennen.«

Ich sagte, das hätte ich auch nicht behauptet, aber sie riß schon das Telefon an sich, das ich in der Hand hielt, seit ich Ulrichs SMS gelesen hatte, und scrollte sich mit fliegenden Fingern durch meine Nachrichten, während sie in einem fort weitertobte und ganz nach ihrer Art beim Streiten jeden Satz zerpflückte, als wäre man mit ihr vor Gericht oder in einem Linguistikseminar.

»Hast du nicht gesagt, er will wissen, ob *Carl* …?«
Dann stieß sie auf das Wort.
»Der Affe?«

Sie war augenblicklich still und reichte mir das Telefon, legte es aber, bevor ich danach fassen konnte, neben sich auf den Boden, als ginge es darum, Beweismaterial zu sichern, und sie könnte mir nicht vertrauen. Schon richtete sie ihren Blick aus dem Fenster, sagte: »Ok!«, sagte wie abwesend: »Der Affe?«, sagte noch einmal: »Ok!«, und es war eine solche Resigniertheit in ihrer Stimme, dass ich erst gar nicht versuchte zu sagen, Ulrich müsse ja nichts weiter damit gemeint haben, eine sinnlose Beschwichtigung, an die ich selbst nicht glaubte, weil ich bereits in seinem »der Mann« eine ungute Färbung wahrgenommen hatte. Sie schien zu überlegen, stand auf, trat an den Tisch, auf dem ihre Arbeitsutensilien ausgebreitet waren, nahm einen Stapel Blätter in die Hand, als könnte sie darin etwas finden, das ihr weiterhalf, teilte ihn in zwei Stöße und fing an, sie wie ein übergroßes Paket Spielkarten ineinanderzuschieben.

Dann drehte sie sich abrupt zu mir um, und ich sah, wie ihre Augen hin und her irrten und dass sie darunter ein mühseliges Lächeln produzierte und das alles mit hängenden Armen und seitlich ausgestellten Händen in Balance zu halten versuchte.

»Ich habe gedacht, wir müssten nicht darüber reden, und jetzt zwingt uns dieses Dreckschwein dazu«, sagte sie. »Dann reden wir halt darüber, aber danach kriegt er eine aufs Maul, und wenn du nicht dafür sorgst, kannst du dich darauf verlassen, dass ich es selbst tue.«

Wir hatten tatsächlich nicht darüber geredet, und vielleicht war es ein Fehler gewesen, nicht darüber zu reden, vielleicht war es eigensinniger Stolz, unsere Aufgeklärtheit oder wie man es nennen wollte, auf die wir uns so viel zugute hielten und die im Ernstfall nur ein billiges Wort war, und dass jetzt das ... dass Carl das Element von ganz außen sein sollte, von dem sie stets gesprochen hatte, machte die Geschichte weniger zu einer Geschichte, die hinter dem Mond spielte, als zu einer Geschichte, die überall spielen konnte. Nein, wir hatten nicht darüber geredet und vermochten nicht einmal zu sagen, ob es klug war, nicht darüber zu reden, weil es gar nicht an uns lag, das zu entscheiden, aber auch Carl selbst hatte es nicht getan. Auf jeden Fall hatte er nie irgendein Wort dafür verwendet, und am nächsten, darüber zu reden, war Carl gewesen, als er mir die Anekdote mit seinem Namen erzählt hatte, die ich jetzt an Ines weitergab.

»Du weißt, wie er zu seinem ›C‹ gekommen ist?«

Sie sah mich an, als wollte ich ausweichen, aber ich wollte alles andere als das, ich wollte etwas zu seiner Geschichte beitragen.

»Er heißt eigentlich Karl mit ›K‹, nach seinem Großvater von der Mutterseite, an dem er sehr gehangen sein muss«, sagte ich. »Der andere Buchstabe ist ihm über Nacht zugefallen.«

»Und was hat das damit zu tun, dass dieses Schwein glaubt, ihn einen Affen nennen zu können?«

»Das will ich dir gerade erklären«, sagte ich. »Sie sind bei den Leichtathletik-Weltmeisterschaften in Stuttgart zusammen ins Stadion gegangen, Carl an der Hand seines Großvaters. Er war acht Jahre alt, 1993, glaube ich, und es war das Zweihundertmeter-Finale der Männer. Rat einmal, wen er dort laufen gesehen hat.«

»Woher soll ich das denn wissen?«

Ich sagte es ihr, und natürlich kannte sie den Namen.

»Der größte Sprinter, den es je gegeben hat, und für Carl der entscheidende, wahrscheinlich gedopt wie ein Mastschwein, aber das hat er nicht wissen können. Von ihm hat er sein ›C‹. Er ist an diesem Abend nur Dritter geworden, aber Carl hat gesagt, ihn laufen und dann mit nacktem Oberkörper traurig und geschlagen vor der Tribüne stehen zu sehen hat ihn auf unerklärliche Weise wütend und stolz gemacht, ohne dass er zu sagen vermocht hätte, ob mehr das eine oder mehr das andere.«

Ich sagte ihr nicht, dass Carl gesagt hatte, auf ihn habe der Hüne, im Zielauslauf stehend, gewirkt wie ein Gladiator nach seinem Kampf, obwohl er damals nicht das Wort dafür gehabt habe, und auch das andere nicht, und das andere war noch gewichtiger, und er hatte es genauso verwendet, als er mir davon erzählt hatte. Denn Carl hatte allen Ernstes gesagt, der Mann sei dagestanden wie ein Sklave, auch das erst im nachhinein auf den Begriff gebracht, und er selbst habe später lange darüber nachgedacht, was er in dem in die Zuschauerreihen gerichteten Blick wahrzunehmen geglaubt habe, ob es wirklich Überlegenheit und Verachtung gewesen sei oder ob er sich das all die Jahre nur eingebildet und so sehr gewünscht habe, dass er schließlich nicht anders konnte, als daran zu glauben. Auf jeden Fall seien ihm da die Augen aufgegangen und er habe sie danach nie wieder geschlossen.

Bereits in der Woche darauf hatte er angeblich ein Poster mit dem Champion in vollem Lauf in seinem Zimmer hängen gehabt, und der über alles geliebte Großvater, ein Angestellter in der städtischen Gärtnerei, bei dem er jedes Wochenende verbrachte und der immer so stolz gewesen war, dass er seinen Namen trug, ermutigte ihn das »K« aufzugeben und lieber das »C« zu nehmen.

»›C‹ wie Champion?«

So naheliegend das war, hatte ich noch nicht daran gedacht und schüttelte zuerst nur den Kopf, als Ines damit kam.

»Das kannst du so oder so interpretieren«, sagte ich dann. »Aber ich weiß nicht, ob wir mehr dazu wissen müssen.«

Es war kein Wegducken, doch jetzt war die Gefahr groß, dass alles danach aussah, und sie lachte sarkastisch.

»Wenn man darüber nachdenkt, ist es sehr einfach«, sagte sie. »Im Grunde genommen müssen wir überhaupt nichts wissen. Hätte dieses Schwein nicht angefangen, brauchten wir nicht einmal darüber zu reden. Vielleicht sollten wir ihm den Gefallen auch gar nicht tun und nur dafür sorgen, dass er einen Denkzettel bekommt.«

Als wäre ihr damit die richtige Strategie eingefallen und wie um jedes weitere Reden zu unterbinden, sagte sie im nächsten Augenblick, sie sei das alles leid, sie gehe jetzt schlafen. An der Treppe wandte sie sich noch einmal zu mir um und herrschte mich regelrecht an, es zukünftig nicht eine Sekunde vor ihr zu verbergen, sollte noch mehr von dem Dreck kommen. Dann stieg sie die Stufen hinauf und schlug die Tür ihres Zimmers hinter sich zu, und ich saß noch eine Weile reglos da und war nicht imstande, das Telefon abzunehmen, als es klingelte und ich sah, dass es Carl war.

Ich ging mit einem unguten Gefühl ins Bett, weil ich mir eingestehen musste, dass ich in meinem Verhalten zu ungenau gewesen war. Ich hatte die Sache Ines und Carl verschwiegen, aber jetzt war nur noch er, den sie doch am meisten betraf, unwissend. Er wollte im Laufe des morgigen Tages wiederkommen, und spätestens bis da sollte ich mir mit Ines wenigstens einig sein, ob wir ihm etwas sagen würden oder nicht. Nichts sprach dafür, es ihm zu ersparen, alles dagegen, es wäre nur eine Bevormundung, die er nicht brauchte, aber immer noch verspürte ich den Drang in mir, es von ihm fernzuhalten, solange es sich von ihm fernhalten ließ, und mit Ines war sicher beides möglich. Sie könnte Carl mit den Tatsachen buchstäblich ins Gesicht springen, wenn sie seiner ansichtig wurde, aber sie könnte sich genausogut dafür entscheiden, so zu tun, als blieben die Dinge in einer unentschiedenen Schwebe und zeigten sich nicht in ihrer ganzen Hässlichkeit, falls sie nur nicht ausgesprochen wurden.

Es war sehr früh am Morgen, deutlich vor sechs, wie ich mit einem Blick auf meine Uhr feststellte, als sie am Tag darauf das Haus verließ. Sie bemühte sich, kein Geräusch zu machen, aber ich hatte meine Tür offen gelassen und hörte, wie sie aus ihrem Zimmer schlich, einen Augenblick an der Schwelle zu meinem Zimmer innehielt, wo ich in der Dunkelheit sogar ihre Silhouette wahrnahm, und dann fast lautlos die Treppe hinuntertappte. Zwar kam es vor, dass sie bereits vor Tagesanbruch ihre Laufrunde begann, aber weil es regnete, war das ungewöhnlich, noch mindestens eineinhalb, eher zwei Stunden bis zum Hellwerden, wenn es überhaupt hell wurde, und draußen nichts als Kälte, Nässe, Finsternis. Ich lauschte, wie sie ins Freie trat, wie die Tür hinter ihr ins Schloss fiel, und dann sprang ich auf, stellte mich ans Fenster und sah, dass sie schon am Gartentor war. Im Licht der Straßenlaterne an der Ecke des Grundstücks erkannte ich, dass sie den dicken Armeepullover trug, den sie noch aus Colorado hatte, dazu eine Mütze und Stiefel, und als mir im selben Augenblick der Gedanke kam, dass ihr eigentlich nur ein Gewehr fehlte, wusste ich, wie absurd es war, das zu denken, ahnte gleichzeitig aber auch, dass ich es nicht zufällig dachte.

Vier oder fünf Schritte nur, und sie war über der Straße bei ihrem Wagen, und kaum dass sie eingestiegen war, heulte der Motor schon auf und schlugen die Scheinwerfer ihre Lichtkegel in die Dunkelheit, und der Defender schoss mit einem Aufbrüllen aus der Parklücke. Es war klar, dass das keine Spazierfahrt werden würde, das Ziel konnte nur Hamburg sein, der Wohnwagen, in dem Ulrich sich verschanzt hatte, oder die Villa, sollte er dort wieder aufgenommen oder in Wirklichkeit gar nie daraus vertrieben worden sein und es mir nur weisgemacht haben, und die nächsten paar Stunden bangte ich um Ines, weil ich Angst hatte, dass sie sich zu etwas hinreißen ließ, das nicht mehr wiedergutmachbar war und nur Unglück in ihr Leben bringen würde. Ich versuchte sie anzurufen, aber sie hatte ihr Telefon aus, bis ich mich schließlich aufs untätige Warten verlegte, und als der Defender wieder die Straße herunterrollte, war es nicht lange nach Mittag, es hatte aufgehört zu regnen, und ich trat aus dem

Haus und schaute ihr zu, wie sie heraussprang und wie nach einem stolz erfüllten Auftrag mit langen Schritten auf mich zukam.

»Ich habe das ein für alle Mal geregelt«, sagte sie. »Er wird sich in Zukunft hüten, ein Arschloch zu sein.«

Die Details kamen nach und nach zutage, während wir uns einmal mehr im Wohnzimmer auf den abgedeckten Sesseln niederließen. Das Tor zum Park war offen gestanden, wahrscheinlich erwartete man andere Besucher, und sie war einfach hineingefahren und, als sie den Wohnwagen verwaist vorgefunden hatte, sofort zur Villa gegangen. Dort hatte sie geklingelt, eines der beiden Mädchen hatte ihr die Tür geöffnet, und sie hatte sie mit der Frage, ob ihr Vater da sei, beiseite geschoben und war im nächsten Augenblick bereits im Salon gestanden, in dem sich die Familie gerade zum Frühstück hingesetzt hatte, und hatte ihm ansatzlos eine heruntergehauen und gesagt, das sei für das »Affe« und für alles andere.

Ines erzählte das, als wäre ihr ein großer Coup gelungen, und sie genoss es, lang und breit auszuführen, wie sie ihn gewarnt habe, er solle vorsichtig sein, mit wem er sich anlege, er könnte allzuleicht an die Falsche geraten, die ihm dann richtige Probleme bereiten würde, gar nicht vergleichbar mit dem, was sie mache. Ich kam kaum dazu, sie etwas zu fragen, weil sie immer sofort dazwischenfuhr, sie ausreden zu lassen, und dann wieder loslegte. Sie sagte, sie hätte sich beim Eintreten ins Haus automatisch eine Maske aufgesetzt, weil sie so sehr daran gewöhnt sei, und tatsächlich habe auch die Frau bei ihrem Auftauchen noch vor dem ersten Wort nach einem Stofffetzen gegriffen und die Kinder aufgefordert, Mund und Nase zu bedecken.

»Ulrich ...«

Sie unterbrach sich.

»Das Dreckschwein hat einen Verband um sein Kinn gehabt und deshalb nicht sprechen können, und die Frau ist wie unter Schock gewesen. Ich habe nicht sofort verstanden, dass sie mir nur zu erklären versucht hat, wie er zu seiner Verletzung gekommen ist. Sie hat von einem Missgeschick geredet.«

Ines hatte selbst kaum Geduld, mir die Sache mit der Baumwurzel zu erklären, über die er offensichtlich gestolpert war, weil sie sich viel mehr für den Zustand der Frau interessierte.

»Sie hat richtiggehend sediert gewirkt«, sagte sie. »Man hätte meinen können, sie hätte schon vorher geahnt, was da kommen würde, und sich eine Spritze geben lassen.«

Das klang übertrieben, aber sie bestand darauf.

»Es war genauso, wie ich sage«, sagte sie, als ich ihr widersprach. »Sie hat die längste Zeit nicht begriffen, was vor sich geht. Ich übertreibe nicht. Sie war ein gespenstischer Anblick mit ihrem bleichen Gesicht.«

Dabei sah sie mich an, als wäre sie sich meiner Anwesenheit nicht richtig bewusst, und ihre Stimme wurde ungeduldig und rauh.

»Ich habe ihrem Mann einen Augenblick davor eine Ohrfeige verpasst, und ihr einziges Problem damit scheint gewesen zu sein, dass er bereits einen Kieferbruch gehabt hat. Dann erst hat sie mich gefragt, wer ich sei, und ich habe gesagt, sie solle ihn fragen, wenn sie es wirklich nicht wisse, aber er hat mit seinem Verband nichts sagen können. Er ist nur dagesessen, ohne sich zu rühren, und wahrscheinlich hat ihr das am Ende einiges zu verstehen gegeben.«

»Und die Kinder haben das alles gesehen?«

»Die Kinder?« sagte sie. »Vergiss die Kinder!«

»Aber du hast doch gerade erst ihrem Vater ...«

»Die müssen früh genug lernen, so etwas auszuhalten, wenn sie einen solchen Vater haben«, sagte sie. »Natürlich sind sie zu ihm gestürzt und haben sich an seinen Hals gehängt, aber das Verrückte war die Gefasstheit der Frau. Ich habe darauf gewartet, dass sie gleich losschreien würde, doch sie hat mich nur mit diesem leblosen Blick angesehen, beinahe so, als wäre sie auf meiner Seite und ihrem Mann geschähe einzig und allein, was ihm schon längst hätte geschehen müssen. Dann hat sie doch endlich gefragt, ob sie die Polizei rufen solle, aber er hat bloß den Kopf geschüttelt, und es war ohnehin so, als würde sie mich fragen und nicht ihn.«

Das Ganze hatte kaum mehr als eine Minute gedauert, Ines war so schnell wieder aus dem Haus gewesen, wie sie hereingekommen war, und jetzt hätte sie am liebsten jede Sekunde in Bruchteile zerlegt, um sich an ihnen zu ergötzen. Sie hatte vergessen, der Frau die Fotos von dem Kindergeburtstag zu zeigen, wie sie es vorgehabt hatte, aber wahrscheinlich war das gar nicht nötig, wahrscheinlich brauchte es die Bilder der Mädchen mit den Kronen aus Pappe auf dem Display ihres Telefons gar nicht, damit der anderen endgültig ein Licht aufging. Jedenfalls stellte Ines sich das so vor, und bei der Vorstellung brach sie in ein Lachen aus, das nur im ersten Augenblick zufrieden klang.

»Vielleicht hat sie ihm selbst auch noch eine heruntergehauen, kaum dass ich verschwunden war«, sagte sie dann. »Grund genug hätte sie sicher gehabt, und für die Kinder hätte es sich beim zweiten Mal womöglich schon normal angefühlt.«

Ich war sicher, dass wir von Ulrich nie mehr etwas hören würden, und pragmatisch gedacht rechtfertigte das unser Schweigen. Jedenfalls lief es darauf hinaus, dass wir Carl nichts von alldem sagten, als er keine zwei Stunden danach ankam. Wir sprachen nicht einmal darüber, wie wir uns ihm gegenüber verhalten wollten, und ob das gönnerhaft war oder feige oder sogar fahrlässig, weil er wenigstens informiert sein sollte, wenn ihm womöglich Gefahr drohte, ich brachte es nicht übers Herz, seine Gutgelauntheit mit diesem Dreck zu torpedieren, und Ines hielt sich bei seiner Ankunft ohnehin im Hintergrund, stand in der offenen Tür und schaute zu, wie er mir beide Hände entgegenstreckte und ich meine in sie legte, bevor er mich mit einem Ruck an sich zog. Er hatte seiner Mutter erzählt, dass wir uns von Dosen ernährten, was eine Übertreibung war, aber sie hatte für mehrere Tage für uns vorgekocht, und er brachte jetzt das Essen in Einkaufssäcken in die Küche und sagte, sie wolle uns nicht vergiften, es seien keine Maultaschen und es sei auch sonst nichts Schwäbisches. Ich sah wieder ihre ganze Besorgtheit darin, sie sorgte sich nicht nur um Carl, sie sorgte sich auch darum, dass wir ihm gewogen blieben, aber vielleicht lag das nur an meinem formatierten Blick, es brauchte diese Deutung gar nicht, und ich musste mir meine eigene Besorgtheit abschminken und ihn einfach machen lassen. Er würde sich schon selbst zu helfen wissen, wenn es darauf ankäme, und solche Figuren wie Ulrich konnten ihm mit ihren Worten rein gar nichts.

Es war mittlerweile der 27. Dezember, Silvester im Anflug, ein Nachmittag, der sich schon zu verflüchtigen begann, und Ines sagte, es müssten ja nicht gleich volle zehn Tage sein und das hier sei nicht Florenz und nicht das vierzehnte Jahrhundert und rund um uns wüte auch nicht die Pest, aber mit dem Essen von Carls Mutter und dem, was noch vom Speck unseres Vaters da sei, könnten wir uns bis zum Beginn des neuen Jahres in dem Haus verbunkern und so tun, als existierte die Welt nicht mehr. Nun gab es kaum ein Feuilleton, das in den vergangenen Monaten nicht irgendwann diesen Zusammenhang hergestellt hatte, und ich hatte schon Originelleres von ihr gehört, aber sei's drum, auch wenn ich die Überhöhung nicht brauchte und ihrer literarischen Anspielungen spätestens dann überdrüssig wurde, sobald sie ein bisschen oberlehrerinnenhaft daherkamen, gegen den Vorschlag selbst hatte ich nichts, im Gegenteil, kaum dass sie ihn äußerte, war ich begeistert dabei. Denn wenn wir morgen loslegten, wären es noch vier Tage und drei Nächte in diesem Jahr, in denen wir immer noch viel gewinnen könnten, immer noch das Ganze auf den Kopf stellen und zu einer anderen Bilanz gelangen, als dass es ein verlorenes Jahr wäre, ein gestohlenes, ein Jahr unseres Lebens, das uns in alle Ewigkeit fehlen und das uns niemals zurückerstattet würde, wenn wir uns nicht im letzten Augenblick wehrten und es für uns reklamierten, weil es in seiner schmerzenden Unwirklichkeit doch trotzdem unseres war. Auf jeden Fall würden wir uns Geschichten erzählen, während draußen entweder alles wieder in Ordnung käme oder endgültig den Bach hinunterginge, wie Ines sagte, und wir würden mit der ersten Liebe beginnen, eine Sache genauso gut oder genauso schlecht wie jede andere.

Das Thema hatte ich schließlich vorgebracht, nachdem wir alles mögliche erwogen hatten und uns einig waren, es dürfe am Anfang nichts Politisches sein und schon gar nicht etwas über das Virus, mit dem sich jetzt alle in einem fort beschäftigten, das könne warten. Das Los, wer beginnen sollte, traf mich, und weil Ines mich bat, bloß nichts von uns beiden zu erzählen, erzählte ich am folgenden Morgen diese Geschichte, die als unschuldige Geschichte mit einem Mädchen in unserer Hotelhalle zu Hause begann und schnell zu einer Vergewaltigungsgeschichte wurde und zu der Geschichte, die mich wahrscheinlich mehr geprägt hat, als ich wahrhaben will. Ich hatte lange nicht mehr daran gedacht, aber sowie ich mich darauf einließ, merkte ich, dass sie mir auf eine Weise nahe war, als hätte sie mein Kopf ohne mein Wissen all die Jahre um und um gewälzt und dafür gesorgt, dass sie ihren zentralen Platz hatte, wenn es darum ging, wer ich war. Ich konnte mich natürlich nicht so sprechen hören, wie Ines und Carl mich hörten, aber dass zuerst er nach meiner Rechten fasste und gleich darauf sie nach meiner Linken, sagte mir, dass etwas von der Unruhe und der Qual und der Sehnsucht, die das Erzählen bei mir auslöste, auf sie übergesprungen sein musste.

Dann war Ines dran, aber sie sagte, wenn es um die erste Liebe gehe, sei sie nicht gut, weil sie zuviel darüber gelesen habe, sie werde etwas erzählen, aber davon reden könne sie letztlich nur als Chimäre.

»Ach was!« sagte ich. »Keine Ausflüchte!«

»Es ist keine Ausflucht!«

»Dann vergiss deine Bedenken. Eine Chimäre, Ines! Wenn ich so etwas höre, kommt mir das Grausen.«

»Manche Geschichten sind eben nicht einfach.«

»Das hat niemand behauptet«, sagte ich. »Aber du sollst ja auch keine Vorlesung halten. Hör auf, dich zu zieren! Du sollst einfach erzählen.«

Darauf erzählte sie die Geschichte von dem Direktor im Rollstuhl, den sie zweimal besucht hatte, und dem Gral, und gleich wie ich hatte versichern müssen, dass alles aus der Realität stamme und nichts erfunden sei, musste sie das jetzt auch. Ein Mann, der sich kurz vor seinem Tod nichts anderes wünschte, als nur von ihr angesehen zu werden, das klang schon wie einer dieser Einfälle, auf die Leute in einer Schreibschule kommen, die selbst noch wenig erlebt haben, aber sie beteuerte, sich für jedes Detail verbürgen zu können, das Ganze sei nicht einmal um eines Effektes wegen ausgeschmückt, sie habe alles genauso erlebt, genauso niederschmetternd und geheimnislos. Dabei sah sie mich an, als wäre ausgerechnet ich derjenige, der ihr im nachhinein den Segen dafür erteilen sollte, und ließ dann ihren Blick auf Carl ruhen.

»Ich weiß, dass ich euch damit enttäusche«, sagte sie. »Ihr hättet lieber etwas anderes gehört, aber wenn ihr darauf besteht, dass es wahr sein muss, kann ich mit nichts Besserem aufwarten.«

Carls Geschichte war dann eine Geschichte, in der alles vorkam, was wir geglaubt hatten ihm vorenthalten zu müssen und worüber wir gedacht hatten nicht mit ihm sprechen zu können. Es war beschämend, und noch beschämender wurde es dadurch, dass es mich sofort eifersüchtig machte, als er sagte, es habe sich um einen Jungen gehandelt, den seine Mitschüler als Mädchen verspottet hätten. Ich sah, dass er es wahrnahm, und wusste eine Weile nicht, ob ich seinen Blick, den er mir verweigerte, eher herbeisehnte oder doch fürchtete.

»Eigentlich müsste ich die Geschichte auf englisch erzählen«, sagte er. »Sie hat so viel mit meinen Leuten von der Vaterseite zu tun, dass es nur angemessen wäre. Es ist eine Geschichte darüber, dass es im Grunde genommen keine Geschichte gegeben hat und auch keine hätte geben müssen und ich sie nur auf mich herabbeschworen habe, weil die Vergangenheit voll von solchen Geschichten gewesen ist. Dabei weiß ich so wenig darüber, aber das heißt nicht, dass ich das nicht alles in den Knochen habe.«

Ich wartete gespannt, und auch Ines hatte sich in ihrem Sessel aufgerichtet, aber als jetzt sie ihn bat, es nicht komplizierter zu machen, als es sei, winkte er erst ab.

»Soll ich sie wirklich auf englisch erzählen?«

»Warum nicht?«

»Eine Geschichte, die sich auf englisch erzählen lässt, muss sich doch auch auf deutsch erzählen lassen.«

Wenn er auf Bestätigung aus war, täuschte er sich in Ines, die sich Zeit ließ, ihren Zweifel dann aber um so klarer formulierte.

»Ich bin nicht sicher«, sagte sie. »Jedenfalls nicht auf die gleiche Weise. Immerhin haben die Wörter ihre eigene Erinnerung, und manche Geschichten sind mit einer bestimmten Sprache mehr verbunden als mit anderen. Das scheint mir unabweisbar.«

Dabei sah sie ihn an, und er lachte verlegen.

»Aber was ist mit meinem Siebzigprozent-Englisch?«

Er sprach es annähernd perfekt, und das war kokett.

»Garantieren kann ich für nichts«, sagte er, als ich ihn darauf hinwies. »Ich habe keine Erfahrung damit. Schließlich habe ich das noch niemandem erzählt. Ihr seid die ersten.«

ZWEITER TEIL

Dann fing er an.

»There is no story.«

Das war der erste Satz, und er hörte sich wie reines Wunschdenken an, wie eine Beschwörung, die schon vom zweiten Satz widerlegt sein würde. Er wartete, aber er brauchte unsere Aufforderung nicht mehr, denn schon brach die Geschichte von dem Jungen aus ihm hervor, den er gefragt hatte, ob er mit ihm zusammen war, obwohl ... oder ob er mit ihm zusammen war, weil ... und es war eine der traurigsten Geschichten, die ich jemals gehört hatte. Zweimal hielt er inne und überlegte, ob er sie in der Wirklichkeit noch hätte stoppen können, als sie erst einmal in Gang gekommen war, oder ob er sie wenigstens jetzt im Erzählen stoppen könnte oder stoppen sollte, um nicht, was geschehen war, noch einmal geschehen zu lassen, aber dann sprach er weiter und konnte nichts mehr dagegen tun, dass jeder Satz den nächsten wie ein Verderben hinter sich herzog.

DIE GESCHICHTEN

MEINE GESCHICHTE

Ein Mann sein

Natürlich habe ich irgendwann einmal auch Freundinnen gehabt, noch als Schüler, wenn man auf dieses »gehabt« nicht zuviel Gewicht legt, zwei Mitschülerinnen, mit denen ich jeweils ein paar Wochen zusammengewesen war, aber die einschneidendste Erfahrung hatte ich schon damals mit einem Mann gemacht, gegenüber der mir alles andere wie Kinderkram vorkommt. Vielleicht war es Zufall, vielleicht jedoch nicht, dass es mit einem doppelten Fehlschlag bei einem Mädchen begann, und es war nicht irgendein Mädchen, es war Mieke, mit der ich mir auch ein paar glücklichste Augenblicke meines Lebens hätte vorstellen können. Sie war in den Osterferien mit ihren Eltern in unserem Hotel gewesen, gerade vierzehn, ein milchig verträumtes Gesicht und schlaksige Glieder, und allein ihre Sprache hatte gereicht, um mich aus dem Lot zu bringen, das Holländisch, das mir von da an von allen Sprachen die liebste war, mit seinem ewigen Reiz, etwas zuerst anscheinend zu verstehen und im nächsten Augenblick zu begreifen, es doch nicht richtig verstanden zu haben. Wir hatten keine Woche gebraucht, um uns ohne alles Getänzel und Gepluster, sondern eher zielgerichtet aufeinanderzu zu bewegen, Mieke und ich, und waren schließlich spät am Abend vor ihrer Abreise am nächsten Morgen oder genaugenommen lange nach Mitternacht in der Hotelhalle gelandet. Sie hatte kein eigenes Zimmer, schlief auf einem Zustellbett bei ihren Eltern, und ich hatte meines an Stammgäste abtreten müssen, weil mein Vater wieder einmal überbelegt hatte. Deshalb war das Foyer der einzige Ort, an dem wir einigermaßen ungestört sein konnten, und wir hatten uns gerade erst in der dunkelsten Ecke aneinandergedrückt und begonnen, uns gegenseitig die noch kalten Hände unter die Pullover zu schieben, als die Drehtür auf- und zuging und polternd ein anderes Paar hereingestolpert kam.

Um es klar zu sagen, was wir dann in der nächsten halben Stunde erlebten, war eine Vergewaltigung. Die beiden hatten sich am anderen Ende der Hotelhalle plaziert, und es war so dunkel, dass weder wir sie noch sie uns zu sehen vermochten, nicht einmal die Silhouetten oder nur kurz, als sie sich vor den Fenstern abzeichneten, aber während wir sofort still wurden, glaubten sie sich allein, und wir konnten sie hören. Die paar Augenblicke, in denen wir uns noch zu erkennen hätten geben können, waren schnell vorüber, und schon folgte eines auf das andere, ein Gekicher, die schmatzenden und saugenden Geräusche ihrer Küsse, Geflüster, ihre Stimmen betrunken, wieder Gekicher, und es dauerte nicht lange, bis das erste »Nein!« der Frau zu hören war über dem Kratzen eines Reißverschlusses, dem Klingeln einer Gürtelschnalle, dem Gerascheln von Kleidung, das erste »Was machst du da?«, das erste »Bitte nicht!« und das unwillige, drängende »Aber ich tu doch gar nichts!« des Mannes, sein »Ich passe schon auf!«, das er alle paar Augenblicke wiederholte, und schließlich sein »Was glaubst du, worum es hier geht?«, sein »Wir sind doch keine Kinder, verdammt!«, sein »Bildest du dir ein, du kannst mich den ganzen Abend zum Narren halten?«, auf das nur mehr ihr Wimmern und ein trauriges Schlappen und Klatschen von Fleisch gegen Fleisch folgte.

Ich war erst seit wenigen Tagen sechzehn, und doch hätte ich aufspringen müssen und etwas sagen, aber ich saß nur da und spürte, wie Mieke ihre Hand unter meinem Pullover hervorzog und meine unter ihrem herausnestelte und sie mir zurückgab wie eine abgefallene Prothese, als fröstelte es sie nur vom Gedanken an eine weitere Berührung, während sie von mir abrückte und nach einer viel zu langen Stille endlich die Stimme der Frau zu hören war.

»Ist es das?« sagte sie in ihrem Deutsch, das nicht von hier war, und es klang verwaschen, wie aus einem anderen Raum und als wäre sie nicht recht bei Bewusstsein, und tatsächlich bemühte sie sich zu lachen, ein hilfloser Reflex. »Das ...?«

Stattdessen weinte sie plötzlich, ein lautloses Weinen, das in der Stille trotzdem zu hören war, weil es ihren Atem beschleunigte und sie wie in einem Schluckauf nach Luft ringen ließ.

»Hast du wenigstens …?«

Der Mann unterbrach sie brüsk.

»Ich habe dir doch gesagt …«

»Das …?« sagte die Frau wieder. »Das …? Ist es wirklich das, was du gewollt hast? Das …?«

Den Lauten zufolge schlug sie jetzt auf ihn ein, aber wenn es überhaupt ein Schlagen war, so eines, das vor Kraftlosigkeit und Vergeblichkeit sofort in sich zusammenbrach.

»Und dann hast du nicht einmal aufgepasst!«

»Ich habe dir doch gesagt …«

»Aber ich spüre es! Du kannst mir sagen, was du willst, du rücksichtsloses Schwein! Ich spüre es!«

»Es wird ja nicht gleich etwas passiert sein.«

»Hau ab!« sagte sie, ihre Stimme ganz brüchig. »Nicht gleich etwas passiert! Ich höre mir deinen Schwachsinn nicht an. Hau sofort ab, oder ich schreie, du Schwein! Ich habe dir doch gesagt, dass es nicht geht! Du weißt genau, was passiert ist!«

Die Frau weinte jetzt laut, und immer wenn der Mann noch mehr zu sagen versuchte, fiel sie ihm ins Wort, er solle abhauen oder sie schreie, aber sie schrie nicht, und gleich darauf konnten wir hören, wie er aufstand und sich davonmachte, ein wütendes Tischerücken, und für ein paar Augenblicke tauchte sein Schatten wieder vor den Fenstern auf, riesig und schwarz und fast zum Greifen nah. Er war ein Einheimischer, jedoch nicht aus dem Dorf, der Sprachfärbung nach von irgendwo zwei oder drei Dörfer weiter, und ich war froh, dass ich ihn nicht an seiner Stimme erkannt hatte. Ich bildete es mir sicher nur ein, der Raum war viel zu groß dafür, aber ich glaubte plötzlich seinen Geruch aufgeschnappt zu haben, etwas muffig Abgestandenes, süßlich verpappt und vermischt mit Schweiß und einem Eau de toilette, das die Ausdünstung eher verstärkte als übertönte, und wenn ich Mieke schon nicht die Ohren bedeckt hatte, hätte ich ihr jetzt am liebsten wenigstens die Nase zugedrückt. Während die Drehtür sich wieder bewegte, tastete ich nach ihrer Hand, aber sie zog sie zurück, und als ich es noch einmal versuchte, entfernte sie sich nur weiter von mir, und dann lauschten wir, bis die Frau aufstand und ging, und ich hatte das Gefühl, dass auch sie lauschte und mit ihrem Lauschen der Stille immer noch etwas entzog und sie dadurch immer unheimlicher machte.

Danach wollte Mieke bloß noch ins Bett. Ich weiß nicht, ob sie mir nicht verzieh, dass ich nicht versucht hatte einzuschreiten, ob sie von der Sache selbst so abgestoßen war oder ob sie in mir einfach nur einen Mann sah, einen Vertreter des Geschlechts, das imstande war, so etwas zu tun, aber wir wechselten nur mehr ein paar Worte, bis sie sich verabschiedete, und als ich sie fünf Monate später in Amsterdam besuchte und sie mir im letzten Augenblick mitteilen ließ, sie wolle mich nicht sehen, wurde ich den Gedanken nicht los, dass sie mich damit bestrafte. Wir hatten uns ein paarmal geschrieben, doch an ihrer Adresse öffnete niemand, und als ich von einer Telefonzelle aus anrief, war ihr Vater dran und sagte, sie könne gerade nicht, es tue ihm leid, sie könne auch morgen und übermorgen nicht, was klang, als gälte das genauso für alle anderen Tage ihres Lebens, und ich stand da wie in Erwartung dessen, was in Wirklichkeit bereits geschehen war.

Ich hatte kein Hotel, aber eine knappe Stunde danach fand ich mich im Rotlichtviertel wieder und beobachtete dort lange von einem Poller an einer Gracht aus ein Mädchen in seiner Auslage. Sie war vielleicht Anfang zwanzig, trug einen lachsfarbenen Bikini, der sich hell auf ihrer Haut abzeichnete, saß auf einem Barhocker und drehte an einem Zauberwürfel herum, ruckelte manchmal an ihrer Brille, die sie von Zeit zu Zeit abnahm und betrachtete, als könnte sie nicht glauben, was sich ihr durch die Gläser darbot, und manchmal legte sie den Würfel beiseite, trat ganz vor in das Schaufenster und spreizte Arme und Beine zu perfekten Diagonalen, die sich über ihrer Vulva exakt in ihrem Bauchnabel schnitten, mehr eine Art gelangweilter Gymnastik als eine Zurschaustellung. Ich konnte sehen, wie sie die Muskeln ihrer Oberschenkel und ihre Bizepse anspannte, ich konnte ihre Bauchmuskeln sehen, und dann schlenkerte sie ihre Glieder aus und tänzelte leichtfüßig vor und zurück, bevor sie sich wieder hinsetzte und von neuem ihrer Beschäftigung nachging. Zwischendurch tat ich ein paar Schritte, und wenn ich wieder meinen Platz einnahm, schenkte sie mir mitunter einen Blick, einmal ein Lächeln, einmal ein Kopfschütteln. Um zu ihr zu gelangen, mussten die Männer eine kleine Treppe hinaufsteigen, und ich hoffte jedesmal, sie würde sie abweisen, und wenn doch einer eintrat und sie den Vorhang zuzog und er nach einer Viertelstunde wieder herauskam, stellte ich mir vor, wie ich hinter ihm hergehen und ihn im Schutz der Dunkelheit in die Gracht schubsen und ihm davor noch ein Messer in den Rücken stoßen würde.

Es war halb drei Uhr am Morgen, als ich selbst die Treppe hinaufstieg, viele von den benachbarten Auslagen schon dunkel und nur mehr wenige Passanten unterwegs. Ich hatte die oberste Stufe erreicht, als sie aus dem Fenster trat und mir die Tür öffnete. Es war kälter geworden, und sie hatte sich einen Kimono übergezogen, ein großes, blaues Blättermuster auf weißem Grund, nahm die Brille ab, wie um mich besser ins Auge zu fassen, setzte sie wieder auf, nahm sie gleich danach aber von neuem ab und legte sie auf das Fenstersims. Über ihre Schulter sah ich in das Innere des kleinen Raums, den fast zur Gänze ein großes, mit einer buntscheckigen Decke überzogenes Bett ausfüllte, auf dem ein weißer Teddybär in XXL-Größe lag, wie man sie an den Schießbuden von Jahrmärkten als Hauptgewinn bekam, und davor auf dem Boden eine leere Weinflasche und ein Tablett mit schmutzigem Geschirr.

»Du scheinst dir das ja sehr gründlich überlegt zu haben«, sagte sie und wischte ihre Handflächen aneinander, die Finger so abgespreizt, dass sie sich nicht berührten.

»Brauchst du für alles andere auch so lange? Du bist volle fünf Stunden auf dem Poller gesessen. An deiner Ausdauer scheint es nicht zu hapern. Was willst du machen?«

Ich sagte nichts, und als sie lächelte, sah ich, dass ihr ein Eckzahn fehlte, was ihrem Gesicht sofort einen härteren Ausdruck verlieh.

»Die ganze Nacht hast du nicht Zeit. Ich will gleich schließen. Also denk nicht lange nach und sag schon.«

Ihre Stimme klang gereizt, und als ich sie fragte, wie sie heiße, erwiderte sie, ich sei wohl ein Romantiker und ginge wahrscheinlich noch zur Schule.

»Such dir einen Namen aus, aber beeil dich.«

Ich hatte kaum »Mieke« gesagt, als sie unwillkürlich einen Schritt zurückwich und dann wieder vortrat. Dabei sah sie mich an, als versuchte sie zu ergründen, ob sie mich schon einmal irgendwo gesehen hatte, und erkundigte sich, woher ich käme, fasste aber nicht nach, als ich nicht antwortete. Erst darauf sagte sie, das sei der einzige Name, der nicht in Frage komme, und als ich wissen wollte, warum, hatte ich einen Augenblick den Eindruck, dass sie das wütend machte.

»Darum«, sagte sie dann möglichst ruhig, aber mit einer Bestimmtheit, die unmissverständlich war. »Vielleicht, weil ich so heiße. Vielleicht, weil du in dieser Woche bereits der Dritte bist, der mich Mieke nennen will, und ich diese Phantasielosigkeit nicht aushalte. Vielleicht, weil ich den Namen nicht mag.«

»Oder vielleicht, weil du ihn magst?«

»Du hältst dich wohl für besonders schlau«, sagte sie. »Hör auf, herumzureden, und komm zur Sache. Ich bin nicht dafür da, dir Nachhilfe zu erteilen. Sag endlich, was du machen willst.«

Ich hatte mir nichts überlegt, war gedankenlos die Treppe zu ihr hinaufgestiegen, und als ich sie jetzt fragte, ob sie herauskommen könne, wollte sie wissen, wie verdreht ich eigentlich sei.

»Wir könnten spazierengehen.«

»Ich habe keine Ahnung, was du für einer bist, aber langsam beginnst du mich zu langweilen«, sagte sie. »Willst du mich verarschen? Ich soll herauskommen und mitten in der Nacht mit dir spazierengehen. Bist du blöd, oder was?«

»Wir könnten ...«

»Ich werde dir sagen, was wir könnten! Weißt du überhaupt, worum es hier geht? Wir könnten genau das machen, wofür du hier heraufgekommen bist, und wenn du spazierengehen willst, musst du dir eine andere suchen!«

Mein nächstes »Wir könnten ...« unterbrach sie damit, dass sie sagte, wenn ich mit meinen Perversionen nicht aufhörte, rufe sie die Polizei, um mir gleich darauf die Tür vor der Nase zuzuschlagen und den Vorhang vor ihr Fenster zu ziehen. Ich blieb stehen und schaute zu dem Poller hinunter, auf dem ich den ganzen Abend gesessen war, und als hätte es das gebraucht, wurde mir bewusst, was für eine Figur ich all die Stunden für sie abgegeben haben musste. Es konnten keine zwei Minuten vergangen sein, seit ich die Treppe zu ihr hinaufgestiegen war, und doch schien ein Riss in der Welt zu sein, als ich sie jetzt wieder hinunterstieg und in dem Moment der Lichtschein, der trotz des Vorhangs aus ihrem Fenster gefallen war, erlosch und ich so auf das plötzlich schwarze Pflaster trat, als wäre es nicht mehr fest und ich könnte in ihm versinken.

Ich ließ mich treiben, und es wurde längst hell, als ich ein Café betrat, das gerade aufmachte, mich an die Theke setzte und über kurz mit dem Kellner ins Gespräch kam, und so begann die Woche mit meinem ersten Mann. Es war noch nicht zehn, als er mir ein Bier hinstellte, und natürlich blieb es nicht bei dem einen, er wechselte immer ein paar Worte mit mir, wenn er nichts zu tun hatte, und zapfte mir ein neues, und nach seinem Dienstschluss um zwei zogen wir durch die Lokale, und ich vermochte kaum mehr die Augen offen zu halten, als wir bei Einbruch der Dunkelheit in seinem mit Büchern vollgestellten Mansardenzimmer landeten. Er war Student, aber als ich dann auf seinem einzigen Stuhl saß und er mir auf dem Boden sitzend seine Gedichte vorlas, wusste ich augenblicklich, dass es das war, was ihn umtrieb. Zwischendurch schaute er manchmal hoch, und ich versuchte seinen Blick aufzufangen, hatte aber nicht den Eindruck, dass er mich sah. Danach saß er verlegen da, und als ich nichts sagte, drehte er sein Gesicht weg und fragte, ob ich es mir auch mit einem Mann vorstellen könne, und ich fragte zurück, was er mit »es« meine, und er sagte: »Liebe«, er sagte: »Na ja«, er sagte: »Ich will es nicht

Sex nennen«, und weil ich mochte, wie er mich ansah, und von ihm so angesehen werden wollte, wie ich das Mädchen in seinem Schaufenster angesehen hatte, sagte ich, was ich gar nicht zu sagen vorgehabt hatte, ich sagte die Wahrheit, ich sagte, ich müsste es erst versuchen, ich wisse es nicht, und er zog meinen Kopf auf das Kissen und küsste mich.

INES' GESCHICHTE

Ich bin nicht Ines

Es ist jetzt drei Jahre her, dass ich meine zwei Besuche beim Herrn Direktor hatte. Ich nenne ihn so, das muss genügen, schließlich kommen mit dem Alter Würden und Titel, wenn man sich nicht ganz dumm anstellt, oder sie kommen nicht, dann lässt man sich eben von Freunden ironisch so nennen. Er war ein hoher Beamter im Wirtschaftsministerium gewesen, seit einer halben Ewigkeit in Pension und an den Rollstuhl gebunden, und er ist mir wieder in Erinnerung gebracht worden, weil er nicht nur einer der ersten prominenten, sondern einer der allerersten Toten der Pandemie überhaupt war. Ihn mir auf dem Bauch liegend und um den letzten Atem ringend vorstellen zu müssen hat mir nächtelang den Schlaf geraubt, und ich habe ihn wieder vor mir gesehen, wie er mir in seinem Arbeitszimmer gegenübergesessen ist und alles dafür gezahlt hätte, um für das, was er von mir haben wollte, nicht zahlen zu müssen.

Das ist schon das ganze Geheimnis der käuflichen Liebe, es besteht in diesem traurigen Paradoxon, und die banalsten und einfachsten Beziehungen, bei denen es angeblich nur um Sex geht, sind zudem die ehrlichsten. Die große Menge derer, die bloß haben wollen, was sie haben können, wenn sie zahlen, sind nicht das Problem, es sind die anderen, die etwas haben wollen, was sie nicht haben können, wieviel Geld auch immer sie dafür auszugeben bereit wären. Das sind auch oft genug diejenigen, die sich mit den furchtbarsten Demütigungen schadlos zu halten versuchen, wenn sie realisieren, dass sie in Wirklichkeit gar nichts bekommen, und noch stark genug sind, einen zu demütigen, oder die ihre ganze Verlassenheit und Verlorenheit auf einem abladen, wenn sie zu schwach fürs Demütigen sind, und einen mit dem tödlichen Gift ihrer unerfüllbaren Sehnsüchte infizieren, das man dann für immer in sich trägt.

Der Herr Direktor wollte im Grunde genommen nur angesehen werden, er wollte mich ansehen, aber er wollte noch viel mehr, dass ich ihn ansah, am besten in jeder einzelnen Sekunde, und mit meinem Blick seine Existenz beglaubigte, und obwohl er mich kein einziges Mal berührte oder auch nur zu berühren versuchte, stand in seinen Augen ein solches Verlangen, dass ich nach dem zweiten Mal um nichts in der Welt mehr hingehen konnte, mochte er mir da schon zusätzlich zum vereinbarten Honorar ein Kuvert mit einem knick- und faltenlosen Fünfhunderteuroschein zugeschoben haben. Ich hatte mich von einem Escort-Service anstellen lassen, aus schierer Neugier und nicht, weil ich es für etwaige Recherchen brauchte, und war auf diese Weise mit ihm zusammengekommen. Man hatte mir seine Adresse genannt und eine Zeit am späten Nachmittag, man hatte mir von ihm erzählt, von seinem Zustand und davon, dass er im Rollstuhl saß, und so war ich adrett und keineswegs aufreizend angezogen, wie es von mir verlangt wurde, in einem hochgeschlossenen und knielangen Kleid vor seiner Tür gestanden, die automatisch aufging, noch bevor ich geklingelt hatte.

Der Weg ins Haus war mit Pfeilen ausgeschildert, kein Mensch, der mir begegnete, und ich musste mich erst an das Licht gewöhnen, als ich sein Arbeitszimmer betrat, weil die Vorhänge zugezogen waren und nur eine Stehlampe brannte. Dann aber sah ich ihn in seinem Rollstuhl, der vor dem Schreibtisch stand und der mir sofort klarmachte, dass es mit dem Herrn Direktor keine einfache Prozedur werden würde. Er saß ein wenig vorgebeugt darin, ein kleiner Mann mit noch vollem Haupthaar und einer Brille mit dicken Gläsern, der sicher ahnte, wieviel Macht ihm seine Ohnmacht verlieh, wenn er sie einsetzte. Seine Augen schienen in der Fassung hin und her zu schwimmen, und das erste, was er von mir wissen wollte, war mein richtiger Name.

»Sie heißen nicht Ines.«

Ich konnte sagen, was ich wollte, er beharrte darauf, selbst als ich ihm anbot, ihm meinen Personalausweis zu zeigen, und in meiner Handtasche herumkramte, und dann kam es auch schon.

»Hören Sie auf mit dem Unsinn!« sagte er. »Versuchen Sie erst gar nicht, mir etwas zu beweisen. Damit schaffen Sie nicht, mich zu beeindrucken! Sehen Sie mich lieber an und sagen Sie mir, was Sie sehen! Dann kann ich mir ein Bild von Ihnen machen.«

Ich war an dem offensichtlich für mich vorbereiteten Stuhl mitten im Raum stehengeblieben, und er wartete, bis ich mich gesetzt hatte, zwischen uns vielleicht drei oder vier Meter. Er hatte seine Brille abgenommen, und die Augen wirkten so ungeschützt, mitteilsam und, ja, geradezu geschwätzig, dass ich ihn beinahe gebeten hätte, sie wieder aufzusetzen. Ich konnte ihm nicht sagen, was ich sah. Denn ich sah einen alten Mann, und ich wusste nicht, ob ich sah oder nur dachte, dass er bald sterben würde, aber ich brauchte auch nicht lange, um zu sehen, dass er mich am liebsten mit sich gezogen hätte, sei es ins Paradies, sei es in den Hades oder auch nur in die Grube, was ihn in seiner Hilflosigkeit und Erbarmungswürdigkeit gefährlicher machte als alle, mit denen ich bis dahin zu tun gehabt hatte. Er war für den Termin offensichtlich herausgeputzt worden, ich hatte keine Ahnung, ob von seiner Frau oder ob es dafür eine eigene Bedienstete gab, auf jeden Fall trug er ein gestärktes weißes Hemd, eine Krawatte, Anzughosen und Budapester, mit einer Jacke vielleicht schon die Kleidung, die er auch im Sarg tragen würde und die er so wenigstens öfter als nur einmal auf dem Leib hatte.

»Was sehen Sie?«

Ich ließ meinen Blick im Raum umherschweifen. Die Wände waren voller Urkunden und gerahmter Fotografien, auf denen er in verschiedenen Lebensaltern mit anderen Männern zu sehen war, aufgereiht für eines dieser todlangweiligen Bilder von mehr oder weniger großen Würdenträgern, die sich irgendwo zu irgendeinem Anlass getroffen hatten und schon zwanzig Jahre danach eine Welt repräsentierten, von der man sich nicht vorstellen konnte, dass es sie jemals gegeben hatte. Ich machte eine weite Handbewegung und fragte ihn, ob das alles er sei, aber er erwiderte, ich solle nicht ablenken und mich nicht um diesen Kram kümmern.

»Sehen Sie mich an und vergessen Sie das Zeug!«

Er hatte vor mir schon eine ganze Reihe von anderen Frauen verschlissen, die auch spätestens nach dem dritten, vierten oder fünften Mal nicht mehr zu ihm gegangen waren, und als er jetzt seinen Rollstuhl in Bewegung setzte und unter diesem elektrischen Gesumme näher kam, das allein mich schon erschreckte, weil es für mich für das Geräusch all der medizinischen Gerätschaften stand, die einen noch eine Weile zwischen Himmel und Hölle in der Schwebe hielten, bevor man endgültig in die Stille stürzte, fürchtete ich, ich würde genau das erleben, was man mir beschrieben hatte. Man hatte mir gesagt, er würde mit seinem Gefährt ganz nah an mich heranrollen, um mich in Augenschein zu nehmen, aber noch mehr, um sich von mir in Augenschein nehmen zu lassen, und seinen Blick dabei nicht von mir abwenden, und genau das tat er jetzt auch. Es ging darum, mit keiner Wimper zu zucken und seine Nähe auszuhalten, aber als er direkt vor mir hielt, sagte er nicht, was man mir vorhergesagt hatte, sondern starrte mich bloß an, als könnte er mich mit seinem Starren aussaugen, ein Vampir, der keine Zähne brauchte. Zu den anderen Frauen hatte er angeblich gesagt, sie sollten nicht so verkrampft dasitzen, er beiße sie nicht, sie sollten sich entspannen, er sei zwar ein Mann, aber deswegen nicht gleich ein Ungeheuer, und wohlgemerkt, all das von seinem Rollstuhl aus, den er jetzt kaum merklich vor- und zurückbewegte, wobei einmal das Summen, dann wieder sein leicht rasselnder Atem zu hören war, zwei Laute, die sich schließlich unheilvoll miteinander verbanden.

Ich hatte mir sagen lassen, dass er entweder lostoben oder vor Erregung einschlafen würde, wenn ich mir im richtigen Augenblick die Hand zwischen die Beine legte. Man hatte es damit erklärt, dass er wie einer dieser Hunde sei, die ihr Fressen nicht erwarten konnten und, kaum dass man es ihnen hinstellte, in eine solche Aufregung gerieten, dass sie gar nicht fressen konnten oder sogar das Bewusstsein verloren. Angeblich war es eine Krankheit, an der er sein Leben lang gelitten hatte, etwas Neurologisches, das sich mit den Jahren verschlimmert haben musste, und jetzt brauchte es nur den kleinsten Trigger, um ihn auszuschalten. Ich wusste von den anderen Frauen auch, dass Gewitztheit und Reaktionsschnelligkeit zählten, wenn man heil aus der Situation herauskommen wollte. Entweder es zog ihm buchstäblich sofort den Stecker, oder er bewegte seinen Rollstuhl noch näher an einen heran und streckte selbst seine Finger nach einem aus, aber als ich versuchsweise mein Kleid ein paar Zentimeter hochschob und die Schenkel entblößte, bremste er mich.

»Langsam, langsam, meine Liebe!« sagte er. »Machen Sie sich nicht unglücklich. Glauben Sie, ich habe Sie dafür kommen lassen? Sie bringen uns in eine verzwickte Lage, wenn Sie nicht damit aufhören.«

Ich hatte mich noch nie so sehr nicht nur angesehen, sondern angelangt gefühlt und rutschte mit meinem Stuhl unwillkürlich ein paar Zentimeter zurück, was ihm nicht entging und ihn nur dazu bewog, sein Gefährt wieder in Gang zu setzen, das sofort mit diesem schauerlichen Summen in Bewegung kam und so dicht vor mir hielt, dass ich mich vor dem kleinsten Lufthauch fürchtete.

»Was hat man Ihnen über mich erzählt? Die anatomischen Reize interessieren mich doch längst nicht mehr. Was ich von Ihnen will, ist ein Platz in Ihrem Hirn. Ich möchte, dass Sie sich an mich erinnern. Sind Sie bereit für ein Experiment?«

Das klang ganz schön diabolisch, und er erklärte es mir und entließ mich damit für dieses Mal, und als ich das nächste Mal wieder bei ihm eintrat, war alles so vorbereitet, wie er es beschrieben hatte. Mein Stuhl stand erneut mitten im Raum, daneben auf einem Tischchen eine gewichtige Sanduhr, und rundum war auf den Holzboden und über den Teppich hinweg mit Kreide ein riesiges Zifferblatt gemalt, die Radien zu den vollen Stunden, annähernd drei Meter lang, jeweils eingezeichnet, so dass man auch an einen Kompass hätte denken können, in dessen Zentrum ich saß. All das war auf eine Weise symbolisch überladen, die man entweder unerträglich oder lächerlich finden konnte oder beides zusammen, und der Herr Direktor hatte bereits mit seinem Rollstuhl an der Peripherie Aufstellung genommen, schob sich nun mit diesem Summen den Kreisbogen entlang und blieb bei jeder Stundenziffer für ein volles Durchrinnen der Sanduhr stehen, das nicht mehr als zehn Minuten dauerte. Ich musste sie dann immer umdrehen, und er gab jeweils seine Position als Uhrzeit bekannt, so und so viel nach zwölf, und wartete dort. Es war wie eine überlange Belichtungszeit, und ich sollte ihn währenddessen ansehen, wozu er mich jedesmal, ob ich es tat oder nicht, aufforderte und darauf achtete, dass ich möglichst nicht blinzelte.

»Sehen Sie mich an«, sagte er einmal begierig, dann wieder resigniert. »Es hat keinen Zweck, wenn Sie es nur halbherzig tun. Sie sehen mich nicht richtig an. Entweder Sie geben sich Mühe, oder ...«

Es wurde noch dringlicher, als er mehr und mehr aus meinem Blickfeld verschwand. Ich durfte nur meinen Kopf bewegen, aber mich sonst nicht nach ihm umdrehen, und während er die zwanzig und fünfundzwanzig und schließlich dreißig Minuten nach zwölf erreichte, verlor ich ihn natürlich aus den Augen, aber er hörte nicht auf. Seine Stimme wurde dabei immer leiser und dennoch bestimmter.

»Sehen Sie mich an!«

Er war jetzt genau hinter mir, und ich blickte starr geradeaus, so dass es ganz und gar unmöglich war, ihn zu sehen.

»Ich sehe Sie an, Herr Direktor.«

»Sie sehen mich nicht richtig an.«

»Aber ja doch«, sagte ich und spürte eine böse Verspannung im Nacken. »Ich sehe Sie richtig an.«

»Dann sagen Sie mir, was Sie sehen!«

»Sagen Sie es mir, Herr Direktor.«

Statt einer Antwort war wieder das Summen des Rollstuhls zu hören und ein leises Klingeln, das ich mir vielleicht nur einbildete, aber das jetzt jedesmal in meinen Ohren war, wenn er seine nächste Position erreichte. Zudem gab es Laute, die auch etwas Mechanisches an sich hatten, die aber von ihm kommen mussten, mehr ein Quietschen als ein Greinen, Laute, mit denen in einem Film ein extraterrestrisches Kücken aus seinem Ei schlüpfen oder eine vorzeitliche Echse sich häuten könnte und mit denen ich nichts in Verbindung brachte, was er hinter meinem Rücken tun mochte, es sei denn, er hätte den ganzen Zauber nur entworfen, um in meiner Anwesenheit unbeobachtet weinen oder sich selbst befriedigen zu können, wenn das in seiner Lage nicht ein und dasselbe war, und das waren die Geräusche, die er dabei machte. Ich lauschte gespannt, aber es war jetzt schon wieder nur mehr das Summen und Klingeln, fast wie von einer Registrierkasse, die ungerührt Gewinn und Verlust verbuchte, und als er mich von neuem aufforderte, ihn anzusehen, sah ich ihn so deutlich, wie ich ihn davor nicht gesehen hatte, das Negativ seines Gesichts wie in meine Netzhaut eingebrannt. Es war dunkel, wo es hell sein sollte, und hell, wo es dunkel sein sollte, und ich hatte das klare Empfinden, dass er sich in meinen Kopf gefressen hatte und dass es nicht nur etwas Geistiges, sondern etwas Körperliches war, was er verfestigte, als er mich plötzlich fragte, ob es sein könne, dass wir uns schon einmal begegnet seien.

Es konnte nicht sein, und etwas Aufdringlicheres und Platteres hätte er kaum fragen können, aber ich sagte nicht nur aufs Geratewohl ja, sondern erfand dann gleich eine ganze Geschichte dazu.

»Ich bin das Nachbarmädchen, in das Sie mit sechzehn verliebt waren«, sagte ich in der Hoffnung, damit einen Ton zu treffen, der bei ihm keine unkalkulierbare Reaktion auslöste oder ihn gar zum Toben brachte. »Sie sind immer an den Gartenzaun gekommen und haben mit mir gesprochen. Ich habe dort auf Sie gewartet, und Sie haben sich darin gefallen, ein richtiger Schwärmer zu sein. Sie haben gesagt, Sie würden für mich den Gral entdecken und dann zurückkehren und ihn mir zu Füßen legen. Ich habe nicht gewusst, was das sein soll, aber es hat schön geklungen. Es muss eine lange Reise gewesen sein.«

Jetzt hörte ich wieder die Laute, wieder das Quietschen oder Greinen, erneut als käme es eher von einem Vogel oder vogelähnlichen Geschöpf, bis es einmal mehr das Summen des Rollstuhls und das darauffolgende helle

Klingeln war. Er achtete längst nicht mehr auf das Stellen und Durchrinnen der Sanduhr, sondern rückte willkürlich vor, wenn ihm danach war. Das gab ihm etwas Aggressives, das er durch eine schläfrige Sanftmütigkeit zu überdecken versuchte.

»Eine sehr lange Reise«, sagte er. »Ich habe immer an Sie gedacht. Alle Tage meines Lebens. Ich bin am Morgen aufgestanden und am Abend eingeschlafen mit Gedanken an Sie.«

Wieder hörte ich, wie er den Rollstuhl in Bewegung setzte, und als er ihn gleich darauf stoppte, war er zurück in meinem Blickfeld. In seinem Gesicht war jetzt ein Anflug von Panik. Er schien sich an etwas erinnern zu wollen, an das er sich partout nicht erinnern konnte, und versuchte das mit Leichtigkeit zu überspielen.

»Der Gral?«

Er hauchte es mehr, als dass er es sagte.

»Sagen Sie mir, was das ist, der Gral?«

»Ich weiß es auch nicht«, sagte ich. »Ich habe gedacht, Sie wüßten es. Auf jeden Fall ist Ihr Weg jetzt zu Ende, und Sie brauchen den Gral nicht mehr zu suchen. Sie sind angekommen und können sich ausruhen.«

Zwei Minuten später, als hätte ich endlich den richtigen Knopf gedrückt, war er ohne ein weiteres Wort eingeschlafen, und ich ließ ihn dort hängen, auf zwanzig vor eins, stand auf und ging. Ich hätte aus der Kommandozentrale eines Raumschiffes kommen können, aber draußen war es immer noch dieselbe Welt, und ich sagte zur

Vergewisserung Ort, Datum und Uhrzeit vor mich hin. Nichts erweckte den Anschein, dass etwas passiert war, obwohl in einem fort Dinge passierten, man musste nur die Augen offen halten und schauen, und in den folgenden Tagen konnte ich auch nicht behaupten, dass ich den Direktor nicht aus dem Kopf bekam, wie er es sich gewünscht hatte. Die Wahrheit war, ich hatte ihn schnell vergessen oder bildete mir das zumindest ein, weshalb es auch von Anfang an nur die halbe Wahrheit gewesen sein dürfte. Immerhin rief ich das Büro an, das mich ihm vermittelt hatte, und versicherte mich, dass sie dort sorgsam mit meinen Daten umgingen und sie auf keinen Fall weitergaben, was eigentlich eine Selbstverständlichkeit war, aber man wusste ja nie, und erst als ich die Todesanzeige für den Herrn Direktor in der Zeitung sah, ahnte ich, dass alles nicht so einfach war, wie ich es gern gehabt hätte. Denn plötzlich wurde mir bewusst, dass ich in seinem Arbeitszimmer eine Stellvertreterin von mir zurückgelassen hatte, und sie war vielleicht die ganze Zeit dagesessen und hatte ihn angesehen, hatte ihn womöglich auch noch angesehen, als er längst in der Klinik um sein Leben gekämpft und den Todeskampf schließlich verloren hatte. Sie war gegen meinen Willen an seiner Seite geblieben und wachte über ihn, und erst als endlich alles ausgestanden war, musste ich sie nicht mehr vor mir verleugnen und konnte sie heimholen und wieder mit mir vereinigen.

CARL'S STORY

The Saddest Words

There is no story. That is what I always thought. When it comes to this I have no story to tell. My story is the story of what I always waited for to happen. I always waited for it, and I was always afraid that it could happen, but it never happened or if it did happen, I didn't realize it or I didn't want to realize it or was just afraid to. I waited even before I knew that I was waiting, even before I could know. And I was afraid before I knew that I was afraid, even before I could know that this feeling was fear, panic and fear, somehow suppressed.

I remember my first love. They called him a girl, but that was not what he was, he was a boy, and it was because of the way he moved and because of the way he laughed. He was the most beautiful boy you can imagine, blue eyes, a big smile, a small gap between his front teeth, and a habit to frown when you said something to him he disliked or considered boring, a nice way to insist you better be nice, you better be interesting, you better try harder to live up to him or he's gone before you think twice. And he was a runner. Seemingly there was no other way for him to move. As soon as he saw an opportunity he would run, his hair flying behind him, the brown of chestnuts, but it was not about colour, it was about the material, which must have been from another world, hair, but not hair, and likewise you would have no words for any other feature of his, not in this language and not in any other language. You could try it with »angel«, but you would only feel stupid calling him that. Yes, he was an angel, if you only saw the surface, he was exactly what people call an angel and hell, no, he was not, if you looked beneath or if you cared to care for him. He was flesh and blood and had a brilliant mind. He always asked me to compete. Here is a number, Carl, here is another one, add them, divide the sum by two, multiply the outcome by thirteen and take the square root then. See this pole there, Carl, he would say, see this tree, Carl, see this car, I count, he would say, five, four, three, two, one. At five he searched for my eyes and again at three, and off he was before he said go, and I kept looking and looking and never ever had the slightest chance to catch him.

He was the son of my math teacher in high school, two classes below me. It took me more than half a year to first talk to him, because nobody talked to him, and talking to him meant you were watched. There were weeks and weeks before I said something to him, weeks and weeks during which I prepared a few sentences each morning, and then I wasn't able to say one single word or forgot the words as soon as I saw him. He knew, I could see that he knew that all I wanted was to put a first sentence in, I could see it by the way he smiled, but he just waited and seemed to say with his eyes, come on, Carl, it's not that hard to talk to me, just do it, even though people might think whatever they think.

And then one day I did it. I ran into him when I passed a corner, and there he stood smiling and waiting and blocking my way. He moved right when I wanted to pass him right, he moved left when I wanted to pass him left, and then I said his name without knowing what I triggered with that. It was as if I had pushed a button, and it stayed that way as long as I knew him. Whenever we had a problem he would say it, he would say, say my name, and I would say his name, and we had a reset, we would look into each other's eyes and could start from scratch. It was like a code, and I knew from the very first moment that I would only use it with him and would never use it in front of anybody else, would never say his name if somebody else was present.

I kissed him after four days of walking and talking and forgetting to eat and missing classes, and it was not just a kiss, no, I asked him, may I kiss you, and said his name, and he said, of course you may kiss me, Carl, don't be a fool, I'm waiting for it, I'm longing for it. What can I say? I closed my eyes and when I tried to catch a glimpse I could see that he had closed his eyes as well, and I stopped trying to get glimpses. It felt like something religious, maybe a prayer, even some kind of church service telling some maybe even non-existing god, you created us, and this is the most beautiful thing we can do to show you how well you made us, how god-like, how human we are. I tried to tell him, but he laughed and told me to shut up, told me being the son of a preacher man didn't mean that I had to be stupid, told me shhh, no more words, no more stupidity, told me to stop being an idiot and kiss him again, and I kissed him again, eyes wide open.

I don't know if it started right then. You never really know when something starts, when you think it had started or rather before and you only didn't get it. There was this nagging little feeling that something could happen. I was with him every single minute during daytime, and I can't say where it came from, it was just there, this feeling that though nothing had really happened it could happen any time and turn everything upside down. It was not the fear of the end that comes with every beginning and makes you long for the point in time right before it began even though you couldn't wait for it to begin. It was more than that, and it had to do with guilt and shame and sin. Again I tried to tell him, but again he told me to shut up, again he talked about how stupid it was that I had this father I had and used words from Sunday school and not only used them but also believed in them. I told him that I didn't believe in them, I told him that I didn't feel guilty, that I didn't feel ashamed, didn't feel like a sinner, but I didn't tell him about this feeling, which I didn't understand then and only started to understand later.

There may be no story, but you may realize you are part of a story which is much larger than you are, and you can't really choose if you want to be part of it or not. There is this American writer. I read all his novels. He says, the saddest words are »was« and »again«, he has this beautiful and terrible saying »Maybe happen is never once«, which makes the German »Einmal ist keinmal« so silly, because things, and often the worst things, tend to happen again and again and again. I even told him that, at least I tried, and he said, Carl, what are you up to, what are you doing, why are you trying to make a problem where there is none?

I felt safe when I slept by his side, and I can still remember every single time when I held him in my arms, the way he looked at me and took my hands and didn't let go. I felt safe in the darkness, in the middle of the night, with his body close to mine. I felt safe watching him as he slept and couldn't imagine somebody watching me sleeping the way he did. I tried to imagine him watching me as I slept and had a longing to be able to watch him watching me sleeping. The fear I felt wasn't there in the darkness, it came with the light, and at first I didn't know it was fear, I thought it was nothing, just the uneasiness to get up in the morning, but it sure had begun by then.

Three months, maybe three and a half into it, I started to ruin everything. Once you begin to ask questions, you know immediately you shouldn't, and nevertheless you go on. It hurts, and still you go on. The more it hurts the more you go on, and that is what I did. I asked him about other men, and he said, come on, Carl, what do you

THE SADDEST WORDS

mean, there are no other men, we are boys, you are my man, don't be silly, Carl, and accept it, it's about you and about nobody else, because you are differrent, but I kept asking and asking him, and the real mistake was not that I asked him about other men, it was that I started to ask him about me.

First I asked him, if he knew what could have happened to us a hundred or maybe even fifty years ago or could still happen if we were in the wrong place, and he stared at me and said, stop it, Carl, will you? He said, please, Carl, what are you doing, and I said, it's in the books, and said his name and said, you can see it there, you can read it, said, if I had only whistled after you in the street, if I had only talked to you in the wrong way, or not even that, you would only have had to say that I had whistled after you in the street, you would only have had to say that I had talked to you and made suggestions, and he interfered and said, Carl, please, Carl, don't, it's history, it's over, it's gone. Again I said, even though it doesn't happen anymore, it still could happen, and he said no, he said, I know, and I said, you don't know, kept saying it, you can't know, I said, you will not ever really know, no matter how hard you may try, and then I started to scream at him, why me, why me, why me?

Maybe if I had stopped then we still would have had a chance to go on together, but it was too late, I was not able to stop, and I asked him, if he was with me because ... or if he was with me even though ... It was the same question I had asked my mother years before, and it was the only time she had slapped my face. I had asked her to tell me about my father, had they been together because ... or had they been together even though ... and she had asked, what did I mean, because of what or even though what? I said, because he was ... and she interrupted me and said, because he was what ... and I said again, because he was ... and she said, stop it Carl, she said, he wasn't ... she said, maybe his skin, but not him, he was not ... he was a gentle, nice person, and you stop asking stupid questions, then she slapped my face, then she hugged me, then she slapped my face again and hugged me again and started to cry and had a look in her eyes, frightening and frightened and understanding though not willing to understand.

The boy as I started to call him when he was gone didn't slap my face. He only sat there and began to cry. He asked, did I know what I had just asked him, and I said yes, I said no and tried to touch his hand, but he withdrew it. He asked me to leave and when I next met him he said, he needed a few days to think about it, and then it was a few more days, and then it became weeks, and we never really talked anymore, never talked the way we had talked before. I said his name, I tried to say his name, but it didn't work, he didn't let it work, the spell was gone, the beauty that came with it, the reassurance of being the one and only one for him. I spent hours in front of his house waiting for him, but when I saw him leaving it or coming home from somewhere I didn't know how to address him, I had no words left, and the only thing I could do was to look for a place to hide. I was crazy with remorse, crazy with loneliness, crazy with craziness, and when he moved to another city with his parents when school began again after summer the question remained.

I don't know if they moved because of me, I really don't, but speaking of the saddest words you could also speak of the most dangerous one. It is »because«, and these days you almost have to force me to use it. I know that those things in the past happened because ... there is no other way to see it, it would be wrong to deny it, but nowadays ... I don't know, but knowing what I know today I would willingly scratch this brutal word out of my vocabulary to get him back again, and yes, he was a boy, and they called him a girl just because he was nice and didn't try to hide it.

Leben und Schreiben

DREI ARTEN,
EIN RASSIST ZU SEIN

Für eine Literaturwissenschaftlerin hatte Ines nur einen sehr schwachen Glauben an die Zukunft des Romans, sie sagte, das Genre verbrenne sich selbst und produziere in seinem Niedergang ein paar Glanzlichter, bevor alles in den letzten Strohfeuern aufgehe, aber das hinderte sie nicht daran, sechs Monate nach den ebenso finsteren wie unwirklichen Wochen in dem Haus in Berlin selbst mit einem Roman zu beginnen. Nicht, dass sie das geplant hätte, aber nachdem sie mit der Arbeit an dem Buch über ihr Lyrikerpaar nicht mehr weitergekommen war, hatte sie bei der Universitätsverwaltung vor dem Sommersemester um eine längere Auszeit angesucht und, weil ihr die nicht gewährt wurde, über Nacht den Bettel hingeworfen. Man hatte ihr gesagt, sie habe keinen Anspruch darauf, sie müsse sich beurlauben lassen wie alle, und sie hatte argumentiert, der akademische Betrieb gedeihe ohnehin nur auf Sparflamme, es würde sie niemand vermissen, und plötzlich ihr ganzes Leben als abhängige Dienstnehmerin vor Augen gehabt, die einen beträchtlichen Teil ihrer Zeit mit unnötigen Dingen verbrachte, und überreagiert. Die Bilder in ihrem Kopf waren ganz deutlich gewesen, aber gesehen hatte sie eigentlich nur, wie die Farbe mehr und mehr aus ihnen wich und sonst im Vergehen der Jahre gar nichts passierte. So war die vielversprechende junge Dozentin, der eine große Zukunft vorhergesagt wurde, wenn sie sich erst habilitiert hätte ... aber blablabla ... sie konnte das alles längst nicht mehr hören ... und also war sie plötzlich auf der Straße gestanden, aber natürlich nicht ganz, weil es ja immer noch unseren Vater mit seinem Geld gab.

Ich war dabeigewesen, als sie ihm ihren Entschluss verkündet hatte und er sie fragte, was sie jetzt machen wolle, und sie eine Weile hin und her überlegte und dann sagte, sie wisse es nicht, aber sie könnte ja einen Roman schreiben wie jeder andere Idiot, dem nichts Besseres einfalle.

Ernst war ihr damit zu der Zeit noch nicht, doch sie hätte unseren Vater kennen müssen, der sich immer sofort einmischte, wenn er von einem Plan hörte, und alles zu einer rein sachlichen Frage erklärte.

»Wie lange brauchst du dafür? Ich zahle dir ein Jahr mit der Option auf ein weiteres? Genügt das?«

Sie wehrte nur schwach ab. Wahrscheinlich erinnerte sie sich nicht daran, dass er ihrer Mutter auf genau die gleiche Weise ein Angebot gemacht hatte, als diese mit ihr schwanger gewesen war, es sei ihre Sache, sie müsse entscheiden, wie sie damit umgehe, ob sie das Kind behalten wolle oder nicht, er würde zahlen. Genauso, wie er das damals auf seine Art in die Hand genommen hatte, nahm er es auch jetzt in die Hand und hatte selbstverständlich seine eigenen Worte dafür.

»Was bekommt so ein Literaturstipendiat denn?«

Sie sagte es ihm halb widerwillig.

»Was?« sagte er. »Davon können die leben? Worüber

sollen die schreiben, wenn die immer nur zu Hause sitzen und Angst vor dem Verhungern haben, außer über das Verhungern und ihre Angst davor? Wenn das Literatur sein soll, dann ist Literatur nichts für mich. Du musst dir doch manchmal etwas Schönes kaufen können, das dir Freude macht. Sonst wird es nur ein Krampf. Das ist das Abc von allem. Sagst du mir, wieviel du brauchst? Wenn ich dir das Doppelte gebe …?«

Er war nicht zur Ruhe gekommen, seit er aus Südafrika zurück war. Zwar hatte die Lokalzeitung unrecht gehabt, und er musste wegen seiner Preseason-Sause nicht vor Gericht, aber er hatte sich so sehr in die Sache verbissen, dass er auch die drohende Verwaltungsbuße bekämpfte und seinen Anwalt in die Welt trompeten ließ, es sei schließlich niemand zu Schaden gekommen, im Zweifelsfall trete er die Ersatzhaftstrafe an, um der ganzen Welt zu zeigen, wie übel ihm mitgespielt werde, und genauso versuchte er sich alle Vorwürfe in bezug auf die Variante vom Leib zu halten, die er mit seinen Müllplatz-Hoteliers eingeschleppt hatte. Er war nach seiner Rückkehr in Quarantäne gegangen, selbst aber nicht positiv gewesen, und es war Mitte Februar und das erste Mal, dass wir ihn wiedersahen. Ines hatte das Haus aufgegeben und war in ihre Wohnung zurückgekehrt, sie hatte mir ein Zimmer angeboten, weil ihre Mitbewohnerin zu ihrem Freund gezogen war, und dort stand er eines Morgens vor der Tür, begehrte Einlass und hatte natürlich geschäftliche Gründe, warum er überhaupt da war.

»Ich bin gleich wieder weg«, sagte er und hätte einerseits am liebsten seinen Fuß in die Tür gestellt, ließ sich andererseits aber bitten, bevor er überhaupt eintrat, und schwenkte eine Maske vor seinem Gesicht hin und her, als wollte er testen, ob wir wirklich von ihm verlangten, dass er sie aufsetzte. »Ich will nur schnell einmal schauen, ob ihr noch lebt.«

Dann wandte er sich demonstrativ an mich.

»Bei der Gelegenheit kannst du dich ja überzeugen, dass es auch um mich nicht so schlecht steht, wie du manchmal glaubst.«

Er vollführte ein paar schnelle Handbewegungen, als betätigte er die Pumpe seines Blutdruckmessgeräts, und machte die entsprechenden Geräusche dazu.

»Die Ärzte sagen, sie haben so etwas noch nie gesehen. Vergiss meine Werte! Ich bin ein medizinisches Wunder.«

Wahrscheinlich hätte es gereicht, ihn an den Fortgang seines Verfahrens zu erinnern, und er wäre auf der Stelle blau angelaufen, doch ich war froh, ihn so vergnügt zu sehen.

»Aufpassen solltest du aber trotzdem«, sagte ich. »Es braucht im Augenblick nicht viel, dass es dich erwischt.«

Das quittierte er mit einem müden Verkneifen der Brauen, schelmisch und düster in einem.

»Willst du mich langweilen, Elias?«

Er kaute an einem trockenen Lächeln herum.

»Du glaubst, ich verharmlose, was da passiert«, sagte er.

»Ein solcher Hinterwäldler bin ich nicht, wie du es gern hättest, aber du kannst mir nicht ausreden, dass die Leute vergessen haben, dass sie irgendwann sterben werden, und jetzt auch deswegen ein wenig durchdrehen, weil sie mit der massiven Erinnerung daran nicht umgehen können.«

Zwar dauerte es danach noch bis zum Sommer, aber Ines packte alles zusammen und fuhr so weit, wie sie fahren konnte, kaum dass sie ihre zweite Impfung hatte. Sie wäre als Fünfunddreißigjährige noch nicht dran gewesen, hatte ihre Termine außerhalb der Reihe von einem befreundeten Arzt erhalten und klagte selbst, sie sei beileibe nicht die einzige, und wenn sie sich anschaue, welche Beziehungshuberei und Drängelei sich da zusammenballe, verbunden mit der üblichen Mischung aus Selbstgerechtigkeit und Egoismus, ohne die man kein richtiger Deutscher sei und *by the way*, wie sie sagte, auch keine richtige Deutsche, komme es ihr sehr zupass, ein paar Wochen nicht im Land zu verbringen. Der Ort, an dem sie landete, lag bei Syrakus, fast an der Südspitze von Sizilien, und sie hatte sich auch dort im Handumdrehen ein Haus organisiert und längst ihren Platz gefunden, als ich sie schließlich im Juli besuchte.

Die Monate bis dahin waren wie herausgestanzt aus der Zeit, ich hätte im nachhinein nicht einmal sagen können, ob sie schnell oder langsam vergingen, empfand es aber als bestürzend, wie ein Tag erinnerungslos in den anderen glitt oder kippte, je nachdem, und wie ich mich allmählich an diese beinahe pflanzliche Art zu leben gewöhnte und mir all die Dinge, die man nicht tun konnte und von denen ich gedacht hatte, sie würden mir fehlen, schon nach wenigen Wochen nicht mehr abgingen. Ich war viel bei Carl in Frankfurt, der immer noch in den Büros beschäftigt war, aber bald wieder fliegen sollte und mich geradezu anflehte, mich nicht so hängenzulassen und zu schauen, ob die Linie mir vielleicht meine alte Stelle zurückgab, die sie erst wieder schaffen hätte müssen, aber erstens war ich dafür zu stolz, und zweitens ... Ich wusste nicht, ob es ein »zweitens« überhaupt gab, oder es würde auch nur darauf hinauslaufen, dass ich am Ende doch mehr der Sohn meines Vaters war, als ich mir eingestehen wollte, Spross des Pensioners und womöglich selbst bald der Pensioner, wenn ich mir nicht etwas einfallen ließ, und deshalb nicht akzeptieren konnte, dass jemand mit mir umsprang, als wäre ich reine Verfügungsmasse, nach Belieben kündbar und wieder einstellbar.

Eine Weile beschäftigte ich mich mit dem »Auftritt« des Hotels, gestaltete die Website neu, entwarf Prospekte, richtete einen Instagram-Account ein, auf dem ich »in loser Folge« Weine empfahl, fast so übermütig, mich selbst *Styling* zu nennen, damit nicht immer nur andere darüber verfügten, und tüftelte sogar an Schriftart und Schriftgröße der Speisekarten herum. Ich schlug meinem Vater vor, damit zu werben, dass wir »von jenseits der Grenze« stammten, uns womöglich sogar einen sanften südländischen Anstrich oder zumindest sonst etwas Welsches zu verpassen, das würde bei einem heutigen Publikum doch verfangen, das versessen auf solche Kinkerlitzchen sei und uns aus der Hand fressen würde, was immer wir ihm auftischten, solange es irgendwie ursprünglich, irgendwie typisch und irgendwie »von drüben« wäre, aber er schüttelte den Kopf. Ich hatte nicht daran gedacht, dass ihn das vielleicht an Emma erinnerte und er sich deshalb nicht damit anfreunden wollte, doch als ich ihm dann auch noch damit kam, nach Möglichkeit aus dem »Gstraun« etwas zu machen, von dem sich unser Name ableitete, bewies ich ihm wieder einmal, dass ich mich ins Hundertste und Tausendste verzettelte, wenn man mich nicht unter Beobachtung hielt, und für das Geschäft nicht viel brachte. Es war ein Dialektausdruck und bedeutete »kastrierter Widder«, wozu er bloß sagte, mit »Widder« könne er unter Umständen sogar leben, mit »kastriert« aber nicht, und wir mussten beide froh sein, dass ich zu guter Letzt Ines hinterherreiste und damit aus seinen Augen war und auch für die Sommersaison ausfiel.

Die Fahrt in den Süden ... wie nur je eine ... Ich könnte schwärmen und schwärmen. Es war ein Kindheitssommer, dieser Sommer nach all den Shutdowns und Lockdowns, und als ich bei Ines ankam, selbst auch längst doppelt geimpft, obwohl ich als Genesener galt, fiel mir zuerst gar nicht auf, welch rigidem Arbeitsregime sie sich schon wieder unterworfen hatte, meine kluge, kleine

Schwester. Das Haus lag ein paar Kilometer landeinwärts, doch man konnte von der Terrasse das Meer sehen, und sie sagte, es sei nichts als Wasser, was uns von Afrika trenne, ob das eine zufällige Formulierung war oder nicht. Sie empfing mich in kurzen Hosen und einem Leibchen mit dünnen Trägern, und damit setzte sie sich noch vor Sonnenaufgang barfuß an ein Campingtischchen im Freien und machte sich, bevor es zu heiß wurde, daran, in ihrer schwer leserlichen Schrift Seite um Seite eines Schreibblocks zu füllen, die sie dann abends fast ohne Korrektur in den Laptop abtippte.

Am Morgen meiner Ankunft hatte ich versucht, Ulrich zu erwähnen, aber danach schaute sie beim kleinsten Verdacht, ich könnte es noch einmal tun, so abweisend, dass ich mich vorsah, und von da an gab es ihn ganz einfach nicht mehr und hätte ihn genausogut auch nie gegeben haben können. Wir mieteten zwei Vespas und fuhren damit immer spätnachmittags an den Strand, der Fahrtwind so warm, dass er kaum Kühlung brachte, aber einen die Hitze nicht als etwas Drückendes und Stehendes empfinden ließ, sondern als Bewegung im Gleichlauf mit der eigenen Bewegung, wie wenn sich für jeden Körper vor ihm in der Luft in einem fort wieder seine Umrisse öffneten. Ines schwamm weit in das Meer hinaus, meistens die Direttissima auf den Horizont zu, und lachte über mich, wenn ich am Ufer herumplanschte und mir Sorgen um sie machte, weil ich sie aus dem Blick verloren hatte. In den Nächten kam sie nicht zu mir, und als schließlich ich vor ihrer Tür stand, meinte sie, sie wolle lieber allein schlafen, es sei zu heiß, sich ein Bett zu teilen, außerdem müsse sie sich auf ihre Arbeit konzentrieren, und es war fast eine Woche vergangen, als sie sich eines Abends zum ersten Mal mehr als nur ausweichend darüber äußerte.

»Es ist eine Dreiecksgeschichte«, sagte sie. »Gehobenes Milieu, alles aufgeklärte, tolerante Leute, und sie geht trotzdem auf katastrophale Weise schief.«

Wir saßen in den Korbsesseln auf der Terrasse, und sie hatte ihre Füße auf die Begrenzungsmauer gelegt, hinter der ein sanft abfallender Pinienhain begann. Die Zikaden, die den ganzen Tag gelärmt hatten, waren still geworden, und wir lauschten beim kleinsten Laut, ob ihr Rasseln und Schnarren wieder begann. Es waren nur mehr zwei Stunden bis Mitternacht, aber immer noch annähernd dreißig Grad, und wir konnten über den ganzen Abhang und die Ebene vereinzelt Lichter sowie in der Ferne den Lichtschein der Stadt sehen und am Horizont daneben den schwarzen Rand des Meeres, als wäre das die perfekte Szenerie für die Phantasien, in denen sie sich nun erging.

»Ein Professorenpaar, das sich auf der sicheren Seite wähnt. Der Mann, der dazukommt, ist schwarz und wird von mir von Anfang an als Schwarzer benannt, und es passiert exakt das, was nicht passieren darf und von dem sie auch immer geglaubt hatten, dass es gar nicht passieren kann. Denn genau deswegen tut sich ein Abgrund auf.

Ich habe schon einen Titel, und der Titel gibt die Richtung vor, in die ich es treiben will.«

Sie sprach ihn wie mit einem Fragezeichen aus.

»Drei Arten, ein Rassist zu sein‹?«

Ich erwiderte nichts, und sie sah mich enttäuscht an.

»Du magst ihn nicht, oder?«

Sie ließ mir keine Zeit zu überlegen und wartete, kaum dass sie mich gefragt hatte, auch schon mit Antworten auf.

»Zu reißerisch? Zu plakativ, oder hat er gerade dadurch seine Schlagkraft? Zu vieles vorwegnehmend?«

»Nein, er ist gut«, sagte ich. »Aber warum drei? Bei dem Mann, dem Hörner aufgesetzt werden, kann ich es mir ja noch vorstellen. Aber warum die Frau, warum der Schwarze, falls du die beiden meinst?«

»Weil sich in der Situation alle so verhalten«, sagte sie. »Jeder einzelne von ihnen. Sie sind sich eigentlich sicher und können sich eigentlich auch sicher sein, dass sie keine Rassisten sind, aber was heißt ›eigentlich‹? Die Sache überfordert sie so sehr, dass sich jeweils die niedrigsten Instinkte Bahn brechen.«

Ich sagte, so wie sie das ausspreche, höre es sich ziemlich brutal und zudem auch schwülstig an.

»Die niedrigsten Instinkte.«

»Nagel mich nicht auf das Wort fest!«

»Das tu ich doch nicht«, sagte ich. »Man gelangt damit bloß so schnell auf eine andere Ebene. Wie soll ich sagen? Man ist plötzlich mitten im Animalischen.«

Auch das war nur ein Wort, aber von einem Augenblick auf den anderen wirkte die Nacht rundum undurchdringlicher, und Ines' verlegenes Kichern reichte kaum so weit wie das Licht.

»Ach, Elias, und wenn?« sagte sie »Soll uns das etwa angst machen, oder wie kommt es, dass du so zimperlich bist?«

Dabei sah sie mich an, als würde sie mich unterschätzen und brauchte Gründe dafür nicht erst zu suchen.

»Ich habe nur eine ungefähre Vorstellung von allem. Auch behaupte ich nicht, dass es notwendig so ist, wie ich es mir ausmale, doch in meinem Roman soll es so sein. Am Ende wird einer ums Leben kommen, und wenn ich dem Gang der Geschichte einigermaßen gerecht werden will, kann es sich nur um den ersten Mann handeln.«

Damit fing sie an, ihn sich auszumalen, und ich erinnerte mich später immer an ihre Worte, er sei von den drei Figuren die unwirklichste und paradoxerweise gleichzeitig diejenige, die sich am leichtesten für sie fassen lasse.

»Wenn ich will, sehe ich ihn deutlich vor mir«, sagte sie. »Andererseits weiß ich nicht, ob ich ihn überhaupt mit spezifischen Eigenschaften ausstatten soll.«

Dafür war das, was Ines dann nach und nach über ihn vorbrachte, äußerst konkret, angefangen mit der Feststellung, dass er eine Koryphäe auf seinem Gebiet sein würde, der deutschen Romantik, was wie eine Anlehnung an ihren eigenen Forschungsschwerpunkt klang. Er sollte vielleicht fünfzig sein, schon ein bisschen müde, schon ein bisschen alt, ja, zehn Jahre zu früh schon auf die sechzig zugehend, mit dem Wissen, dass Denken die einfachste Methode war, sich vom Denken fernzuhalten, wie er irgendwo gelesen hatte, und dass er aus Angst, was sich dahinter auftun könnte, wenn er ernsthaft damit beginnen würde, genau ein solches Denkerleben führte, das ihn vor den meisten Unwägbarkeiten bewahrte. Die Bücher hatte er sein Leben lang genauso gebraucht, wie er diejenigen, die regelrecht an sie glaubten, mehr und mehr verachtete, und über diesem Widerspruch hatte er einen Bauch und überhaupt einen schweren Körper bekommen, eine Massigkeit, die ihn unverrückbar erscheinen ließ, und die Neigung, aus allem einen Verwaltungsakt zu machen, damit er nicht doch noch vom Leben überrumpelt würde. Genaugenommen musste er erst wieder reanimiert werden, um überhaupt in Betracht zu kommen, und Ines ahnte wahrscheinlich, dass sie nur soviel Liebe auf seine Modellierung verwandte, weil sie ihn dann noch leichter mit mehr Liebe zerstören konnte.

»Man sollte ihn sich als einen der Letzten seiner Art denken«, sagte sie. »Im Grunde genommen dürfte es ihn gar nicht mehr geben, aber in diesem akademischen Biotop ist es ihm irgendwie zu überdauern gelungen.«

Sie hatte mir öfter von dem Kollegen erzählt, nach dem der Mann gezeichnet war. Angeblich hatte sie ihre Kämpfe mit ihm ausgefochten, wenn sie sich nicht umgehen ließen, und ihn sonst nicht weiter beachtet, und dass er jetzt in ihrem Roman auftreten sollte, war gewiss zuviel der Ehre. Sie sagte, sie habe beim Schreiben eine perverse Vorliebe für Charaktere, die sie im Leben nicht ausstehen könne, und als wäre das nicht genug, stellte sie ihm eine deutlich jüngere Frau zur Seite, und noch dazu eine, die vor Lebendigkeit geradezu strotzte und die offenbar so viel mit ihr selbst zu tun hatte, dass man mit der Behauptung nicht fehlging, dass es sie war.

»Sie könnte eines Tages in ihn hineingelaufen sein wie in ihr Schicksal«, sagte sie ohne Angst vor dem Pathos und als wollte sie mit einem möglichst dramatischen Satz ausloten, wie empfänglich ich für eine solche Geschichte war. »Es müsste etwas ganz und gar Unausweichliches zwischen ihnen sein.«

Das sagte sie so, dass ich sofort dachte, sie würde es nicht sagen, wenn sie nicht genau solche Erfahrungen gemacht hätte, aber als ich danach fragte, wich sie aus.

»Es gibt doch diese unwahrscheinlichen Paare in den Filmen, die nur von Traurigkeit zusammengehalten werden und nicht voneinander loskommen.«

Dann setzte sie noch einmal an.

»Wenn ich mir vorstelle, wie er sie unter seinem gewichtigen Körper begräbt ... Von außen spricht alles gegen ihn, aber sie haben ein Geheimnis, das ihnen diese fast nicht aushaltbare Schwere verleiht, die manchmal nicht von Sehnsucht zu unterscheiden ist. Sie sieht ihn in der Nacht am Fenster stehen und in die Dunkelheit hinausschauen und denkt, dass ihr nichts passieren kann, solange er da ist.«

Ich wagte fast nicht zu fragen, fragte aber dann doch, welches Geheimnis, und sie antwortete kaum hörbar.

»Er akzeptiert ihre Geliebten.«

Dabei machte sie einen Laut wie eine Raucherin, deren Lippen an der Zigarette festgeklebt sind und die sich am Ende eines Zuges davon lösen.

»Wenn man das nicht weiß, fehlt einem die entscheidende Information«, sagte sie dann. »Er hat ihre Eskapaden all die Jahre hingenommen, die er mit ihr ein Paar ist, und nimmt sie immer noch hin. Jedesmal wenn sie von einem Rendezvous nach Hause kommt, erstattet sie ihm Bericht, und sein Körper wird darüber nur noch bedrückter und unbeweglicher und einsamer. Sie beschreibt ihm ihre Erlebnisse, und er hält es einerseits nicht aus und kann andererseits nicht genug davon bekommen, weil er längst begriffen hat, dass das zu seiner Existenz gehört.«

Spätestens jetzt war es eine unausweichliche Geschichte, der man nicht mehr entkam, und ich hatte ein Gefühl für das sich anbahnende Unglück, noch bevor Ines sagte, es ändere sich aber mit einem Schlag alles, als die Frau diesen neuen Geliebten in ihr Leben holt.

»Sie sagt ihrem Mann ganz beiläufig, er sei schwarz, und dessen erste Reaktion ist nur, dass er sich erkundigt, warum sie ihm das überhaupt sage.«

Das war die Frage, die auch ich ihr gestellt hätte, aber

ich schwieg und ließ Ines allein mit ihrem schrittweisen Vorantasten in die Dunkelheit.

»Er weiß, dass es keine Bedeutung hat, er sagt sich das auch, und dann spürt er doch, wie etwas in ihm durchbrennt«, sagte sie. »Er liegt in der Nacht wach und schafft es nicht, sich gegen die Bilder zu wehren, die er sonst immer von sich wegzuhalten gewusst hat, und auf einmal, nachdem er sich mit all den Männern davor abgefunden hat, ist genau dieser Geliebte der eine Geliebte zuviel. Da kann er sich hundertmal sagen, dass es nichts damit tun hat, dass er schwarz ist, es hilft ihm nicht, weil er gleichzeitig klug genug ist, sich selbst nicht zu trauen. Er weiß, es ist gegen jede Vernunft, er weiß, es ist gegen alles, was er sein will, und er weiß, er ist verloren, weil er trotzdem nicht dagegen ankommt.«

Damit hatte sie den Mann an den Abgrund herangeführt, in den er fallen würde, und nur weil ich nicht wusste, was sagen, fragte ich Ines nach der Frau, und sie meinte, bei ihr sei es noch leichter, sie ins Verderben zu stürzen.

»Ich lasse sie einfach Pornos schauen«, sagte sie, ohne sich mit einer Darstellung ihres Äußeren oder sonst etwas aufzuhalten. »Ich beschreibe, wie sie sich durch das Netz klickt und meistens ziemlich schnell zuerst vielleicht noch ungezielt, aber dann immer gezielter bei schwarzen Körpern landet.«

Die paar Male unseres gemeinsamen Schauens lagen lange zurück, aber damals hatte sie keine spezifischen

Vorlieben für irgend etwas zu erkennen gegeben, und ich konnte also nicht sagen, ob sie frei phantasierte oder von sich selbst ausging, ganz abgesehen davon, dass es ein abgegriffenes Motiv war.

»Hört sich das nicht nach einem Klischee an?«

»Das mag schon sein, aber gleichzeitig sind es die Erfahrungen einer modernen Frau«, sagte sie. »Sie macht genau das, was sonst Männer machen, nur redet niemand davon. Außerdem hat sie diese Mädchengruppe noch aus ihrer Studienzeit, in der sie sich eine Weile mit ihren Freundinnen offen über ihre sexuellen Erlebnisse ausgetauscht hat, und da ist es auch um die Fragen gegangen, wer als erste von ihnen mit einem N... schlafen würde und wie es wäre, mit einem zu schlafen. Sie haben das Wort unter sich ausgesprochen, wie um ihre Angst zu bannen und als bedürfte es eines besonderen Mutes dazu, und jetzt schreibt sie den anderen darüber, wie es ist.«

»Aber wie soll es denn sein, Ines?«

Sie entschied sich, ausgiebig zu lachen.

»Keine Ahnung«, sagte sie dann, wobei sie wie unabsichtlich an mir vorbeisah. »Vielleicht kannst du es mir sagen.«

Einen Augenblick fürchtete ich, sie könnte mich allen Ernstes fragen, wie es war, mit Carl zu schlafen, und es dann, wenn ich so unvorsichtig wäre, etwas zu sagen, für ihren Roman verwenden, aber schon beschnitt sie sich selbst.

»Das ist von vorn bis hinten kaputt. Vergiss es! Allein, dass die Frau einen Unterschied erwägt und ihn dann womöglich festzustellen glaubt, führt sie direkt in die Hölle.«

Ich hatte genug und wollte eigentlich ins Bett, aber es fehlte der Dritte im Bunde, es fehlte der Schwarze, den sie seit dem Anfang unseres Gesprächs wenig berücksichtigt hatte, und als ich sie fragte, wie sie ihn zum Rassisten machen wolle, sagte sie, er werde es aus Hass und aus Selbsthass.

»Man kann natürlich auch behaupten, er hat zuviel Einbildungskraft. Am besten lasse ich ihn Schauspieler sein oder sonst etwas Künstlerisches, vielleicht sogar eine kleine Berühmtheit, und er sollte auf jeden Fall Erfolg haben und ein Selbstbewusstsein, das alle Ausschläge nach oben und nach unten kennt. Sein Problem ist, was er denkt, während er mit der Frau schläft.«

Ich ging sofort in Verteidigungsstellung.

»Was du ihn denken lässt«, sagte ich mit fast schon pädagogischer Bedächtigkeit. »Was du denkst.«

»Nicht, was ich denke.«

Sie hob ironisch den Zeigefinger.

»Was er denkt.«

Ich sagte noch einmal: »Was du ihn denken lässt und also selbst denkst«, und sie sagte: »Was ich ihn denken lasse, um es selbst nicht denken zu müssen, um eine Schranke dagegen zu errichten, dass ich selbst …«, und dann sagte sie, was er dachte. Es war fast nicht mitanzuhören, furchtbares Zeug, Rachegedanken, es *ihnen* heimzuzahlen, sie sagte nicht, wer damit gemeint wäre, aber es war klar, und wenn es ums Heimzahlen ging, bedeutete »ihnen« auch der Frau, weil sie eine von ihnen war, und bedeutete »es« alles, jahrhundertelange Demütigungen, die in die brutalsten Phantasien mündeten wie im Krieg, den Feind zur Strecke zu bringen, indem man die Frauen des Feindes ...

»Willst du das wirklich schreiben?«

Ich unterbrach sie mitten im Satz.

»Sicher nicht so krass«, sagte sie. »Aber es könnte ein Element davon dasein, wenn er mit ihr schläft, ein plötzliches Aufblitzen, eine Genugtuung, die er sofort wieder unterdrückt. Sie ist blond und kann ihm dafür gar nicht blond genug sein. Mehr ist es ein Gefühl, als dass er es denkt.«

»Weißt du, was du damit heraufbeschwörst? ›Sie kann ihm gar nicht blond genug sein.‹ Meinst du nicht, dass du übertreibst?«

Mir lag das »extra blond« oder »belgisch blond« auf der Zunge, das ich immer für sie reserviert hatte, und »belgisch« klang auf einmal besonders unheilvoll, aber ich hütete mich, es auszusprechen.

»Willst du ihn in diesen Zusammenhang stellen?«

Sie zuckte mit den Schultern und redete sich endgültig mit dem gleichen fadenscheinigen Grund aus allem heraus, mit dem sich Schriftsteller immer schon aus allem herauszureden versucht haben und den sie wohl keinem anderen so schnell abgenommen hätte wie sich selbst.

»Das ist nicht meine Entscheidung, sondern seine. Ich kann nicht sagen, wie er sich entwickelt. Aber eine gewisse Freiheit muss ich ihm schon lassen, wenn ich nicht will, dass er sich als Totgeburt erweist.«

Dann sagte sie, er sei auf jeden Fall bisher der einzige, für den sie einen Namen habe, und beschwor mich, von welcher Bedeutung das für sie sei, und ich wusste ihn, bevor sie ihn aussprach.

»Carl?«

»Ja«, sagte sie. »Ich weiß nicht, wie unser Freund dazu steht, aber auf die Anekdote von dem Sprintfinale in Stuttgart, die du mir erzählt hast, kann ich unmöglich verzichten, und also bleibt mir keine Wahl. Wie sollte ich etwas erfinden, das auch nur annähernd daran heranreichen würde? Ich werde mit ihm sprechen, wenn er kommt.«

Carl hatte sich längst zu einem Besuch angemeldet, und ich konnte mir nicht vorstellen, dass er glücklich über all das sein würde, war in der Situation aber zu nachlässig und zu schwach, auch nur den Versuch zu unternehmen, ihr das auszureden.

»Tu das lieber«, sagte ich bloß. »Schließlich ist die Geschichte heilig für ihn, und ich fürchte, dass er empfindlich reagiert, wenn du nicht vorsichtig bist.«

Das war der Anfang unserer fast abendlichen Gespräche, bei denen ich mehr und mehr über Plot und Setting erfuhr und sie mir manchmal auch ein paar Seiten vorlas und sich erkundigte, wie ich sie fand, und dabei hätte ich gern mehr vom Metier verstanden, mehr von Literaturwissenschaft und mehr von Literaturkritik, weil ich ahnte, dass mir kein Simulieren mehr half, und ich gern die passenden Argumente gehabt hätte. Ines schien selbst nicht sicher zu sein, wie weit sie sich vorwagen sollte, aber was konnte ich ihr schon sagen, was hätte ich ihr raten können, das sie selbst nicht besser wusste? Mein Unbehagen kam daher, dass mir immer klarer wurde, dass es nicht reichte, eine Geschichte zu erzählen, wenn sich aus der Geschichte nicht erschloss, warum sie erzählt wurde und warum auf diese und nicht auf eine andere Weise, aber beim Versuch, das zu erklären, verhedderte ich mich.

Es erschien mir wie kein Zufall, dass genau in dieser Nacht, nachdem sie das alles vor mir ausgebreitet hatte, mich zum ersten Mal der Traum wieder plagte, der einer meiner schlimmsten Alpträume war. Darin saß ich in einem ferngesteuerten Hubschrauber und war gleichzeitig derjenige, der ihn fernsteuerte, hatte an einem sicheren Ort auf dem Boden meinen Platz eingenommen und lenkte ihn mit einer Konsole. Ein rotes Blinklicht warnte mich, dass ich die maximale Reichweite gleich überschritten hätte, auf einem Display wurden die Meter heruntergezählt, mit dem Erreichen der Null setzte ein schriller Heulton ein, und mein eines Ich flog unwissend in seinen Untergang, ohne vom anderen noch kontrolliert werden zu können, das alles wusste und die Katastrophe kommen sah. Der Hubschrauber hielt sich noch eine Weile auf seiner gedachten Linie, hatte scheinbar unbeirrt sein Ziel, bevor er sich um sich selbst zu drehen begann und ins Trudeln geriet. Ich wurde wach und ärgerte mich, weil ich dadurch nicht herausfinden konnte, ob der Absturz nur den einen Teil von mir in der Luft betraf oder ob auch der andere mit in den Tod gerissen wurde, der gar nicht abgehoben hatte.

Ich hatte Carl davor eher ausweichend über Ines' Vorhaben unterrichtet, aber als ich ihn am Morgen anrief, nahm ich keine Rücksicht, ob er bereits wach war oder nicht, und vertraute ihm die ganze Geschichte an, wobei ich meine Schwester in Schutz nahm, mir komme es vor, als versuchte sie mit allen Mitteln etwas zu erzählen, was sich nicht erzählen lasse. Er reagierte kaum, und tatsächlich war die einzige Reaktion, die mir von ihm in Erinnerung blieb, dass er von Zeit zu Zeit wie gegen seinen Willen stöhnte, und das um so deutlicher, je abstruser war, was ich sagte. Sein Schweigen wirkte, als lauschte er in einem fort, ob ich ihm Dinge vorenthielte oder ob ich vielleicht sogar mit Ines unter einer Decke steckte und etwas aushecke gegen ihn, aber als ich ihn schließlich fragte, ob er trotzdem an seinem Besuch festhalte, lachte er nur.

»Da hat sich deine kleine Schwester aber einiges aufgebürdet«, sagte er. »Es ist doch klar, dass es in dieser Konstellation nur Verlierer geben kann, und wenn sie nicht achtgibt und sich verrennt, ist die größte Verliererin sie.«

Ich hatte ihm auch gesagt, dass sie seinen Namen verwenden wollte, ohne dass ich zu sagen gewagt hätte, warum, und darauf kam er noch einmal zurück.

»Und sie will den Armen wirklich so nennen?«

Ich sagte ja.

»Und warum glaubt sie, ich habe etwas mit ihm zu tun, nur weil sie sich das so zusammenreimt?«

»Ich weiß nicht«, sagte ich und wusste im selben Augenblick, dass ich ein Problem haben würde, wenn er erfuhr, wie es zu der Benennung gekommen war. »Abgesehen davon, dass du schwarz bist ... Du verstehst mich ... Falls das etwas mit dir zu tun hat ...«

Beim Frühstück gab sich Ines gutgelaunt, und nichts deutete darauf hin, dass der Abend davor in gedrückter Stimmung zu Ende gegangen war. Ich verhielt mich ihr gegenüber reserviert und behielt das ein paar Tage lang bei, weil ich mich vor neuen Eröffnungen fürchtete, aber es kam nichts mehr, und wenn sie über ihren Roman sprach, ging es eher um handwerkliche Fragen. Die Stellen, die sie mir vorlas, waren harmlos, nichts deutete auf die problematischen Entscheidungen hin, die sie für ihre Protagonisten getroffen hatte, und beinahe dachte ich schon, sie könnte sich anders entschlossen haben und nicht auf diese groben Zuspitzungen abzielen, die man als Provokation empfinden musste. Ich beeilte mich immer, sie zu loben, wenn sie ihr Manuskript beiseite legte, bis sie eines Tages sagte, sie müsse wohl mein Urteil grundsätzlich in Frage stellen, denn wenn ich behauptete, etwas sei großartig, sei sie auf jeden Fall gut beraten, es für schlecht zu halten, und wenn ich sagte, es sei schlecht, habe sie allen Grund zur Annahme, dass es in Wirklichkeit etwas vom Besten war, das sie je geschrieben hatte.

Die Schwierigkeiten begannen erst wieder, als Carl endlich kam. Es war Anfang August, und ich hatte seit einiger Zeit aufgehört, das Thermometer zu beobachten, weil ein Tag so ununterscheidbar auf den anderen folgte, dass ein halbes Grad plus oder ein halbes Grad minus nichts änderte an der Wahrnehmung des Stillstands. Tagsüber war es derart heiß, dass man spürte, dass der Asphalt unter einem weich und klebrig wurde, der Wind trug Saharasand heran, färbte das verbrannte Gras in den Hügeln rot und war auch am späten Abend noch viel zu warm. Ich hatte beobachtet, wie die Klagen der Nachbarn über die Hitze in ein halb resigniertes, halb aufgeregtes Schielen auf einen Hitzerekord umgeschlagen waren, seit die Skala knapp achtundvierzig Grad anzeigte und die achtundvierzig bald überschritten wären und sich endgültig den fünfzig näherten. Am Morgen hatte in Sichtweite des Hauses ein Feuer still vor sich hin gebrannt, bis erst nach langen Minuten eine Sirene zu hören war, nachlässig und müde, und noch einmal viele Minuten vergingen, bevor ein Löschflugzeug auftauchte, seine Ladung über den Flammen niederregnen ließ und in der Nähe des Strandes auf dem Wasser landete, um seine Tanks von neuem zu füllen. Ich war in meinem Liegestuhl auf der Terrasse gelegen und hatte unbeteiligt und wie betäubt zugeschaut, was da vor sich ging, und das gab mir ein deutliches Gespür dafür, dass die Welt nach den vergangenen eineinhalb Jahren nie mehr die alte wäre, ohne dass ich hätte sagen können, ob ich mich ihr deshalb in Zukunft behutsamer oder gleichgültiger nähern würde. In dieser Stimmung holte ich Carl vom Flughafen ab, und es war weniger eine meiner üblichen Fluchtphantasien, dass ich ihm gleich vorschlug, wir müssten die Tage nicht mit Ines verbringen, wir könnten auf eigene Faust die Insel erkunden, als ein Widerstand, ihn in ihre Hände zu geben.

»Sie ist in einer unberechenbaren Laune«, sagte ich. »Ich will nicht, dass sie ihre schwarze Stimmung an dir auslässt.«

Er entgegnete, in der Farbenlehre sei ich auch schon einmal besser gewesen, und meinte dann, er könne sich wehren.

»Ohne Zweifel hast du aber bereits Pläne.«

Ich hatte keine, kam jedoch mit einem Vorschlag.

»Wir könnten nach Malta fahren«, sagte ich. »Es gibt von hier irgendwo eine Fähre.«

Darauf fragte er mich, was wir dort sollten.

»Genausogut könnte es Afrika sein.«

Er sprach das Wort hart aus, als würde es für ihn nichts Fremderes geben, und erwiderte meinen Blick nicht, als ich ihn alarmiert ansah.

»Das wäre sicher eine Reise wert«, sagte er sarkastisch.

»Nur würden wir dafür nicht so leicht eine Fähre finden, und in diese Richtung gäbe es außer uns wohl keine Passagiere.«

Ines war aufgekratzt und verwendete ihr »O Carl!« in einer Frequenz, als wollte sie sich über sich selbst lustig machen, »O Carl, wie schön!«, »O Carl, du musst uns erzählen ...«, »O Carl, wenn ich dir nur sagen könnte ...«. Sie saß genauso wie nach meiner Ankunft in kurzen Hosen und einem Leibchen mit dünnen Trägern an ihrem Campingtischchen auf der Terrasse und legte den Schreibblock wie verschämt neben sich, als wir das Haus erreichten. Dann lief sie auf Carl zu und umarmte ihn, während es nur so aus ihr hervorsprudelte.

»Endlich!« rief sie aus. »Jetzt fängt alles richtig an!«

Sie zog ihn neben sich auf einen der Korbsessel und war schnell in ein Gespräch mit ihm begriffen, von dem ich mich ausgeschlossen fühlte, und das war die wiederkehrende Situation an all den Tagen danach, wenn er früh aufstand und zu ihr hinunterging und ich später zu ihnen trat, weil ich noch gedöst hatte und gewöhnlich nach ihm duschte. Dabei wurde mir zum ersten Mal richtig klar, dass ich sie immer regelrecht zwanghaft eine Weile allein lassen musste und dass ich das inszeniert hatte wie um mich für meine Eifersucht selbst zu bestrafen, seit sie sich kannten, geradeso, als könnte ich mein Glück nicht glauben und müsste es deshalb aufs Spiel setzen und stets von neuem noch einmal gewinnen, egal, wie oft Carl mir versicherte, es gäbe vielleicht Menschen, die meine Schwester nicht für so unwiderstehlich hielten wie ich. Ich konnte tun, was ich wollte, mich flog jedesmal dieser Hauch von Verlassenheit an, den ich nie ganz zu verleugnen vermochte, sooft sie bei meinem Auftauchen verstummten, und es dauerte jedesmal ein paar Augenblicke, bis ich wieder ganz zurück in die Welt fand und staunte, dass nichts passiert war, weil ich es allein für meine Blödheit nicht anders verdient hätte. Schon der Gedanke, dass sie ein schönes Paar abgegeben hätten, wenn ich nicht gewesen wäre, war peinlich, selbst wenn ich ihn nur insgeheim dachte. Ich setzte mich zu ihnen, und wir planten den Tag, und Ines war Feuer und Flamme, hatte tausend Ideen, was wir unternehmen könnten, und meinte am Ende doch von Mal zu Mal gleich, sie könne leider nicht mitkommen, sie habe ihr Baby, wie sie den Roman zu nennen begonnen hatte, es sei in einer schwierigen Phase und benötige in jedem Augenblick ihre Zuwendung.

»Geht nur!« konnte sie sagen. »Ihr habt Besseres zu tun. Denkt an mich, aber macht euch keine falschen Gedanken! Ich weiß mir schon zu helfen.«

Es hatte immer etwas halb Anklagendes, wie sie glaubte, das betonen zu müssen, aber die Ahnung, es liege etwas Ungutes in der Luft, das wir nur schwer einschätzen konnten, erreichte mich von woanders, und wenn wir meine Vespa nahmen und zusammen in die Stadt fuhren, bloß Carl und ich, waren wir unversehens Teil einer Realität, als der zugehörig ich uns nie empfunden hatte. Denn dort gab es an einem zentralen Platz einen Treffpunkt für Schwarze, sie saßen um den Brunnen in der Mitte, beobachteten die Gäste an den Tischchen am Rand, die alle weiß waren, und wurden von ihnen beobachtet, zwei Blöcke, die sich zwar nicht feindselig, aber auch nicht wohlwollend gegeneinander in Stellung gebracht hatten, und sooft ich mit Carl vorbeikam, fielen sowohl aus dem einen als auch aus dem anderen Block befremdete oder sogar ablehnende Blicke auf uns, ja, einmal rief uns sogar einer aus einem Hauseingang etwas hinterher, das ich nicht verstand oder nicht verstehen wollte, weil es nach einem bösen Schimpfwort klang. Die Saison der Flüchtlingsboote hatte längst wieder begonnen, und das bedeutete ganz schlicht, dass es zwei Seiten gab, die man nicht beliebig wechseln konnte. Ein paar Tage lang war ein Boot weit draußen vor dem Hafen vor Anker gelegen und dann über Nacht wie ein Geisterschiff wieder verschwunden, weil es nicht anlanden durfte, und wenn ich in der Dämmerung mit Carl zum Haus zurückfuhr, musste ich auf die Handtaschen- und Schmuckverkäufer vom Strand achtgeben, die auf schlecht oder gar nicht beleuchteten Fahrrädern zu ihren Unterkünften irgendwo im Umland unterwegs waren, alle paar hundert Meter einer, der in der einbrechenden Dunkelheit wirkte, als wäre er der einzige, und eine himmelschreiende Einsamkeit ausstrahlte. Wir passierten sie langsam, manchmal schaute ich in ein mir genauso sehnsüchtig wie hart erscheinendes Augenpaar, das zuerst auf Carl, dann auf mich gerichtet war, und manchmal drehte ich mich noch um und sah, dass einer am Straßenrand stehenblieb und uns lange nachblickte, als hätte er eine Geistererscheinung gehabt.

Ich hätte nie gedacht, dass dieser Rahmen eine Rolle spielen könnte, und war erstaunt, wie sehr er es tat, als Ines eines Abends meinte, sie sei soweit, sie werde uns nun die Schlüsselszene ihres Romans vorlesen. Es klang wie nebenher, und doch bekam ich im nachhinein nicht aus dem Kopf, ob nicht von Anfang an auch etwas Aggressives an ihr gewesen war, so ruck, zuck ging es plötzlich, wir sollten uns ein Glas Wein schnappen und Platz nehmen, dann lege sie los. Es war gerade noch hell genug dafür, aber sie hatte sich mit einer Taschenlampe ausgestattet, die sie dann auch gleich einschaltete, und setzte sich uns gegenüber auf die Begrenzungsmauer der Terrasse, ihren Rücken dem abfallenden Pinienhain und der weiten Landschaft dahinter zugekehrt.

»Ich fange einfach an«, sagte sie mehrfach, als müsste sie sich selbst ermutigen. »Ihr sagt mir, wenn ich aufhören soll.«

Sie las mit monotoner Stimme, ohne einmal aufzublicken, und konnte deshalb Carls Reaktion nicht sehen. Ich aber erkannte sogleich, dass ihm nicht recht war, was sie da zum besten gab, und allem Anschein nach war dabei noch das Wenigste, dass sie seinen Namen verwendete, doch ich mochte mich täuschen. Auf jeden Fall machte sie bei jeder Erwähnung eine kleine, kaum wahrnehmbare Pause, und ich wartete stets darauf, dass sie plötzlich den Kopf heben, ihm direkt in die Augen schauen und endlich erklären würde, was es damit auf sich hatte, aber sie tat es zum Glück nicht und vergewisserte sich nur wieder und wieder mit denselben Worten.

»Soll ich weiterlesen?«

Ich sagte nicht ja und auch Carl nicht, aber sie hörte nicht auf, obwohl sie keineswegs sicher zu sein schien.

»Wenn ihr nicht wollt, mache ich sofort Schluss.«

In der Szene klingelte der Mann an der Tür des Schwarzen, der die Nacht mit seiner Frau verbracht hatte, und man war augenblicklich in der abgründigsten Situation, die man sich vorstellen konnte. Es war nicht schlecht erzählt, aber das half nichts, oder gerade weil es gut erzählt war, tat sich Raum für Missverständnisse auf, gerade weil es Ines gelang, die widerwärtigsten Assoziationen wachzurufen. Nirgendwo war die Rede davon, dass die Frau sich nicht freiwillig in die Situation begeben haben könnte, im Gegenteil, aber da stand dieser Mann an der Schwelle und konfrontierte den Schwarzen mit derart unausgesprochenen Vorwürfen, dass es nur die kleinste Andeutung gebraucht hätte und die Geschichte hätte einen Dreh auf ihr furchtbarstes Ende hin bekommen.

»Was sagt ihr dazu?«

Ich erinnerte mich später immer, wie lange es dauerte, bis Ines fragte, als sie zu Ende gelesen hatte, wie zurückhaltend sie fragte und wie lange Carl brauchte, bevor er antwortete, und wie zögerlich dann auch seine Antwort zuerst war.

»Ich weiß nicht, was du damit nahelegen willst.«

Er blinzelte ein paarmal, als sie »Nichts« sagte.

»Warum lässt du den Schwarzen dann eine solche Angst haben?« sagte er. »Du lässt ihn denken, der Mann sei gekommen, um ihn umzubringen. Was hat er getan, das ihm diese Idee eingeben könnte? Willst du nahelegen, dass es eine Vergewaltigung war, oder noch schlimmer, dass es gar nichts anderes als eine Vergewaltigung gewesen sein kann? Warum sollte er so etwas sonst auch nur in Erwägung ziehen? Er ...«

Dabei hatte er seine Stimme immer mehr gehoben, und ich hörte fast nicht, wie Ines »Was fällt dir ein!« sagte, wie sie »Carl!« sagte, wie sie »Ich bitte dich!« sagte. Er fuhr ihr über den Mund, sie solle schweigen, wenn ihr nichts anderes dazu in den Sinn komme. Dann schrie er regelrecht.

»Es ist so widerlich, dass ich gar nicht weiß, was ich sagen soll. Nur weil er mit einer weißen Frau geschlafen hat, malt er sich aus, jemand könnte ihm deswegen nach dem Leben trachten? Gleichzeitig muss er darauf achten, dass nicht der geringste Verdacht aufkommt, er selbst könnte eine Gefahr für irgendwen sein, weil er das immer muss, wenn er nicht in Schwierigkeiten geraten will? Er stellt sich hinter dem Mann eine ganze Armee von Männern vor ...«

»So habe ich es nicht geschrieben.«

»Aber so liest man es«, sagte er. »Man liest es, als würde er fürchten, dass Männer in weißen Roben und weißen

Kapuzen draußen im Dunkeln stehen und nur auf ein Zeichen warten, dass sie ihre Fackeln anzünden und ein im Garten aufgestelltes Kreuz in Brand setzen. Wo soll das überhaupt spielen? Und wann in aller Welt, wenn nicht vor einem ganzen Menschenleben? Es hört sich an, als müsste er damit rechnen, im nächsten Augenblick ...«

»Unsinn, Carl!«

»Was soll dann das alles? Warum sollte er dieses abscheuliche Zeug denken? Weil er ...?«

»Es steht nichts davon da.«

»Weil er ...?«

»Unsinn, Carl!«

Er flüsterte nur mehr: »Weil er kein Mensch ist?«, und dann saß er plötzlich einfach da und schwieg. Konnten es seine eigenen schlimmsten Befürchtungen sein, und war er deshalb so aufgebracht, weil Ines so leichtfertig darüber verfügte? Lag nicht schon in der Geschichte von dem Mädchen, das er gefragt hatte, ob sie mit ihm zusammen war, weil ... oder ob sie mit ihm zusammen war, obwohl ... ein Ansatz dazu? Ines sagte, er solle das alles nicht in die falsche Kehle bekommen, sie habe ihn nicht vor den Kopf stoßen wollen, aber er hatte schon angefangen, systematisch ein Weinglas nach dem anderen auf den Boden zu werfen, und lauschte auf das helle Klirren, mit dem sie zersprangen. Er hatte mir einmal erzählt, dass das seine Strategie sei, wenn ihn jemand wegen seiner Herkunft beleidige, er stelle sofort einen anderen Grund für die Beleidigung her, dass er sich sagen könne, es sei deswegen gewesen, und sich die Sache nicht zu Herzen nehmen müsse, es sei allein gewesen, weil er dies oder das getan habe und nicht grundlos, nicht, weil er ...

»Ich bin ganz ruhig«, sagte er, nahm die Flasche, die auf dem Campingtischchen stand, und drehte sie anscheinend nachdenklich in der Hand, bevor er sie gegen die Begrenzungsmauer der Terrasse warf. »Es ist ja nur eine Geschichte.«

Damit wandte er Ines ruckartig den Kopf zu.

»Ich wundere mich bloß, wie du sie zu Ende bringen willst. Lynchen geht ja nicht mehr! Du musst dir etwas anderes einfallen lassen.«

Er schien nur halb hinzuhören, als sie hilflos sagte, sie wäre gern ohne das Wort ausgekommen, und dabei vergeblich versuchte, ihre plötzliche Nervosität zu überspielen.

»Wer spricht von lynchen?«

»Ich spreche davon.«

»Aber Carl!«

Sie sah ihn entsetzt an.

»Wenn einer stirbt, ist es der Mann.«

Sie präzisierte, er solle sie nicht falsch verstehen, sie meine nicht den Schwarzen, sie meine den anderen, aber Carl ließ sie nicht aussprechen.

»Dann kann man davon ausgehen, dass du dem Guten sicher einen schönen literarischen Tod bereiten wirst, der keine Leser verschreckt«, sagte er, nachdem er sie gefragt hatte, ob sie nicht merke, dass er die ganze Zeit schon von nichts anderem rede.« Er könnte einen Unfall haben oder sich selbst aus dem Weg räumen, weil er merkt, dass seine Zeit vorbei ist. Ich sage ja, dass lynchen nicht mehr geht! Sonst könntest du es zur Abwechslung einmal mit ihm versuchen.«

Ohne auf eine Entgegnung zu warten, stand er auf und fragte mich, ob er meine Vespa haben könne. Ich erkundigte mich, wohin er wolle, aber er antwortete nicht, und als ich ihn bat, ihn begleiten zu dürfen, sagte er nein, er möchte allein sein, während er Ines jeden Blick verweigerte. Im nächsten Moment polterte er die Treppe zum Parkplatz hinunter, kam jedoch gleich noch einmal herauf und stellte sich unmittelbar vor sie hin.

»Was immer du mit dem Geschmiere vorhast, du lässt den Namen aus dem Spiel! Verstanden! Und du versuchst in alle Zukunft auch nie mehr, mich so zu nennen!«

Schon verschwand er wieder. Seine Schritte krachten schwer auf die Holzstufen, und Ines schien bei jedem Auftreten ein Zucken zu unterdrücken. Sie saß halb zusammengekauert auf ihrem Platz und rührte sich nicht, als der Motor der Vespa ansprang, und erst als das Hecklicht auf der Straße zu sehen war, entspannte sie sich endlich.

»Was für ein theatralischer Abgang!«

Damit begann sie auch schon die Scherben zusammenzuklauben, wobei sie immer wieder innehielt und auf das Verklingen der letzten Laute in der Ferne lauschte. Sie sagte lange nichts weiter, aber schließlich fragte sie mich, ob ich ihn begreifen würde, und als ich schwieg, wollte sie wissen, ob er, bei allem Verständnis für seine Empfindlichkeiten, nicht übertreibe. Dabei fixierte sie mich, nur um meinem Blick auszuweichen, als ich selbst mit dem Fixieren begann, und zog sich schließlich ins Haus zurück.

»Dann tut doch, was ihr wollt«, sagte sie im Vorbeigehen. »Macht es meinetwegen unter euch Männern aus und rutscht mir den Buckel hinunter.«

Ich ließ eine halbe Stunde verstreichen, ehe ich Carl zum ersten Mal anzurufen versuchte, aber er ging nicht dran, und als ich es in immer kürzeren Abständen noch ein paarmal probiert hatte, nahm ich Ines' Vespa und fuhr ihm hinterher. Er hätte in jede Richtung verschwunden sein können, doch mir schien es nur das Naheliegendste, direkt auf die Stadt zuzuhalten, und dort fand ich ihn auch, ohne dass ich nach ihm suchen musste. Ich hatte nicht an den Brunnen im Zentrum gedacht, an dem sich allabendlich so viele Schwarze trafen, und hätte ich es getan, wäre es mir wahrscheinlich kaum als Möglichkeit erschienen, ausgerechnet an dem Ort auf Carl zu stoßen, aber als ich darauf zuging, sah ich ihn. Er saß auf den Stufen, die zum Becken hinaufführten, und musste mich schon eine ganze Weile beobachtet haben, doch während ich mich ihm mit der Absicht näherte, mich zu ihm zu gesellen, fing ich einen Blick von ihm auf, der mir bedeutete, weiterzugehen und so zu tun, wie wenn ich ihn nicht kennen würde. Die Kälte in seinen Augen traf mich mit einer solchen Wucht, dass ich noch Schritt für Schritt vor mich setzte, als ich längst an ihm vorbei war, und mich nicht umzudrehen wagte, bevor ich nicht die Gewissheit hatte, dass weder er mich noch ich ihn sehen konnte. Erst dann ging ich langsam zurück und setzte mich an eines der Tischchen am Rand, genau Carl gegenüber, und es folgten die knapp zwei Stunden, in denen wir uns nicht aus den Augen ließen und uns über das Pflaster hinweg gegenseitig in Schach hielten.

Tatsächlich war ich so benommen von seiner Abfuhr, dass ich erst nach und nach wahrnahm, dass Kellner aus drei Cafés auf Tabletts bunte Getränke mit farbigen Sonnenschirmchen zu den um den Brunnen Versammelten trugen. Das hatte es an keinem der Tage davor gegeben, die Trennung zwischen hier und dort war strikt gewesen, ohne jegliche Verbindung, und das konnte nur Carl veranlasst haben, wie auch immer ihm das gelungen sein mochte. Es erschien mir unwahrscheinlich, dass es gereicht hatte, einfach eine Bestellung aufzugeben, selbst ein großes Trinkgeld allein dürfte die standesbewussten und durchwegs schon angejahrten bedienenden Herrschaften in ihren weißen Jäckchen kaum dazu bewogen haben, über ihre Schatten zu springen, aber Carl hatte seine Wege und schaute ihnen mit Genugtuung zu, wie sie geschäftig hin und her eilten. Über die Stufen des Brunnens verstreut lagen Pappschachteln, und die jungen Männer, die dort saßen, hatten riesige Pizzadreiecke in der Hand und verschlangen sie in großen Bissen.

Ihre Stimmen und ihr Lachen waren bis zu den Tischchen am Rand des Platzes zu hören, und das machte mir erst bewusst, wie still sie sonst immer gewesen waren. Dafür schien der Lärm hier auf der anderen Seite fast ganz verstummt, und als ich mich zu den neben mir Sitzenden drehte, sah ich, dass sie zum Brunnen hinüberschauten, als könnten sie nicht glauben, was dort vor sich ging, und warteten, bis es zu Ende war und sie mit ihrem Leben weitermachen konnten. Carl saß zwischen zwei Zwanzigjährigen, die sich gerade die Finger abschleckten, während das Paar zu meiner Linken auf die sechzig zugehen mochte und sich eine Torte mit Messer und Gabel geteilt hatte, und als die beiden mich ansprachen, bildete ich mir ein, dass er es befriedigt registrierte. Am Ende gehörte ich zu ihnen, während er … Ich hatte nie einen solchen unüberbrückbaren Abgrund zwischen uns empfunden wie in diesem Augenblick, und weil ich mich unter seinem Blick als klirrend fremd wahrnahm, machte ich mich zu guter Letzt auf und fuhr nach Hause.

Ich wartete auf ihn, aber als auch er endlich zurück war, graute der Morgen schon, und er kam nicht in mein Zimmer, sondern rückte sich einen der Korbsessel an die Begrenzungsmauer der Terrasse und saß dann dort in der aufgehenden Sonne, als wäre er gar nicht weggewesen. Über den Abend verlor er kein Wort und ebenso ich nicht, aber mir war klar, er hatte eine Grenze gezogen, er hatte ein Tabu errichtet, das es zu respektieren galt. Er hatte mit Karte gezahlt und überreichte mir die Rechnungen, die zusammen einen Betrag ergaben, als hätte er die halbe Stadt eingeladen, wozu er meinte, ich hätte ihm doch immer von meinem Millionärsvater erzählt, dass er großkotzige Gesten liebe, also stünde es ihm gut zu Gesicht, wenn er das übernehmen könnte, ich müsse ja nicht verraten, wer die Bewirteten gewesen seien, mir würde schon etwas einfallen, ein Obolus an die Mafia oder was sonst, und als schließlich auch Ines sich blicken ließ, bestürmte er sie nicht weniger. Sie sah ihn nur daraufhin an, ob sich zwischen ihnen etwas verändert hatte, und natürlich hatte sich etwas verändert, aber als er fragte, ob sie mit an den Strand komme, machte er damit deutlich, dass er sich jedem weiteren Problematisieren verweigerte, und sie sagte ja und schützte nicht mehr ihr Schreiben vor. Wir richteten ein kleines Picknick her und fuhren los, und ich wollte weder ihn noch sie fahren lassen, weil ich plötzlich eine groteske Angst hatte, und traute mir gleichzeitig selbst am Steuer am allerwenigsten. Denn ich wurde den Gedanken nicht mehr los, wir könnten Romanfiguren sein, und wenn unser Schöpfer uns schon in eine solche Ausweglosigkeit getrieben hatte, wie ich sie empfand, würde ihm womöglich einfallen, den ganzen Schlamassel mit einem Akt drastischer Willkür zu Ende gehen zu lassen, und ich würde den Auftrag von ihm bekommen, den Wagen an der Küstenstraße ins Meer zu lenken.

Dabei war es ein Tag, der trotz der anhaltenden Hitze so leicht, so beglückend, so zittrig und fragil im Flimmern der Luft war, dass es wahrscheinlich auf Erden nichts Besseres gab, als ein Mensch zu sein, nichts Schöneres, nichts, was einem mehr den Atem nehmen konnte. Ich wollte nicht an unseren gewöhnlichen Strand, sondern schlug ihnen vor, weiter von der Stadt weg bis zu dem Kap an der äußersten Südspitze der Insel zu fahren, das nach den Strömungen benannt war und wo es nach Westen hin ausgerichtete Strände gab, und dort sah ich dann die beiden über einen breiten Sandstreifen nebeneinander in das Wasser hineinlaufen, sie hatten ihre Badehosen beziehungsweise den Bikini abgestreift, und mein Hirn spielte mir erneut diese Streiche, während sie stolperten und fielen und wieder aufstanden und ihre Beine immer höher zogen im Laufen. Nicht nur, dass ich mich fragte, ob es das alles auch gäbe, wenn ich nicht da wäre, nicht nur, dass ich mich selbst einmal mehr wegzudenken versuchte oder nicht ankam gegen den Gedanken, ich sei der Fehler im Suchbild, der bloß getilgt werden müsste, nein, es war überhaupt so, als würde der Punkt, an dem ich mich befand, nicht zur Welt gehören und als würde sich gleichzeitig die Welt von ihm aus mit dem kleinsten Fingertippen ohne die geringste Anstrengung bewegen lassen. Ich lag da und sah über die Wellen, und in meinem Blickfeld war nichts anders als vor zweitausendfünfhundert Jahren, wenn man den sicherlich gestiegenen Wasserspiegel und sämtliche heutigen Bedenken einmal außer acht ließ, ja, alles genauso wie damals, als vielleicht ein junger Grieche mit seinen zwei Freunden an diesen Küstenabschnitt gekommen war und die, ohne dass er es wusste, sicher Götter oder Halbgötter gewesen waren und er sich selbst für einen Gott gehalten und nichts vermisst hatte außer der Sehnsucht.

Maybe happen is never once.

William Faulkner, *Absalom, Absalom!*,
sowie ein Satz aus *Sanctuary*

INHALT

Erster Teil
SIE IST MEINE SCHWESTER
9

Auf der Suche nach der Mitte
WAS ICH DER THERAPEUTIN
GESAGT HABE
119

Zweiter Teil
ICH BIN IHR BRUDER
161

DIE GESCHICHTEN
275

Leben und Schreiben
DREI ARTEN, EIN RASSIST ZU SEIN
309